CW00339473

Michel del Castillo

Mon frère
l'Idiot

Gallimard

Michel del Castillo est né à Madrid en 1933. Toute sa petite enfance, jusqu'en mars 1939, il la passe dans sa ville natale, auprès de sa mère, journaliste républicaine. La guerre civile, avec ses horreurs, constitue sa première et décisive expérience. En 1939, après la victoire des armées franquistes, il suit sa mère en exil et mène avec elle l'existence précaire des émigrés politiques. Au début de 1940, il est, toujours avec sa mère, interné au camp de Rieucros, près de Mende, où sont détenues des centaines de femmes, en majorité des étrangères et des militantes politiques françaises. La guerre ne se terminera pas pour lui avec la victoire des Alliés, puisque, rapatrié en Espagne, il se retrouvera, de 1945 à 1949, dans un Centre de Redressement pour mineurs, à Barcelone, l'Asile Durán, de sinistre mémoire. C'est seulement en 1953 que, franchissant clandestinement la frontière, il retrouvera sa patrie et sa famille paternelle. Il reprendra alors ses études, Lettres et Psychologie, et publiera son premier roman, *Tanguy*, qui remporte un large succès avant d'être traduit en près de vingt-cinq langues. Il ne cessera plus, dès lors, d'écrire, suivi par un public fidèle, et sera plusieurs fois couronné par des prix littéraires.

À Patricia Moyersoen,
l'écho de tant de bavardages
sur l'Art et ses illusions,
en témoignage d'affection.

M. d. C.

I

DE JOB...

(1933-1942)

1

Pourquoi *t*'écrire, Fédor, plutôt que d'écrire *sur* ou *autour* de toi ? Il ne s'agit pas d'un de ces tours de littérateur dont tu as toi-même usé et abusé. Ce corps à corps s'est imposé à moi parce que c'est dans cette promiscuité suspecte et vaguement répugnante que j'ai encaissé le choc de chacun de tes livres. Tu agitais sous mes yeux tes provocations ricanantes ; je fonçais et me retrouvais suffocant, le nez dans une mare putride. Je ne connais rien de plus diabolique que tes feintes.

Je t'ai comparé, c'était à propos des *Nuits blanches* (livre, entre nous, détestable, débordant de pathos, mais un livre-charnière, écrit au bord du précipice, juste avant que la réalité ne bascule), je t'ai comparé à un tendre papa qui, le soir, s'assoit sur le lit de sa petite fille, sa Nastenka adorée, caresse son front, commence d'une voix chaude et profonde :

« *C'était une nuit de conte… une de ces nuits qui ne peuvent guère survenir que dans notre jeunesse.* »

Lovée dans sa couette, sous le halo de la lampe, la petite fille écoute les mots irisés qui plantent le décor : une nuit irréelle, ni nuit véritable ni non

13

plus jour, aube blafarde plutôt ; une ville illusoire, surgie, non du sol, mais de la vapeur et de la brume. Ville préméditée[1] où le terrible galop du Cavalier de Pouchkine retentit dans la nuit. Quant aux personnages, ils semblent trop purs, trop innocents. Ils flottent entre ciel et terre. Faits, croirait-on, l'un pour l'autre, ils vont s'aimer, ils se marieront, ils auront de nombreux enfants. Déjà Nastenka s'enfonce dans le sommeil.

« *Est-il possible,* susurre la voix du père, *que, sous un tel ciel, vivent toutes sortes de gens méchants et capricieux ?* »

Drôle de question ! Inquiétante même. Car enfin, tous les enfants savent que les ogres et les sorcières hantent les nuits, surtout claires et paisibles. Le plaisir des contes ne vient-il pas de ce que ces monstres existent juste assez pour en trembler, pas suffisamment pour en avoir *vraiment* peur ? Pourquoi Papa pose-t-il une question si manifestement dépourvue de sens ?…

Nastenka se débat mollement, entre veille et sommeil.

« *Cela aussi, c'est une question très jeune…* »

Les vieux ne se la poseraient-ils plus ? Peut-être savent-ils… mais que savent-ils donc que l'enfance ignore ? Qu'il existe des gens mauvais et capricieux ? Si leur affreux secret tenait à ceci qu'il n'existe *que* des gens méchants, délicieusement cruels ?

La musique de la phrase berce maintenant la

---

1. Ainsi que nombre d'auteurs russes, Dostoïevski oppose Pétersbourg, une ville préméditée, artificielle, sortie du cerveau de Pierre le Grand, à Kiev et à Moscou, villes spontanées.

fillette. Dans la ville enchantée, les maisons se peignent aux couleurs du rêve :

« *C'était une maison de pierre tellement jolie, elle me regardait avec tant de gentillesse.* »

Magie trompeuse, qui renferme un sortilège. Et ce maléfice, Papa le suggère avec un sourire amer :

« *Il existe à Pétersbourg des recoins assez étranges. Ces recoins, ils ne semblent pas visités par le même soleil…* »

Il y aurait donc, sous les marbres et les palais, sous les dômes et les bulbes d'or, une ville cachée sous la première, creusée de galeries où rampent des créatures étranges ?

« *Dans ces recoins, ma chère Nastenka, semble survivre une tout autre vie, très différente de celle qui bouillonne autour de nous… Et cette vie est un mélange d'on ne sait quoi de purement fantastique, de violemment idéal avec quelque chose d'autre… de morne, de prosaïque et d'ordinaire, pour ne pas dire : d'invraisemblablement vulgaire.* »

Nastenka n'entend plus la voix de son père, elle ne voit pas son visage qui, doucement, se transforme, prend un air de gourmandise horrible. Elle ne le sent pas qui se penche, passe ses mains autour de son petit cou, serre avec un sourire attendri, de plus en plus fort, cependant que des larmes coulent sur ses joues :

« *Nastenka… Ma colombe !… Ma petite chérie[1] !* »

*

1. Je crois devoir signaler, non sans honte, qu'aucun père, dans *Les Nuits blanches*, n'étrangle son enfant. Je le relève à cause du nombre de contresens de plus en plus grossiers qu'il m'arrive de noter dans une certaine presse.

Dans ce passage de la tendresse à l'abjection, dans cette strangulation baignée des larmes du repentir, dans cette crapulerie voluptueuse réside ton secret, Fédor. C'est cette part-là de l'homme que tu n'as pas cessé d'explorer et d'éclairer. Ton style, partant ton éthique dissimulent cette ambiguïté insupportable.

« Le monstre le plus monstrueux, c'est le monstre aux sentiments nobles : je le sais par expérience[1]. »

On humilie, on abaisse, on tue, dans ton œuvre, avec une lucidité douloureuse. Ainsi que l'impitoyable Gazine des *Récits de la maison des morts*, on étrangle de petits innocents pour rien, *par volupté*. On viole une fillette, on l'accule au suicide, puis on attend, en regardant trotter les aiguilles de sa montre de gousset, que l'inexorable délai soit passé. Avec une douceur impassible, on contemple sa proie, qui se débat, implore, supplie.

En devenant bourreau, on ne cesse pas d'être un homme. Il arrive qu'on aime la victime de tant et si bien souffrir. On jouit de son désespoir. *« Ma Douce*[2] »*, se désole-t-on en arpentant la pièce où, sur des tréteaux, le cadavre repose.

Tes criminels, Fédor, comprennent à peine pourquoi ils tuent, et par quels chemins ils en sont arrivés là.

---

1. *L'Éternel Mari.*
2. *La Douce,* nouvelle qui, avec *L'Éternel Mari,* constitue l'un des plus purs chefs-d'œuvre de l'auteur, d'une modernité radicale.

« *Seulement il ne savait pas alors comment il fini-rait : en m'embrassant ou en me coupant la gorge*[1]. »

Cette horreur explique l'aversion que tu inspires à beaucoup. Il suffit de lire les pages que Freud te consacre, tels jugements de Nabokov, les ragots de tes contemporains : au mieux, on te traite de fou, au pis, on te tient pour un pervers. Les viols d'enfants, les crimes crapuleux d'innocentes fillettes que tu as souvent décrits, on t'accuse de les avoir commis. Tu as l'air d'autant plus suspect, Fédor, que tu sembles donner raison à tes calomniateurs. Ne t'a-t-on pas soupçonné d'avoir trempé dans l'assassinat de ton père ? Tu n'as pas commis ces abominations, soit, mais *tu aurais pu*. Peut-être l'as-tu fait à ton insu, dans un transport de violence épileptique ? Tu t'interroges, tu t'embrouilles, tu bats ta coulpe.

Ce fumet de scandale qui entoure ton personnage ne provient pas de ton caractère. Il se dégage de l'écrivain, de ce qu'il insinue sur l'homme. On ne veut pas, on ne peut pas t'entendre. Ce que tu suggères est proprement insupportable. Tes propos sapent les fondements de l'humanité.

À qui donc se fier, Fédor, si chacun porte en soi ce démon de cynisme et de sanguinaire volupté ?

Tu n'appartiens à aucune société. Tu hantes les caves et les souterrains, les cabarets sordides et les dortoirs communautaires[2]. Tu vis terré au fond de

---

1. *L'Éternel Mari.*
2. Ta vie n'est pas sans ressembler à celle d'un certain Adolf Hitler dont beaucoup de tes personnages se rapprochent, comme si cette existence à la fois souterraine et exaltée produisait une ivresse ou d'encre ou de sang.

ces immeubles-casernes, dans une arrière-cour, tout en haut d'un escalier étroit et gluant, dans une mansarde si basse de plafond que tu ne peux t'y tenir debout. Tu as toujours une faim de retard, ton regard brûle de fièvre, tu passes des nuits blanches à ressasser des pensées morbides. Des cauchemars de flammes éclairent tes sommeils hallucinés. Dans des accoutrements étranges, tu arpentes les rues, soliloques en agitant les bras. Mais que tu viennes à croiser une jeune prostituée, un enfant pâle et tremblant de froid, tu leur donnes tes derniers kopecks, tu éclates en sanglots, tu t'agenouilles, face contre terre, tu te signes, sur le front, sur la poitrine : « *Qui donc nous pardonnera*[1] *?* »

En homme du grand monde, Tolstoï lui-même aura un mouvement de recul devant ta prose haletante, moite, d'une trivialité obscène.

Aux progressistes, aux libéraux, à ceux que nous appelons la gauche, tu sembles également suspect[2]. Un sentimental sans convictions fermes, « *un cardinal de la sainte Église du cœur*[3] », pour reprendre l'expression de Kundera.

Pas même l'un de ces prolétaires qu'on exhibe en tête de cortège pour figurer la classe ouvrière : un idéaliste fumeux. Un populiste chrétien.

---

1. Question posée par Ivan Karamazov, fondateur de l'athéisme contemporain.
2. Longtemps le régime soviétique interdira les œuvres de Dostoïevski.
3. Pour toutes les citations, se reporter aux œuvres (Éditions Gallimard) revues et corrigées par l'auteur.

2

Depuis près d'un demi-siècle, ton visage gris et maladif habite ma mémoire ; ta voix rauque et sif-flante[1] résonne à mes oreilles ; ton regard pâle, enfoui sous le vaste front bosselé, pèse sur moi.

J'ai voulu oublier jusqu'au souvenir de mon géniteur, j'ai renoncé à mon patronyme[2], j'ai fui le dégoût d'une lâcheté et n'ai réussi qu'à me jeter dans la honte du crime — ironie que tu savoures. Combien parmi tes créatures se précipi-tent dans l'abîme en voulant échapper à l'humi-liation ? Seuls les mots ont résisté à cette débâcle intime.

Je te les dois, Fédor. Je ne tiens debout, depuis l'adolescence, que par la langue qui me porte et

1. À la suite d'une extinction de voix dont tu souffris dans ta jeunesse, tu gardas toujours cette voix de poitrine qui frap-pait tes auditeurs. Dans ton âge mûr, l'emphysème accusera cette particularité.
2. Aurais-je signé de mon nom, Janicot, mes livres, quel-qu'un me poserait-il encore la question si je suis ou non fran-çais ? J'ai longtemps pensé que ma langue répondait pour moi. Il semblerait que non.

me supporte. Elle est mon identité, mon unique dignité.

Souviens-toi : à ton appel, je me suis relevé dans mon caveau, j'ai défait les bandelettes qui m'enserraient, j'ai marché vers la lumière des phrases. J'ai retrouvé la société des figures idéales.

Bien que ta voix m'ait rendu les songes et les chimères de ma première enfance, je ne suis pas pour autant aveuglé par la gratitude ni paralysé par l'admiration. Je n'ai pas vocation d'hagiographe ; je n'aurais pas, durant près d'un quart de siècle — les premières notes que j'ai prises en vue de ce livre datent de 1973 —, je n'aurais pas, durant vingt-deux ans, roulé les phrases que je souhaitais t'écrire pour accoucher maintenant de vagues poncifs sur ton génie.

*

Ce mouvement de recul que tu provoques, Kundera l'a condensé dans une image inoubliable. En toi, il déteste, écrit-il, ces tankistes russes qui, à Prague, tiraient sur les insurgés en versant des pleurs de compassion.

Décisive et brutale, l'image atteint sa cible. C'est bien ainsi que tu te montres, Fédor, et, t'admirant comme je t'admire, je dois admettre que mon admiration consent à cette abjection.

Kundera appartient à la race des romanciers authentiques, impossible d'écarter sa boutade, qui exprime et résume une esthétique. Reste à tenter de comprendre ce que le Tchèque veut dire, non en tant que représentant de cette Mitteleuropa dans laquelle il voit, à juste titre, l'un des creusets de la culture de notre continent, mais, plus simplement, en tant que praticien du roman, puisque c'est ainsi que, humblement, il se qualifie lui-même.

*

Je m'étonne que, d'accord avec la plupart des considérations de Kundera sur l'art du roman, j'en arrive, en ce qui te concerne, à des conclusions contraires.

« *Le roman qui ne découvre pas une portion jusqu'alors inconnue de l'existence est immoral. La connaissance est la seule morale du roman.* »

Avec une conception si forte de l'art du roman, comment se fait-il que notre auteur en vienne à te rejeter dans les ténèbres extérieures ? Car l'image dont Kundera se sert pour te flétrir (je vois d'ici ton sourire à la fois servile et orgueilleux), *cette image t'appartient.* Elle est une portion de ce continent humain que tu as découvert, exploré, décrit. Pour exprimer son mépris, le Tchèque a recours à ta langue.

C'est toi qui l'as révélé, ce jeune tankiste russe qui sanglote en appuyant sur la détente. Ton apport à l'évolution, non cumulative mais *qualitative* du roman, Kundera a raison d'insister là-dessus, réside justement en ce point : la description de cette maladie de l'homme qui le pousse à tuer ce qu'il aime, à trahir ce qu'il croit, à choisir la ruine et la déchéance pour affirmer une liberté proprement folle.

« ... **il m'aimait par haine**, *cet amour-là est le plus puissant*[1]. »

*

Dans la perspective du roman, telle que Kundera l'éclaire, son verdict ne possède pas la moindre consistance *littéraire*. Pure tautologie, la sentence pourrait aussi bien s'énoncer : « *Je déteste en Cervantès ces chevaliers qui, au nom de l'héroïsme chrétien, massacrent les Aztèques.* »

Autant vomir Balzac à cause des notaires et des huissiers qui peuplent ses romans, sous prétexte que des huissiers se comportent, dans la vie réelle, d'une manière indigne.

N'importe quoi. Mais un n'importe quoi qui renferme *aussi* une vérité.

*

À la lecture de *L'Art du roman*, je comprends les attendus du verdict. Il me suffit de consulter la liste des romanciers dont Kundera se réclame, de Rabelais à Kafka et Musil, de Cervantès à Diderot ; de relever la valeur qu'il accorde à l'ironie et à la dérision en tant qu'armes de résistance à l'oppression ; de considérer, enfin, son admiration pour *Le Brave Soldat Chveïk*, dernier roman populaire à ses yeux.

Il condamne en toi le sentimental, le pathé-

1. *L'Éternel Mari.*

tique, le religieux ; il condamne pareillement la poésie. Mais exclure Baudelaire et Lorca, Machado et Rimbaud, Rousseau et Dickens du domaine de la littérature, est-ce émettre un jugement esthétique ?

La haine semée par le communisme soviétique dans les pays qu'il a asservis produit, dirait-on, une intransigeance d'une égale intensité, laquelle contamine l'esthétique, de la même façon que le matérialisme historique abaissait l'art. Tout se passe comme si, délivré du communisme, on en conservait les stigmates. Quand cette blessure réveille une séculaire rivalité historique, la haine tourne au moralisme.

Au reste, Fédor, ce fanatisme se trouve d'abord dans tes livres, remplis d'une xénophobie choquante. On l'y découvre *inversé*. Si je refuse ces relents nationalistes et panslavistes qui empuantissent ton œuvre, pourquoi toutefois m'inclinerais-je devant le moralisme de Kundera ?

*

Je me pose, Fédor, une de ces questions en apparence innocentes, telles celles que tu poses dans *Les Nuits blanches* : Kundera est-il sûr qu'aucun soldat tchèque, aucun policier praguois, aucun de ses vaillants compatriotes n'a jamais torturé, pendu ou fusillé en versant intérieurement des larmes de honte et de compassion ? Pourrait-il nous garantir qu'aucun Tchèque n'a jamais choisi, contre toute raison, la déchéance et la ruine ? que la trahison de soi est une exclusivité russe ? N'y aurait-il pas eu, parmi les fiers Slovaques, des collaborateurs qui, eux aussi, tiraient sur leurs compatriotes avec la rage du désespoir ?

Le rejet viscéral de ce qui apparaît comme l'essence même du slavisme — sauf que je ne crois pas le moins du monde à cette chose qu'on appelle l'âme slave[1] —, ce rejet se conçoit.

Tu es, Fédor, tout ce que Kundera ne peut pas ne pas vomir. Il te chasse d'une Europe que tu as toi-même reniée. Il te renvoie à ce dolorisme chrétien où tu te complais. Il t'abandonne à cette religiosité insupportable qui, sous prétexte d'une réconciliation universelle, demande à la victime de pleurer dans les bras de son bourreau.

*

Dans l'un de ces procès des années 1947-1950, tu en aurais, Fédor, remis dans la délation, rajouté dans les aveux : l'espionnage, la conspiration hitléro-trotskiste contre la classe ouvrière, la collaboration avec la CIA. Tu aurais juré avoir déjà trahi dans le ventre de ta mère. Tel le vieux Karamazov, je te vois te traîner à genoux, faire mille pitreries. Tu donnerais à ce point raison à ton imprécateur qu'il ne resterait à Kundera que de t'écarter avec dédain. Comment se dégager de tes attouchements d'ivrogne ?

Je t'entends ricaner, Fédor, car tu m'attendais à

---

1. Mais bien au tempérament russe, forgé autant par l'Histoire que par sa langue et par ses mythes, j'y reviendrai.

ce point de mon argumentation. Le dégoût que tu suscites, cette rage que tu réussis à provoquer te réjouissent au plus haut point, n'est-il pas vrai ? Nier toute parenté avec ce bouffon répugnant que tu incarnes, c'est proclamer qu'un homme ne peut pas être *ça* — un histrion sanguinaire et sentimental. Il ne te reste qu'à nous glisser au creux de l'oreille, appuyant avec une insistance suspecte ta main sur notre bras :

« Vous avez tout à fait raison, cher ami ! L'homme ne peut pas être ce cabotin grotesque, la vie sur terre deviendrait impossible, positivement invivable. Au fait, Auschwitz, Treblinka, ça vous dit quelque chose ? L'Allemagne ! Vous vous rendez compte ? Le pays de la haute culture, Goethe, Bach, Schiller, *die schöne Seele*, des prix Nobel à la pelle, des savants par milliers ! Hé, hé ! quelle chose étrange, n'est-ce pas ? Non pas une poignée de fous, remarquez, mais une vaste industrie, qui a mobilisé des dizaines, des centaines de milliers de fonctionnaires méticuleux et sensibles, épris de fleurs et de jolie musique ! Cela se passerait en Yougoslavie encore, au Rwanda, dans l'un de ces royaumes nègres, on comprendrait mieux. Ou encore, en Asie, chez un Pol Pot… N'avez-vous pas été frappé par la jeunesse des tueurs khmers rouges ? Des enfants ! On ne sait combien d'innocents au juste ils ont massacrés ! Un, deux, quatre millions ? Au-delà d'un certain nombre, les chiffres perdent toute réalité. On quitte l'humanité pour la pure statistique. Entre nous, une haute et antique civilisation, celle des Khmers… Naturellement, tous ces enfants assassins ne peuvent pas être des fous ni des sadiques, sans quoi… Et que dire de ce qui s'est passé chez nous, en Russie? L'homme nouveau, la société sans classes, le paradis socialiste… Un enthousiasme fou, des espérances radieuses, des déclamations sublimes. Des larmes surtout, des fleuves de larmes sur l'humanité souffrante. Résultat? Des millions de cadavres. Des camps sur toute l'étendue de la Sibérie! Et, de New York à Lima, de Sydney à Canton, de Paris à Rome, des foules défilaient en brandissant le portrait du Petit Père des peuples. Des millions de pauvres hères pleuraient la mort du tyran.

« Des théories d'artistes, de savants, chez vous, défendaient et justifiaient la dictature du prolétariat, sa *nécessité historique*. Quelques-uns même rédigeaient des plaidoiries ironiques par goût de la provocation, par dérision. Car, mon très cher ami, si je voulais, moi aussi, me montrer désobligeant, je vous peindrais un de ces petits maîtres de l'Occident, prenant la pose à sa descente d'avion, tandis qu'à moins d'un kilomètre des cadavres vivants tirent et poussent des wagonnets remplis de charbon, par un gel de moins vingt degrés.

« La légèreté peut être une forme de résistance, je vous l'accorde, mais il arrive, n'est-ce pas, qu'elle frôle l'indécence, sauf que… Mais je ne souhaite pas vous blesser, en aucune façon. Vous m'êtes sympathique, j'éprouve pour vous une sincère estime. Si, si, je vous le jure… Et puis, votre petit maître ne savait sûrement pas, il ne parlait même pas le russe. C'est ça, je suis sûr qu'il ne parlait pas un mot de russe. Il admirait et s'extasiait

26

de confiance, si je puis ainsi m'exprimer. Il avait besoin de se convaincre que le Paradis socialiste existait bel et bien. Il cherchait des motifs pour alimenter la haine de l'infecte société capitaliste. Alors, il s'en remettait à la jolie interprète du KGB, prenait la pose avec elle devant les caméras. De ce qui se passait à quelques mètres, juste derrière son hôtel, pourquoi se serait-il inquiété, je vous le demande ? On ne fait pas d'omelette sans casser des œufs, hé, hé ! D'ailleurs, il ne savait rien.

« Curieux, cette ignorance, n'est-il pas vrai ? Car Hitler avait annoncé et publié ce qu'il entendait faire des Juifs, des dégénérés, des malades mentaux, des homosexuels et autres déviants, des *Untermenschen*, tout comme Lénine et ses émules avaient proclamé la déchéance des classes sociales *condamnées par l'Histoire*.

« Ça, c'est une trouvaille ! Ce ne sont pas les hommes qui exécutent, non, c'est l'Histoire elle-même qui prononce la sentence de mort. La Race, c'est plus discutable, voyez-vous, plus grossier. Gobineau et de Maistre n'avaient pas l'ampleur de Hegel et de Marx. Des génies, ça. Chapeau bas, mon ami ! Un : l'Esprit, c'est l'État ; deux : l'État traduit les rapports de force entre les classes antagonistes. Il revient par conséquent au prolétariat, stade ultime du développement de l'Histoire. Qu'est-ce que vous en dites ? Il n'y a que les Allemands pour vous fabriquer des mécaniques pareilles !

« L'ironie ? Je vous entends, mon très cher, je vous entends. Le rire est l'arme des dieux ! Seulement, même Voltaire a arrêté de plaisanter et de cultiver son jardin pour défendre Calas, et c'est peut-être par là qu'il est devenu vraiment grand. Comment rire lorsque ça se passe sous votre nez, de l'autre côté du palier ? lorsque la même horreur se reproduit dans chacun des cinq continents ? Car ni l'Allemagne nazie, ni le communisme soviétique, pas plus que la Chine ou l'Afrique n'ont le monopole de ces massacres grandioses. Même des ethnies ridicules réussissent à bricoler des génocides à leurs mesures. Bosniaques, Croates, Hutus, c'est à mourir de rire. Vous verrez que même les Pygmées finiront par s'y mettre. Il ne leur manque que la théorie. Car tout est là, n'est-ce pas : la théorie. Sans théorie, on tue à la petite semaine, si j'ose ainsi m'exprimer. L'Idée seule permet de faire les choses en grand.

« Sincèrement, mon ami, cela ne vous trouble pas, cette ubiquité du massacre humanitaire ?

« L'homme n'est pas cet histrion assoiffé de sang, je vous l'accorde. Non, l'immense majorité accomplit ces ignominies par routine bureaucratique, contre ses sentiments intimes, en se faisant violence. Les bourreaux pleurent intérieurement, qui sait ? »

3

L'Espagne m'aide à saisir le recul de Kundera devant tes contorsions. Est-ce hasard si le Tchèque fait débuter la modernité romanesque avec *Don Quichotte*? Or, que le roman de Cervantès soit ou ne soit pas un roman d'aventures — cette dénomination me semble un peu courte —, un point demeure : dans l'Espagne du Siècle d'or, *Don Quichotte* apparaît comme la bible de l'humanisme espagnol, la face diurne de cette minorité éclairée, qui prolonge l'influence et le culte d'Érasme [1].

Quand *Don Quichotte* paraît en Espagne, une autre tradition romanesque existe pourtant, féroce, grouillante de monstres, éclairée des lueurs des autodafés : le roman picaresque. Or les violons qui font danser ces maquerelles et ces putains, ces assassins et ces voleurs étirent des mélodies tendres et plaintives. Des moines sanglotent au

1. Quiconque voudrait connaître l'importance d'Érasme dans l'Espagne de Cisneros et de Charles V devrait lire et relire le chef-d'œuvre de Marcel Bataillon, *Érasme et l'Espagne*, livre clé pour comprendre l'humanisme ibérique et ses avatars.

pied des bûchers, déchaînent du haut des chaires décorées d'angelots une éloquence pathétique. L'amour, la charité, le pardon : les mots les plus généreux fournissent aux tribunaux de la foi les prétextes dont ils nourrissent leur machine de mort. Plus la rhétorique sera généreuse, plus aussi la terreur se fera impitoyable, comme si les hommes ne tuaient jamais tant, ni de si bon cœur, qu'armés des plus nobles prétextes. Les fonctionnaires du crime parlent dostoïevskien.

Encore l'Inquisition s'inscrit-elle sous la rubrique du fanatisme. Mais le XVIIIe où Kundera fait culminer l'humanisme européen est aussi celui de Rousseau, de Robespierre, du bon docteur Guillotin, des tricoteuses, des massacres de Septembre et de la Terreur.

Ne serait-il pas plus simple, plutôt que de rejeter Dostoïevski, de fermer cette bouche d'ombre d'où, depuis Euripide et Sophocle, s'échappent les monstres et les démons ?

*

Tu aurais tort, Fédor, de te réjouir de ce qui ressemble à un plaidoyer. J'admets ta grandeur, je reconnais ma dette envers toi. Je n'en déclare pas moins que tu es devenu, dans ta vieillesse, la caricature de toi-même. Tes idées, tes sentiments, ton éloquence mystico-nationaliste, ta haine des Juifs, des Polonais, ton mépris des Français, ta rage contre les Anglais : tout en toi me révulse. Pas une phrase de ton discours à Pouchkine qui ne me fasse éclater de rire. Ce messianisme qui voit dans le génie russe la synthèse achevée de toutes les cultures et prêche la conversion de l'humanité entière au Christ orthodoxe !

*« Ce n'est pas dans le communisme, ce n'est pas en des formes mécaniques que réside le socialisme du peuple russe : il croit qu'il ne sera finalement sauvé que par **la communion universelle en le nom du Christ.** Voilà notre socialisme russe*[1]. »

Quel ragoût indigeste ! Je comprends l'exécration de Kundera, je la partage.

Je ne t'en aime pas moins, frère. Si tes personnages sentent et parlent juste, leur créateur pense souvent faux, jusqu'à l'aberration parfois. Tu n'es pas le seul artiste à qui pareille mésaventure soit arrivée, à commencer par ton maître vénéré, ce Gogol qui a obsédé ta jeunesse. Plus près de nous, en France, mais faut-il insister… ?

*

La littérature n'est pas un prétoire. Il ne s'agit ni de condamner ni d'absoudre — combien de nos intellectuels, après la guerre, ont transformé la littérature en tribunal révolutionnaire ? Il ne s'agit que de comprendre un style, c'est-à-dire une sensibilité et une pensée qui ont su trouver leur expression exacte. Cette forme renferme sa morale, laquelle ne prétend pas définir le Bien et le Mal mais éclairer, chez l'homme, leur alchimie

---

1. *Journal d'un écrivain*, 1881.

obscure. Pas plus que Médée n'est exemplaire ni repoussante pour avoir assassiné ses enfants mais par la manière dont sa passion retentit sur la scène, donc chez le spectateur, pas davantage Stavroguine ne relève-t-il du Code pénal. Il relève de la seule littérature, qui ne connaît qu'une question : ce caractère atteint-il ou non l'humanité du lecteur ? Ou, ce qui revient au même : nous apprend-il quelque chose sur nous-mêmes ?

Je ne tenterai pas de t'excuser, je ne réussirais qu'à t'affadir. Car tes excès, Fédor, constituent ta seule justification. Impossible de rien entendre à tes romans si on évacue cette chose immonde. Tous tes personnages, jusqu'aux plus purs, participent de cette veulerie crapuleuse. Tous, à des degrés divers, cèdent à la volupté des remords pathétiques, des saloperies apitoyées.

Loin de discuter le rejet de Kundera, je le tiens pour la plus haute et la plus exacte louange. Oui, ton univers baigne dans une ignominie larmoyante. Oui, ton style, ainsi que la plupart de tes personnages manquent de distinction et, même, d'éducation. Oui, ces pleurnicheries veules ont quelque chose d'insupportable. Je comprends donc que l'esthétique, le bon goût, la civilisation en un mot, rejettent ta sauvagerie.

En France, les premiers traducteurs de tes livres ont cru bon d'élaguer, de tailler. On manquait d'air dans la touffeur de tes romans, on a voulu y ouvrir des allées et des perspectives. Les noms de tes personnages suffisaient à décourager les plus intrépides. Je connais des lecteurs qui ont abandonné *Les Démons* au bout d'une cinquantaine de pages, désorientés par tant de personnages — une trentaine ! — aux noms également imprononçables. Les universitaires, qui ne laissent pas passer une occasion de chasser l'intrus de leurs réserves, raffinent dans la transcription phonétique, Fiodor, Fédor, Fedor, Féodor, Fjidor, Fj'dor ?

Même Gide, qui pourtant flaire l'énormité de ton génie, te réduit à ce qu'il connaît ou croit connaître, la description d'une pathologie de la déviance. Pour tous, la cause semble entendue : tes personnages n'appartiennent pas à l'humanité ordinaire.

4

À en croire certains critiques, tu n'aurais pas attaché la moindre importance à la forme[1]. Psychologue, penseur, philosophe, visionnaire et génie prophétique, tu ne serais pas un véritable artiste.

Ce procès en cache un autre, qui est d'ordre moral. Il trouve sa source dans l'Université, ce conservatoire de l'écrit canonique. Le mépris d'un certain style exprime, chez toi, la défiance d'une langue normalisée.

Sous prétexte de style, deux familles d'écrivains s'opposent, que j'ai baptisées celle du langage et celle de la parole.

Parce que la forme se confond pour eux avec le fond, les membres de la première ne s'attachent qu'à la musicalité de la phrase, à sa fluidité mélodique ; pour les seconds, qui voient dans la langue un outil en même temps qu'un obstacle, la phrase trébuche, hésite, se précipite ou sinue. C'est une parole qui se cherche à travers les balbutiements

---

1. Ta correspondance n'est pourtant qu'un long gémissement où le verbe *ciseler* revient à chaque ligne ou presque.

et les bégaiements. Elle accumule les ambiguïtés, les *on dirait, sans doute que, peut-être*; elle explose en *tout à coup, brusquement, soudain*. Elle va de la confusion à l'action brutale, presque désespérée. Elle produit un sentiment de chaos. Parce qu'elle échappe à la stabilité des idées claires et des sentiments nets, cette prose se contredit, nie ce qu'elle vient d'affirmer, ricane, insulte, provoque.

La réaction de Milan Kundera, outre son fondement politique, s'inscrit dans une tradition de raffinement esthétique. Il n'a donc pas tort de t'écarter avec mépris, car cette tradition, tu l'as rejetée, ainsi que ce qu'il convient d'appeler le beau style [1]. Rien de plus éloigné de toi que Flaubert et ses périodes ronflantes, dont la musique prétend marquer le creux des personnages, leur vide intérieur.

La pénombre et la touffeur de ton style font mieux apparaître la splendeur des icônes, le scintillement de leurs ors. Tu pratiques un art de la révélation.

*

Penseur, alors? Tu n'as pas d'idées, Fédor, pas du moins au sens où nos petits maîtres parisiens l'entendent, qui gèrent leur stock avec le flair des

1. Cette querelle, tu ne l'as pas inventée; elle remonte aux sources de la littérature russe. Alors que Pouchkine optera pour le style naturel, simple, classique, mais, de ce fait, éloigné du langage populaire, Gogol choisit le petit-russien. Tu te ranges du côté de Gogol, fidèle en cela à ton tempérament populiste.

boursiers, spéculant tantôt à la hausse, tantôt à la baisse. Tes pensées, tu les éprouves dans ton cœur, dans ton foie, dans tes poumons. Jamais désincarnées, elles pèsent de tout le poids de ta chair. Elles t'écrasent, quand elles ne te terrassent pas.

« *Pour écrire un roman, il faut avant tout se munir d'une ou plusieurs impressions-forces, effectivement vécues par l'auteur en son cœur. Ceci est l'affaire du poète. À partir de cette impression se développe un thème, un plan, un tout harmonieux, ceci est désormais l'affaire de l'artiste, bien que l'artiste et le poète s'entraident dans l'une comme dans l'autre[1].* »

Dans ce passage, chaque mot compte : *impression-force*, l'idée se grave dans le cœur, elle se coule dans le sang. Il revient à l'artiste de maîtriser cette force, de la fondre en caractères qui, convenablement disposés, produiront les phrases les plus harmonieuses. Il lui incombe de reconstituer un texte où ces énergies pourront s'affronter, *pro* et *contra*, non pas abstraitement mais toujours charnellement, à l'intérieur de chaque personnage. Si ton art, Fédor, produit une impression de chaos, c'est que la réalité, telle que tu la sens en ses profondeurs, t'apparaît chaotique. Car tu te veux, tu t'affirmes réaliste.

« *On m'appelle psychologue : c'est faux, je suis seulement réaliste au sens le plus élevé, c'est-à-dire que je peins toutes les profondeurs de l'âme humaine.* »

Peut-on mieux dire que la réalité n'est pas, à tes yeux, ce qui se voit, se respire, se touche,

1. *Correspondance*, lettre à Strakhov.

mais ce qui reste enfoui dans le cœur de chaque homme ?

« J'ai une vue particulière de la réalité (dans l'art) et ce que la majorité dénomme presque fantastique et exceptionnel constitue parfois pour moi l'essence même du réel[1]. »

*

Cette vision en profondeur induit des œuvres spectrales, aussi dérangeantes que des images obtenues par un scanner. Ce brouillage méticuleux confère à ta prose sa violence inquiétante, tantôt feutrée, tantôt ravageuse. Quel témoin de ta jeunesse a parlé de tes analyses littéraires *atomistiques*, néologisme que j'adopte, tant il s'accorde à ton tempérament ? Tes phrases passent et repassent au même endroit, creusent l'idée, labourent la pensée. Emportés dans ce mouvement, tes romans implosent. Le caractère, tel qu'on l'entendait avant toi, s'évanouit, déchiqueté par ses contradictions.

Chacun de tes personnages porte en lui un rêveur, un fou, un saint et un assassin, sans qu'on puisse dire laquelle de ces virtualités finira par le fixer dans un destin. Tu peins l'homme indéterminé, d'une telle largeur que chacun en contient des centaines.

« L'homme est large, trop large, il faudrait pouvoir le rétrécir. »

1. *Ibid.*

Mais que les circonstances l'acculent, dos au mur : tout l'édifice s'écroule. Si mince, si légère est la surface de civilisation qu'une secousse suffit à la lézarder.

« *Pour ce qui est de mon faible pour les manifestations pathologiques de la volonté, je vous dirai seulement que j'ai effectivement quelquefois réussi, semble-t-il, dans mes romans et mes nouvelles à* **démasquer** *certains qui se croient sains, et à leur démontrer qu'ils sont malades. Savez-vous qu'il y a énormément de gens qui sont malades de leur santé précisément, c'est-à-dire de leur certitude démesurée d'être des gens normaux[1] ?* »

Chez toi, les tâtonnements de la phrase, ses trivialités mêmes renvoient à la certitude, sous l'imprécision douloureuse du langage, d'un Logos éternel, qui fonde la personne. Il y a un cri étouffé au fond de chaque homme. Quelque chose se murmure dans l'au-delà du langage.

« *Une trouvaille fortuite dans une librairie* : Carnets écrits du sous-sol, *de Dostoïevski... La voix du sang (comment l'appeler autrement ?) se fit aussitôt entendre, et ma joie fut extrême.* » Nietzsche[2] définit d'emblée ton style, son épaisseur physique.

Si l'homme est un malade qui s'ignore, d'autant plus malade que persuadé d'être tout à fait sain et normal, comment ton style ne présenterait-il pas tous les symptômes de la maladie, fiévreux, confus, haletant, titubant, proche de la syncope ?

D'où que les hommes normaux t'opposent la

1. *Correspondance.*
2. Lettre à Overbeck.

robuste vitalité de Tolstoï, son impassibilité majestueuse. À ceux pourtant qui réduisent la divergence à une question de tempérament ou de psychologie tu fournis une réponse d'abord esthétique, c'est-à-dire universelle dans la genèse et le choix d'un style.

« *Si j'étais un romancier russe et que j'eusse du talent, je prendrais sûrement mes héros dans la vieille noblesse russe, parce que ce n'est que dans ce type de Russes cultivés qu'est possible cet aspect au moins d'un ordre esthétique et d'une impression esthétique, aspect si nécessaire dans un roman pour produire un effet élégant sur le lecteur…* »

Et, de peur de n'être pas compris, tu insistes :

« *Ce serait le tableau, artistement achevé, du mirage russe, mais qui a existé réellement tant qu'on ne s'est pas aperçu que c'était un mirage*[1]. »

Plus le lecteur se sait et se sent malade, divisé, rongé par la honte, et plus aussi il aura la nostalgie de ce mirage.

L'art de Tolstoï, de Cervantès ou d'Homère n'est ni plus pur ni plus noble que le tien, Fédor. Il relève seulement d'un autre temps, lorsque chaque événement et chaque action se coulaient dans un ordre *idéal*.

Tu as donc raison de te proclamer réaliste. Tu es le premier tragique de la crise. Tu écoutes les convulsions d'un monde qui a perdu la boussole.

---

1. *L'Adolescent*, de tous tes livres le plus cher à mon cœur, Fédor, malgré ses imperfections et ses longueurs.

5

Au moment de commencer un livre, tu embouches les trompettes de l'hyperbole : on va, enfin, voir ce dont tu es capable ; tu le tiens, ton sujet ; ce sera un chef-d'œuvre tel que nul n'en a réussi, depuis Pouchkine et Cervantès, l'histoire d'un joueur comme on ne l'a jamais montré ni étudié. (Cette phase première de ta création est celle que tu dénommes poétique, l'illumination de l'*idée*.) Et de délayer dans le superlatif absolu, la main tendue avec le secret espoir que l'à-valoir grossira d'autant. (La seconde phase, celle de l'exécution, peut aussi bien durer trois semaines que des années ; tu l'attribues à l'*artiste*.)

Las, le roman paraît, retombe — tout est relatif car un public fidèle de quelques milliers de lecteurs[1] te suit depuis ton premier livre, t'accompagnera jusqu'à ta fin. Mais la critique, notamment

---

1. Même à l'occasion de la parution des *Récits de la maison des morts*, Dostoïevski n'aurait pas figuré dans la liste des meilleures ventes.

les libéraux, qui ne t'aiment guère — c'est un euphémisme —, se déchaîne.

D'abord un instant de stupeur, une incrédulité médusée. Très vite, la contrition : tu n'es qu'un prolétaire des lettres, condamné à tirer à la ligne ; faute de ce loisir dont dispose un Tourguéniev, ta bête noire, tu gâches les meilleurs sujets. Et de te flageller : oui, tu es condamné à rater tout ce que tu entreprends, tu...

On se laisse prendre à tes lamentations, on plaint ta position d'écrivain sans le sou, pressé par des éditeurs cupides. Puis on s'avise d'établir un bilan : on découvre que les sommes qui te passent entre les mains ne sont aucunement négligeables ; on constate que tu prends un malin plaisir à les dilapider, à faire en sorte qu'on te les vole sous ton nez, à les distribuer à des inconnus, comme les patients[1] du médecin avec qui tu partages un appartement à Pétersbourg ; on s'étonne de ton acharnement à te charger de dettes, à te porter caution pour la famille de ton frère, à traîner pendant des années un vaurien de beau-fils, Paul, qui t'exploite et te vole sans que tu supportes que ta femme (Anna, la dernière) t'en fasse seulement la remarque. (Je connais cela, Fédor, cette pitié suspecte qui, par le souvenir, par un sens dévoyé du devoir, nous tient enchaînés à des êtres médiocres. Nous allons jusqu'au bout, nous fermons les yeux, nous nous bouchons les oreilles.)

---

1. Cette attirance et cette curiosité pour les malades, de préférence les plus démunis, on verra qu'elles remontent à loin.

Comme si cela ne suffisait pas, tu passes tes nuits au casino, d'où tu reviens, bien entendu, plumé. Tu as pourtant découvert la martingale qui doit t'assurer un gain mathématique : il s'agit de ne jamais abandonner ton sang-froid, quoi qu'il arrive. Plus facile à dire qu'à faire, car tu fréquentes les salles de jeux pour, justement, le perdre, ton sang-froid. T'arrive-t-il de gagner une grosse somme ? Tu la mises d'un coup pour rattraper les pertes antérieures.

*

Des années plus tard, après tant de scènes pathétiques, tant d'humiliations, tant de larmes et tant de promesses reniées, tu finiras par t'avouer l'évidence, que tu as toujours sue : tu ne jouais que pour perdre, ce que tu appelais *te refaire*. Se refait-on en se défaisant chaque nuit ?

Avec cet aveu, tu brûles, frère. Nous savons tous deux ce que cache ce pile ou face : il reconstitue le lieu d'où nous partons pour écrire. (Tu établis toi-même ce parallèle : « *Bref, je me lance dans mon roman, à corps perdu, **en misant sur une seule carte**, advienne que pourra.* »)

Cette urgence, ce vertige : ils miment notre agonie et ils expriment, dans le jaillissement des mots, notre volonté farouche de survivre, notre ténacité, cet amour éperdu de la *vie vivante*, jeu de mots intraduisible qui suggère la palpitation de l'instant, son frémissement intime.

L'incertitude dramatisée du jeu concentre les incertitudes de la vie. Chaque coup est un défi au destin. Il reproduit cette seconde où, déjà mort, tu as dû renaître, où, cadavre d'enfant, je me suis remis debout. Il n'y a pas de jeu sans croyance. Tu jouais, Fédor, pour retrouver, après chaque chute, la saveur unique de la vie. J'écris de même pour entretenir l'illusion de l'amour. Il y va, pour toi comme pour moi, de bien plus que la vie physique : il y va de notre foi en l'existence, de notre salut. L'écriture est pour nous une ordalie.

*

Malade, toujours entre deux crises d'épilepsie, sans le sou, errant d'une ville à l'autre, pestant contre l'Europe, contre son matérialisme, guettant anxieusement l'arrivée du mandat qui te permettra de nourrir ta petite famille, sollicitant Tourguéniev lui-même (tu as osé, Fédor ! tu t'es abaissé ! l'homme que tu méprisais le plus, l'Occidental, le Parisien, tu as osé le taper !) : tu n'arrives cependant pas, dans tes lettres, à dissimuler ta gaieté.

« La vitalité d'un chat », lâches-tu avec un sourire malicieux.

Sais-tu, Fédor, qu'on appelle chats — *gatos* — les natifs de Madrid, où j'ai vu le jour ?

6

Je t'ai rencontré vers treize-quatorze ans, à Barcelone, mais je t'ai reconnu au premier regard parce que je vivais en toi depuis ma naissance, depuis bien avant même. J'habitais les régions que tu avais explorées, parmi des personnages sortis de tes rêves enfiévrés, dans tes lumières cernées d'ombres géantes. Autour de moi, l'atmosphère tremblait au souffle de tes *Démons*, la lueur des incendies qu'ils avaient allumés aux quatre coins de la ville rougissait le ciel nocturne.

Si, comme le dit Kundera, la culture du roman est celle de l'incertitude et de l'ambiguïté, si elle s'oppose aux affirmations dogmatiques de la religion ou de l'idéologie, ma petite enfance a baigné dans un romanesque exaspéré, fait de déclamations théologiques et d'un murmure étouffé, presque honteux, où toutes les duplicités, jusqu'aux plus suspectes, se glissaient dans la pénombre.

Avec ses rugissements et ses décombres, la guerre s'entoure de proclamations qui cachent sa réalité hideuse. Chaque camp commence par défricher un champ sémantique où il plante sa bannière. Quelques mots inscrits sur une oriflamme : patrie, foi, croisade, race, hispanité ; guère davantage sur un gonfalon : prolétariat, république, révolution, internationalisme. On vit, tu le sais, par les mots, et l'on meurt par eux.

*

Je découvrais, Fédor, que chacun, autour de moi, parlait une langue différente, au gré de ses interlocuteurs et des circonstances. Moins un mensonge qu'une trahison, d'abord de soi. J'avançais dans un monde dépourvu de repères. Jusqu'aux figures tutélaires qui, le jour ou la nuit, se métamorphosaient. Ma famille vacillait, rongée par ses contradictions. Par atavisme, sa langue profonde était celle de l'ordre ; les circonstances la contraignaient à parler le jargon révolutionnaire. Si cette confusion ne basculait pas dans la folie, c'est que l'esthétique, littérature et musique, maintenait le mirage. Aussi le roman devint-il ma patrie.

*

Roman échevelé, éclairé des lueurs des incendies, secoué des explosions des obus et des bombes, hanté, dans ses silences, des chuchotements du crime et de la trahison.

Un de ces monstres littéraires dont tu gardes le secret, tout ensemble d'une modernité formidable par sa vision prophétique et ringard dans sa forme, un feuilleton imité d'Eugène Sue.

Je suis, Fédor, l'une de tes créatures. J'ai commencé par être un de ces enfants stupéfaits qui hantent tes livres.

« *Il est des enfants qui, dès l'enfance, ont réfléchi à ce qu'ils voyaient dans leur famille, qui, dès l'enfance, ont été offensés par la laideur morale de leurs pères et de leur milieu, et qui surtout, dès l'enfance, ont commencé à comprendre le caractère désordonné et fortuit des fondements de leur vie même, l'absence de formes fixes et de traditions familiales[1].* »

Quand je lirai, dans l'un des chefs-d'œuvre de ta maturité, ce portrait des enfances gorgées de dégoûts, l'obscurité de la mienne s'éclairera d'un coup.

« *Malheur à ces êtres qui sont abandonnés à leurs seules forces et à leurs seuls rêves, et avec une soif de beauté passionnée, trop précoce et presque vengeresse[2].* »

Je lis lentement chaque mot, je pèse chaque syllabe, je revois le masque de Mamatón, le visage peint de Mamita : je vomis mon enfance, Fédor. Je la recrache ainsi que, de livre en livre, tu as recraché la tienne.

Vengeresse, oui, sauf que la vengeance, nous la tournons d'abord contre nous-mêmes. Nous sommes les premières victimes de nos désillusions.

*

1. *L'Adolescent.*
2. *Ibid.*

Dans mes contes, je trouvais une cohérence au désordre qui m'entourait. Tous me plongeaient dans un univers où chaque arbre, chaque animal, chaque personne cachait un second personnage, cruel ou magnifique. Les *fondements de ma vie* reposaient donc sur cette duplicité. Entre la réalité et mes livres, la différence n'était qu'apparente. Pour l'essentiel, la même dualité se retrouvait partout.

L'expression ahurie que j'arborais, ces airs simplets qui agaçaient ma grand-mère, ils rejoignaient le désarroi et la stupeur des grandes personnes, également dépassées par le caractère ambigu des événements. Je les soupçonnais de mieux cacher leur jeu.

Grandir, compris-je, c'est apprendre à mentir.

*

Au creux de l'oreiller, dans la nuit emplie du roulement de la bataille, Mamita m'avouait qu'elle se sentait perdue. Pareille à ces petites filles que l'envieuse marâtre abandonne au plus profond de la forêt avec l'espoir qu'elles ne retrouveront pas leur chemin, elle courait dans l'obscurité, folle de terreur, se cognait aux troncs, s'écorchait aux branches, s'égratignait aux ronces. Je la consolais et la réconfortais, jurais de tuer le Dragon et de la ramener au château.

La supériorité des grandes personnes sur moi résidait dans la langue. Elles en dominaient toutes les ressources si bien qu'elles réussissaient à inventer, pour chaque événement, des explications irréfutables. Prises en flagrant délit d'ignorance, elles se cachaient derrière un : «Tu es trop petit pour comprendre» ou un : «Tu comprendras plus tard», jetés avec un air de supériorité.

Leur candeur me navrait. Ainsi leur arrivait-il de se lancer dans d'interminables discussions qu'elles appelaient *politiques*. Avec la gravité des augures, elles déchiffraient ce qu'elles appelaient l'Histoire. Après avoir analysé — c'était leur expression fétiche, *analyser* — les raisons qui faisaient que la République ne *pouvait* pas perdre la guerre, elles se demandaient avec angoisse ce qu'elles feraient en cas de victoire des franquistes.

Je ne m'étonnais plus de leur inconséquence : les grandes personnes parlent trop, il est donc naturel qu'elles se contredisent.

À commencer par Mamita, toutes faisaient le contraire de ce qu'elles disaient.

*

« *Qui veut tuer son chien l'accuse de la rage* » : chacun, autour de moi, ne semblait occupé qu'à distiller les poisons de la vengeance. Dans cette alchimie meurtrière mon angoisse s'enracinait. Non à cause du sang versé, que j'aurais sans doute trouvé beau, mais à cause du double langage de Mamita, péremptoire pour les uns, timide et apeuré pour moi seul. Devant ses auditoires, elle justifiait le crime avec une éloquence passionnée ; la nuit, elle sanglotait d'épouvante dans l'oreiller. Aurais-je su que ce mensonge s'appelait instinct de survie, j'eusse été moins troublé. Faute de mot, l'écart devenait inquiétant. Puisqu'elle mentait à tous, qui m'assurait qu'elle ne me mentait pas à moi ? Je vivais sur mes gardes.

Évidemment, je ne me disais pas les choses aussi crûment. J'ignore même si je les pensais. J'éprouvais devant toutes les grandes personnes une appréhension soupçonneuse : je les sentais imprévisibles.

Mes contes n'étaient pas non plus faits pour me rassurer.

7

Accroupi sur le tapis, mon regard émerveillé contemple la dizaine de livres étalés autour de moi : c'est mon premier souvenir, ébloui, de lecteur.

Opuscules plutôt que livres, car c'étaient de minuscules cahiers, grossièrement brochés, aux couvertures décorées d'illustrations criardes. Non seulement je revois les petits volumes[1] éparpillés autour de moi, je scrute aussi la pénombre dans le salon vertigineux où, depuis le départ des domestiques, la poussière et la saleté s'accumulent.

Cerné d'ombres crasseuses, de velours poisseux, de tapisseries fanées, surveillé par le regard éteint des deux hauts Nègres vénitiens qui gardent la porte à deux battants en brandissant leurs torches, j'écoute ce roulement menaçant d'où se détache une détonation isolée, une rafale de fusil mitrailleur. Ce grondement d'orage, je sais et j'ignore ce qu'il signifie — la guerre, la mort; il me paraîtrait moins sinistre s'il n'était ponctué de

1. L'aspect médiocre de ces opuscules s'explique aisément : la République agonisante manquait de papier.

silences où je me sens couler. Car ces trous noirs m'aspirent vers le néant. Ils annoncent peut-être la débandade des combattants, la défaite, l'entrée silencieuse des Maures dans la ville, troupe de félins souples et noirs, armés de dagues aux lames recourbées.

*

Il y a longtemps, alors que j'étais petit — je suis grand maintenant, je vais avoir six ans —, ils ont réussi à se glisser nuitamment dans Madrid[1], jusqu'à la Puerta del Sol. Saisis d'inquiétude devant le silence et l'immobilité de la ville, craignant un piège, ils ont rebroussé chemin. Cette nuit-là, il s'en est fallu d'un rien que Mamita soit prise, fusillée ou, pis, égorgée. Car les Maures tranchent les gorges, fendent les ventres, écrasent les enfants en les jetant contre les murs. C'est ma nourrice, Tomasa, qui me l'a raconté, et Tomasa n'ignore aucun des secrets de la vie. Elle sait même comment soulager les engelures. Alors que je trempe mes pieds enflés dans une bassine remplie d'eau brûlante où nagent mes poissons et dans laquelle Nounou a déversé du gros sel, elle chantonne des incantations apprises dans son village de l'Estrémadure. Leur efficacité est assurée par le fait que

1. En novembre-décembre 1936, l'armée franquiste déclencha une vaste offensive contre la capitale ; les légionnaires et les bataillons maures atteignirent les faubourgs et quelques détachements parvinrent à se glisser dans la ville, qui semblait alors perdue.

Tomasa les tient d'une Gitane mâtinée de Juive, de toutes les magiciennes les plus savantes. Elle les dit d'ailleurs en un mélange d'arabe et d'hébreu, langues ésotériques et cabalistiques.

Bien entendu, les formules incantatoires ne font pas disparaître les engelures. Seuls les naïfs s'imaginent que la magie opère en *transformant* les apparences. Le prodige vient de ce que la réalité demeure ce qu'elle *paraît* tout en changeant dans son *essence*. Mes pieds et mes mains restent rouges et gonflés alors que la brûlure et la douleur s'évanouissent.

Pour savante qu'elle fût, Tomasa n'en partageait pas moins avec toutes les grandes personnes une inconséquence stupéfiante. Ainsi ne redoutait-elle rien tant que l'entrée des Maures dans la ville, peur qui ne l'empêchait pas de prier chaque soir pour la *délivrance* de Madrid, mot qui signifiait, répondit-elle à mes questions, la défaite des horribles Rouges ; comme j'osai lui rétorquer que cette libération impliquait l'arrivée des Maures, elle écarta l'objection par une gifle, argument définitif des adultes.

*

Je suis toujours accroupi sur le tapis, contemplant mes richesses.

Dans mon silence, je savoure un bonheur intense, mêlé d'une tristesse vague. C'est cette mélancolie qui me permet de dater cette soirée des Rois, 6 janvier 1939. Je saisis sans vraiment comprendre que la guerre est perdue. Je perçois de la sorte mille choses que je ne parviens pas à expliquer, ni à ranger dans aucune langue.

L'enfance est comme la musique qui réussit à tout suggérer sans rien dire. J'entends la tonalité des voix, les pauses entre les phrases, les silences et les soupirs. Je sens ce qui alourdit les cœurs, je prévois la menace et j'ignore ce qui arrive dans la réalité : qu'est pour moi la réalité *vraie* de l'orange, sa texture, son poids, l'étymologie du mot, ou son arôme et sa saveur ? Je vis derrière la réalité, dans la vérité de mes contes.

Je sais pertinemment que les deux Nègres vénitiens postés devant la porte du grand salon sont des statues. Je ne suis pas sot au point de les confondre avec des personnages réels. Il n'empêche que ce sont *aussi* des Maures et qu'ils pourraient m'assommer avec leurs torchères ou tirer une dague d'entre les plis de leurs vêtements pour me trancher la gorge. Je fais donc un détour chaque fois que je passe devant eux.

Ma grand-mère, Mamatón, femme aigre et méchante, se moque de ma crédulité. Elle prétend que je suis un enfant trop impressionnable. Elle-même passe pourtant ses nuits à dévorer des livres d'une vulgarité hideuse, avec des couvertures noires où figurent des créatures blondes, leurs lèvres collées à celles de chirurgiens en blouse blanche. Sournoisement, je lui demande si elle croit à ces histoires d'infirmières.

« Ta question est stupide, rétorque-t-elle de sa voix de crécelle : il ne s'agit pas d'y croire ou non ; c'est une distraction, une façon d'oublier la guerre.

« — Mais, pendant que tu lis, dis-je avec une suavité de séraphin, tu y crois quand même, non ?

— Évidemment, soupire-t-elle en haussant les épaules d'un air excédé. Sans ça, quel plaisir en tirerais-je ? Lire, c'est faire comme si. Mais où veux-tu en venir ? »

Nulle part. Je ne fais que tourner en rond dans mes questions. Je ne suis que « ce malheureux garçon », le fils du Français, autant dire un pauvre d'esprit.

Cependant que, derrière le masque de caoutchouc, les yeux couleur d'huître me fixent avec une expression de consternation apitoyée, je m'écarte du grand lit.

*

Tu as connu, Fédor, cette solitude de l'enfance livrée à des adultes sentimentaux et cruels. Dans tes carnets, le projet court d'un bout à l'autre de ta vie, tel un leitmotiv : *roman sur les enfants*. Et, dans chacun de tes livres, on retrouve la même petite figure pâle et taciturne, le regard d'étonnement paisible. Tu sais que, dans la réalité, l'univers des adultes et celui des enfants ne communiquent pas entre eux. Deux mondes étanches dont l'un est soumis à la puissance et à la volonté de l'autre.

Je n'étais même pas malheureux, Fédor. J'avais franchi la frontière : j'habitais un pays étranger, hostile, dont je n'entendais ni ne parlais la langue. Je me demandais : que trament-ils donc contre moi ? Ce soupçon me donnait l'air idiot.

*

La peur, la faim, la fuite des domestiques[1] qui ont tout laissé à l'abandon, le froid surtout, insupportable dans ces pièces immenses, hautes de plafond : Mamatón en veut à la terre entière de l'avoir réduite à cet état de bête affolée.

Je vis dans la peur, moi aussi, j'ai faim, parfois même à en pleurer, j'ai si froid que je claque des dents dans mon lit, enseveli sous les édredons. Contrairement à Mamatón, ma douleur reste étouffée, juste un poids sur la poitrine. Car j'ai trouvé la formule magique, le sésame qui donne accès à la caverne enchantée. Il me suffit d'ouvrir un de mes contes et de me laisser couler avec les mots ; une phrase après l'autre, je descends de plus en plus bas, jusqu'au fond du puits ; d'abord, l'humidité et l'obscurité m'épouvantent ; petit à petit, je discerne des formes, distingue des couleurs, une vaste cité couronnée de coupoles d'or m'apparaît. Dans ses rues, sur ses places, je rencontre toutes sortes de personnages, même ceux de mon entourage, mais dépouillés de leur apparence et rendus à leur vérité. Passant d'un monde à l'autre, je puis confronter mes expériences, comparer les personnes réelles à leurs modèles,

---

1. Les hommes, tous volontaires, évidemment, pour s'enrôler dans les milices ; les femmes, quand elles le pouvaient, reparties dans leurs villages. Servir chez des bourgeois attirait des soupçons de collaboration de classe, de trahison.

scruter leurs visages cachés derrière les masques qui les dissimulent.

*

Dans la Cité du Haut, Mamita est la plus belle, la plus tendre des mères ; dans la Cité du Bas, elle devient une sorcière bossue, grimaçante. Je me garde bien de laisser transparaître que j'ai percé son secret, car je redoute sa vengeance. Pour prévenir ses soupçons, j'en remets au contraire dans l'adoration. Je me sens condamné à la passion filiale comme elle est condamnée à l'héroïsme et à la déclamation. Je me fais son gentil miroir, je reflète son masque de conquête et de gloire. Dans mes descentes oniriques, j'écoute cependant battre mon cœur, je compte les minutes et les heures ; j'observe les préparatifs du crime que, dans son antre rempli de toiles d'araignée, parmi des bocaux contenant des scorpions et des vipères, une chouette perchée sur son épaule, la sorcière mijote, courbée sur ses cornues et ses alambics.

Je l'écrirai quand je serai devenu un adulte chenu, et que je me tournerai, non vers mon passé ni vers ma biographie, mais vers mes chimères véridiques, ces descentes aux cités des songes où j'ai si longtemps demeuré : nous savons tout, depuis l'origine.

La vraie vie est toujours derrière soi. La vraie vie, c'est-à-dire les mots qui nous ont appelés, engendrés, pétris.

8

« *Il n'y a pas de commencement*[1]. » Thomas Mann élargit la même idée : « *On ne veut jamais que son destin*[2] », suggérant l'existence en chacun, depuis l'origine, d'un désir étranger. Toujours une fée qu'on a négligé d'inviter pour les fêtes de notre baptême arrive à la dernière minute, vindicative, jette son mauvais sort. Cette volonté maléfique crée l'angoisse qui nous habite, fixe notre rendez-vous avec le malheur.

Ainsi toute histoire renvoie-t-elle à une histoire antérieure, jusqu'aux mythes fondateurs qui, eux-mêmes…

Il était une fois : mais où et comment vivait cette pauvre fée que, faute d'un treizième couvert d'or, le roi a négligé d'inviter ?

Le Puits du Temps est en vérité sans fond.

*

1. Première phrase de *La Gloire de Dina*, roman de l'auteur, aux Éditions du Seuil.
2. *La Montagne magique*.

« *J'ai toujours écrit pour éviter de vivre*[1] » : la formule n'a pas manqué d'intriguer. Voulais-je dire que l'écriture, et donc la lecture, sa jumelle, n'était qu'une fuite devant la vie ? Il arrive qu'on s'évade par la lecture d'une réalité médiocre et que, ainsi que tentait de le faire Mamatón, on lui en substitue une autre, triomphale. Ce n'est pourtant pas à cet évitement de la réalité que je faisais allusion. Je voulais dire qu'il y a une lecture (donc une écriture) de l'urgence où il s'agit de refuser la vie qu'on nous impose, quand elle nous mène à la mort ou à la folie.

Une telle lecture n'est ni plus fine ni plus lucide. Le prétexte même de la déréliction peut sembler ridicule. L'importance de l'événement n'est pas proportionnelle à l'ampleur du désastre. Il suffit d'une très mince fêlure pour que l'existence bascule. Pour une vétille, des enfances heureuses s'affaissent brutalement.

Lire deviendra, pour ces exilés de l'Éden, non pas une évasion, ni même une compensation, mais l'immersion dans une vie autre, plus achevée. Toute lecture sérieuse est à la fois chute et assomption.

Les mots substituent la vie à la simple existence. Ce que le lecteur gagne en vérité, il le perd toutefois en réalité. Devenu écrivain, il sentira plus fort encore la nostalgie des joies et des peines immédiates. À la fois d'ailleurs et d'ici, il connaîtra la

1. Dans *Le Crime des pères*, également aux Éditions du Seuil.

solitude de l'exil. Incapable de rien vivre sans en écouter résonner l'écho en lui, ce dédoublement lui apparaîtra comme une imposture. Il doutera s'il rêve ou s'il vit, s'il habite les mots ou si ce sont les mots qui le recouvrent et le noient. À la fin, il ne possédera d'autre vérité que la musique qui le porte. Privé d'avenir, il contemplera toutes choses comme déjà accomplies, dans un futur antérieur qui est celui de l'écriture. Ses jouissances mêmes seront faites de mots. Ses textes happeront, aspireront ses expériences et, tels des vampires, ses livres s'abreuveront de son sang.

Pour renoncer à exister, il faut que l'existence apparaisse dévaluée. Il n'y a de texte que de la déception et du manque. *La vie est ailleurs,* tout lecteur-écrivain retrouve en lui cette profession de foi, qui est aussi une démission.

L'aveu d'un échec autant que le manifeste de l'orgueil.

*

La vulgarité de Mamatón découlait moins de sa sentimentalité de midinette que de l'étroitesse de ses curiosités. Elle ne fréquentait que les régions mille fois arpentées, devenues, au sens propre, des lieux communs. Elle fuyait certes le malheur, mais non dans le désir d'aborder de nouvelles terres. Tous ses rêves étaient des clichés délavés.

Autant que par la médiocrité de ses lectures, j'étais intrigué par le soin qu'elle apportait à se maquiller, collant chaque soir un masque de caoutchouc sur sa figure.

À son lever, installée dans le mirador d'où elle observait la rue, elle arrachait avec une précaution horrible cette seconde peau, découvrait un masque blanchâtre, ôtait cet emplâtre... Des visages successifs apparaissaient sous mon regard fasciné, me confortant dans le sentiment de l'incertitude et de l'ambiguïté de la réalité.

Elle se massait le front, les joues, le menton, le cou surtout, choisissant parmi les dizaines d'onguents qui emplissaient les pots disposés sur une petite table marquetée.

Ces séances de maquillage n'étaient-elles pas la paraphrase de ses lectures ? Dans les deux cas, il s'agissait d'exhiber devant les autres un personnage idéal. Prétention d'autant plus absurde que Mamatón ne sortait pas, recluse par la guerre dans son vaste appartement chaque jour plus sale et plus délabré. Elle ne voyait personne et personne ne la voyait : pour quel public peignait-elle son masque ?

Par ses lectures ainsi que par l'étalage des fards, Mamatón se cramponnait à une image qui lui échappait. Elle devenait le pur mensonge de ses illusions.

Mamatón ressassait en revivant ; je découvrais, moi, en explorant.

Ces plongées me permettaient de reconnaître une Mamatón primitive, d'avant même sa naissance.

*

Ses femmes de chambre, ses valets, sa cuisinière, son chauffeur, la Révolution — c'était le mot qu'elle employait, avec un accent de rage et de mépris —, la Révolution[1] les avait tous emportés. Des miliciens lui avaient pris sa belle automobile blanche, ils avaient fouillé sa maison, volé ses bijoux[2]. Les gens qu'elle connaissait et qui, surtout, la reconnaissaient avaient, eux aussi, disparu. Il ne restait rien ni personne. Le vide, le désert. Jusqu'à sa fille qui proférait, chaque nuit, des insanités aux micros des Rouges[3].

Et ce grondement de mort aux quatre points de l'horizon. Ces averses de feu parmi les hurlements et les tremblements.

Elle se peignait, se massait, puis s'en retournait dans sa chambre où elle retrouvait les décors de ses livres : des châteaux en Écosse, des landes et des brumes où chevauchaient des baronnets distingués et courtois.

Je la revois, très haute, le menton relevé, le maintien fier, la démarche altière, vêtue d'une

---

1. La droite parlait de «Révolution» quand la gauche parlait de «guerre civile» ou de *pronunciamiento*; «guerres civiles» rendrait mieux compte de la situation.
2. Le gouvernement républicain avait réquisitionné l'or et les bijoux des particuliers. Pour échapper à cette mesure, ma grand-mère avait confié ses bijoux à une ancienne cuisinière, qui s'empressa de la dénoncer. Mamatón fut jetée en prison, d'où ma mère réussit à la tirer au bout de quelques jours.
3. Mamita était alors membre d'Izquierda Republicana, le parti des notables, sorte de radicalisme à la sauce espagnole. Autant dire que, dans le contexte d'une guerre impitoyable, Mamita n'était rien.

ample et longue robe de chambre de velours noir, raide de crasse et maculée de taches, si bien que le contraste entre ses airs de grandeur et cette saleté repoussante produisait un effet hautement comique.

*

Ce mélange d'abjection et de pompe ne t'évoque-t-il rien, Fédor ? Pense à ton noble père, à son goût des homélies sentencieuses, à sa dévotion bigote ; souviens-toi de ses attendrissements d'histrion, de ses récriminations et de ses jérémiades. L'as-tu haï au point de désirer sa mort ? Nul jamais ne le saura. Dans tes romans cependant, où ta vérité intime se lit, on respire ce parfum de détestation sourde, de rancœur mêlée de honte et de dégoût. On y sent de même ton remords de n'avoir pu, enfant, mieux défendre ta mère malade.

Les femmes, les enfants, les bêtes : éternels humiliés et offensés de tes obsessions littéraires.

Autour de toi, tu flairais l'un de ces crimes accomplis dans l'exquise tartuferie du dévouement. D'où ton épouvante quand, dans les nuages d'encens, le chantre psalmodie de sa voix de basse : « *Souviens-toi donc ! Quel innocent a péri*[1] ? »

Et Dominique Arban[2] de s'interroger avec per-

---

1. Le Livre de Job, la Bible, traduction de Chouraqui. *Idem* pour toutes les citations de l'Ancien Testament.
2. *Dostoïevski*, dans la collection « Écrivains de toujours », Éditions du Seuil.

tinence : « *Comment se fait-il qu'à huit ans, debout auprès des siens dans la chapelle, le petit Fédia pleure en écoutant le chantre psalmodier le Livre de Job ?* »

Ce texte redoutable, tu ne le découvres pas, puisqu'il a servi, à tes sœurs et à tes frères, de livre de lecture pour vos leçons d'allemand. Du reste, la Bible fut ton abécédaire.

Ta mère, la Douce, crache et tousse dans la chambre voisine, assaillie dans son lit par la fureur maniaque de l'avare, acharné à faire et à refaire ses comptes ; dehors, dans les écharpes que le brouillard déploie, les malades glissent, tels des fantômes.

*

Pierre Pascal a sûrement raison de prétendre que ce père avare, d'une jalousie morbide, n'avait rien d'un monstre, qu'il vous aimait à sa façon. N'a-t-il pas épargné rouble après rouble pour acheter une propriété où tu connaîtras tes plus pures joies d'enfance ? N'est-ce pas là, dans cette plaine immense, que, par un jour d'été canicu-laire, tu vivras une de ces expériences ineffables qui marqueront ton destin ? Tu te tiens tapi dans une haie, tu crois entendre crier : « *Au loup ! Au loup !* » Que dis-je *tu crois* ? *Tu les entends*, ces cris de terreur. Tu cours, pris de panique, vers un vieux moujik qui te signe sur le front, te serre contre sa poitrine : « *N'aie pas peur, mon petit barine. N'aie pas peur.* »

Bien entendu, les psychanalystes ont tranché : hallucination auditive. Quel enfant, Fédor, n'écoute pas la rumeur de ses peurs? Aussi n'est-ce pas l'angoisse du loup qui s'est inscrite dans ta mémoire, mais la bénédiction du vieux moujik, sa voix douce et apaisante.

Tu découvres, toi, le petit nobliau gorgé d'orgueil, l'humanité cachée derrière un vieux paysan, tu découvres, dans un élan d'amour, ta fraternité avec le peuple russe. Tu sens également la haine que les villageois ont pour ton père, tu t'aperçois de sa laideur morale.

Au bagne, ce souvenir te reviendra. Contre le dédain des Polonais, tous nobles, qui méprisent les forçats russes, issus du peuple, tu te rangeras du côté des bagnards, jusqu'à l'humiliation ultime. Tu prendras l'aumône qu'une petite fille te tendra, au nom du Christ. Tu remercieras humblement, tête baissée.

*

Un père ni meilleur ni pire que beaucoup d'autres, soit. Mais toi, Fédor, qu'éprouvais-tu dans le silence de ton cœur d'enfant en l'entendant s'emporter pour un rouble manquant à son bilan cependant que, entre deux accès de toux, la frêle voix de la malade tentait de se justifier, une fois encore…?

« *Écris-moi s'il n'est pas resté de tes robes, des plastrons, des bonnets et d'autres choses de ce genre, et ce que nous avons dans le grenier, rappelle-toi et écris-moi en détail, car je crains que Vassilissa ne nous vole.* »

Voilà pour le soupçon morose de ce mari et de ce père ordinaire qui, en l'absence de sa femme et de ses enfants, compte et recompte les petites cuillères, demande à son épouse de lui fournir le détail de ses bonnets et de ses plastrons, quand il ne gémit pas de ne pouvoir lui faire un présent pour son anniversaire.

« Ah, que je regrette de ne pouvoir, dans ma gêne actuelle, t'envoyer quelque chose pour ta fête! Mon cœur en souffre[1]. »

Et, en écho, la voix de ta mère, contaminée par ce sentimentalisme dévot :

« Ne te chagrine pas, mon petit pigeon… Mais dis-moi, mon âme, quel est donc ce chagrin, quelles sont tes tristes pensées et qu'est-ce qui te torture, mon ami ? »

J'écoute la fausseté de ce dialogue, son hideuse hypocrisie et je ressens, Fédor, contre l'Université en son entier, ta répulsion et la violence de ta haine. Je me redis tes paroles : *« … qui surtout, dès l'enfance, ont commencé à comprendre le caractère désordonné et fortuit des fondements de leur vie même… »*

Désordonnée et fortuite : n'est-ce pas ainsi que je ressentais, moi aussi, mon enfance ? N'est-ce pas sa laideur morale qui figeait mon regard, y imprimait cette mélancolie sans espoir ? N'est-ce pas sa violence sauvage et pathétique qui contaminait mon cœur ?

Mon Livre de Job, ce fut, au moment de quitter l'immeuble avec Tomasa, ainsi que nous le faisions chaque matin pour nous rendre au Retiro, ce petit garçon de mon âge — cinq, six ans —,

1. C'est le ton larmoyant, matois et grotesque du vieux Karamazov.

grelottant de froid et le regard fixé sur le bout de pain que je tenais dans ma main. Je restai médusé, hébété, puis lui jetai le pain en fondant en sanglots, geste qui fut salué comme le témoignage d'une compassion extraordinaire à mon âge. Peut-être ces compliments m'emplirent-ils de fierté, Fédia. Oui, j'ai dû me rengorger. Mais, dans mon for intérieur, je savais le secret de mon désespoir : non pas la pitié, mais l'horreur. Était-ce cela, la réalité du monde, cette souffrance muette ?

*

Dans le mirador, chaque matin, j'écoutais les deux sorcières s'envoyer à la figure des accusations d'autant plus effrayantes qu'énigmatiques. Je flairais l'odeur du sang entre les tapisseries qui couvraient les murs du salon. Des crimes mystérieux envenimaient leurs insinuations : des enfants sacrifiés, un homme peut-être assassiné, sûrement trompé et dépouillé[1]. Dans l'interminable couloir menant à la vaste cuisine aux faïences bleues, je croyais entendre des gémissements étouffés. Des appels plaintifs escortaient mes pas d'enfant.

*

1. Ces indications énigmatiques fourniront, si Dieu me prête vie, matière à une trilogie romanesque. À l'âge que j'évoque ici, cinq-six ans, tout était pour moi mystère, le plus angoissant.

De cette honte originelle, Fédor, nous sommes tous deux pétris. Marginaux dès notre naissance. Toi, dans cet hospice lugubre, parmi des fantômes déjà ensevelis dans les limbes de la solitude et de l'oubli ; moi, dans ce mausolée de poussière et de crasse, tendu de Gobelins et habité de statues redoutables.

Dans nos cœurs muets, le même texte s'inscrivait :

« *Aux cauchemars des songes de la nuit, quand la torpeur tombe sur les hommes, un tremblement m'a saisi, une secousse.* »

*

Mes contes, ceux des frères Grimm et de Perrault[1], me fournissaient les clés qui me permettaient de regarder la vraie Mamatón, si seule dans sa méchanceté inutile, si malheureuse dans ses rancœurs et ses vindictes.

Assis sous le piano, je la regardais telle qu'elle se voyait, jeune, triomphante. Haineuse aussi, cupide : à la fois victime et bourreau.

Mère et fille s'accusaient mutuellement des pires crimes et je les devinais cependant liées par un pacte de sang. Quels affreux secrets partageaient-elles ? De quelle ignominie me sentais-je à mon insu contaminé ? Quel texte m'avait appris ce qu'il me faudra toute une vie pour déchiffrer d'abord, pour écrire ensuite, me délivrant du poison des malédictions ?

---

1. Puis-je, sans rougir, avouer qu'Andersen m'ennuyait prodigieusement et que sa Petite Sirène me laissait de marbre ?

Je ressentais tout, grâce à mes livres ! Je comprenais mieux la vie que je ne la comprends aujourd'hui. Je la sentais de l'intérieur, dans ses pulsations les plus intimes ; j'habitais un univers enchanté.

Hannetons et libellules voletaient au-dessus des rivières, les poissons filaient parmi les algues, les oiseaux nichaient dans les haies. Même le secret de la vie et de la mort, je le connaissais. Je savais que le baiser d'amour réveille les gisants et qu'un sourire de tendresse défait la laideur.

En lisant, je fuyais la vie *invivable*, celle de la guerre et du crime, celle de la peur et de la trahison ; j'abordais cependant une vie tout aussi redoutable où les marâtres abandonnent les enfants, où rôdent les ogres et les loups, où l'on risque à chaque pas la mort, mais cette seconde vie, sombre et menaçante, parce que mieux agencée, ordonnée par le rythme des mots, éclairait celle que je me sentais incapable de supporter seul. Des terreurs ancestrales, surmontées par des générations d'enfants chétifs et malingres qui me ressemblaient, ces terreurs me guérissaient des paniques quotidiennes.

Dans cette ville assiégée par les Maures, parmi l'aboiement rauque des canons et le sifflement des bombes, parmi les mensonges et les conspirations, je lisais adossé à la mort. Je fuyais ce pays de vengeances et de trahisons dans ce que Hugo Marsan appelle « *les terres immémoriales des contes qui bercent l'humanité et la réconcilient avec le malheur de mourir*[1] ».

---

1. In *Le Monde des livres*, 24 mars 1995.

9

Ta vie, Fédor, ne t'appartient plus; des spécialistes la décortiquent, la commentent, se chamaillent autour d'un document, à la virgule près. En une quinzaine d'années, tout ce que je croyais connaître de ton enfance, jusqu'à ton arrivée à Pétersbourg, il m'a fallu le désapprendre.

Ton père n'est plus ce tyranneau vétilleux et embrumé d'alcool que tes biographes ont d'abord dépeint. Sa mort elle-même a perdu son caractère de mystère. Point de mutilation, pas même de crime : un banal accident éthylique, ou une attaque d'apoplexie. Encore un peu et il courra s'inscrire aux Alcooliques anonymes.

D'une sévérité peut-être excessive, les experts en conviennent, un tantinet maniaque et autoritaire, d'une ladrerie maladive, enclin à la bigoterie, intempérant, il faut bien l'admettre, mais il s'agit d'un penchant national. À part ça, un père ordinaire, même quand il arpentait durant des heures le salon en célébrant ses propres mérites, ses talents si mal récompensés; ordinaire encore quand il se lamentait de l'ingratitude du monde à son endroit, geignait et pleurait, vous prenait à partie : aviez-vous conscience de sa grandeur, de son dévouement, des sacrifices qu'il s'imposait pour vous assurer un avenir brillant ? Ordinaire dans sa jalousie pathologique qui se manifestait alors même que ta mère, phtisique au dernier degré, ne quittait plus son lit.

« Mon ami, je me demande si tu n'es pas à nouveau déchiré par ces doutes sur ma fidélité qui sont aussi terribles pour toi que pour moi-même. »

Je me tiens au fait des dernières recherches, je lis avec profit ce qui s'écrit sur toi, j'apprends mille détails. L'image que j'ai de toi enfant n'a pourtant pas changé. Non que je dédaigne les thèses et les études, mais parce que je connais l'écrivain. On s'égare toujours en cherchant derrière les événements le secret des livres, quand les romans proviennent en réalité des romans. Or je sais quel spectacle a frappé ton regard, comme je sais quelles phrases se sont gravées dans ton cœur. Je connais les textes qui t'ont écrit avant que tu n'écrives les tiens, interminable commentaire du récit fondateur.

Je ne lis pas dans le marc de café. J'ai seulement écouté ce que tu n'as pas cessé de répéter au long de ta vie.

*

Cette vision d'abord, les malades de cet hôpital où tu es né[1], à Moscou, en 1821, au mois de novembre.

1. Votre logement se trouvait en réalité dans une annexe.

Il me suffit de redire lentement la phrase : *Hôpital Marie de Moscou, l'hôpital des pauvres, novembre 1821.*

Je revois aussitôt les silhouettes que tu contemplais, ces corps voûtés, ces uniformes sales et fripés, ces visages inexpressifs sous un bonnet. Qui connaît un hôpital russe de nos jours n'a pas grand effort à faire pour imaginer ce que tes yeux d'enfant regardaient.

Je me rappelle également les colères de ton père à cause de ton penchant à t'intéresser à ces loques, à les interroger et à les écouter. Et je sais que c'est le spectre de Job que tu ne cessais de harceler de questions.

Vers 1950, j'ai encore connu, Fédor, ces dépotoirs où le pire n'était pas la souffrance ni la présence de la mort, mais une sorte de résignation douce[1]. Manger chaud, avoir un matelas où dormir, s'asseoir sur un banc au soleil, défaire des mégots et rouler une cigarette. Chaque jour, pendant deux ans, j'ai observé ces spectres. C'étaient les vainqueurs, les éclopés et les mutilés de la victoire ; les regardant, j'imaginais les vaincus, ces fantômes évanouis.

Une vie réduite aux fonctions élémentaires, sans espoirs ni chagrins. Une lumière étale, d'une égalité terrible. Un temps immobile, scandé de menus rituels. J'observais, fasciné, ces fantômes,

---

1. Voir dans *Le Crime des pères* la description de l'ancien casino de Huesca, converti en hôpital militaire. Récurrente, l'image se trouve déjà dans *Le Sortilège espagnol.*

je me demandais : comment supportent-ils ? Quel sens à tout cela… ?

Quant à ton médecin de père, je le retrouve dans les nouvelles de Tchékov, chez Soljénitsyne, bardé d'ignorances pontifiantes exprimées en latin, usage toujours en vigueur en Russie, et qui confère au diagnostic une sorte de majesté liturgique.

Devant ce peuple de fantômes, ton regard d'enfant interroge. Il ne trouve que les plaintes affreuses chaque soir martelées par ton père.

Parmi les allées noyées de brume, les silhouettes des malades, chétives et courbées ; du fond de sa chambre, la toux de ta mère, sa voix essoufflée qui t'appelle.

Entre ces deux vertiges, l'obsédante plainte du juste :

« Périsse le jour où je fus enfanté, la nuit qui dit : "un mâle est conçu !"

Que ce jour-là soit ténèbres ! Qu'Éloha, d'en haut, ne le cherche pas ! »

*

Mêlé à ce texte impitoyable, la majestueuse ampleur des fresques de Karamzine, les figures de Boris Godounov, du Prince Igor, les terres immenses, les populations sans nombre, toute une myriade de races et de langues réunies dans la personne du tsar.

Tremblement de l'énigme de Dieu, extase devant la majesté de la Russie, émerveillement aux offices, parmi les nuages d'encens et les chœurs soutenus par une basse profonde, venue des entrailles de la mère-patrie, la troisième Rome. Révélation de la Beauté devant les ors de l'iconostase. Horreur et beauté, scandale et harmonie.

Quel enfant russe n'a pas mesuré ces extrêmes ?

10

Comment condenser en une image ce que fut la découverte de mes lectures, leur éblouissement et leur révélation ? À six ans, j'aurais été incapable d'exprimer et, surtout, de lier mes impressions. Je me courbais au-dessus de cette surface noircie de symboles et je voyais apparaître tout un monde à la fois familier et inconnu. J'étais hors de la réalité et en son cœur. Délivrée de ses scories, la vie m'était rendue, lavée de ses souillures.

J'eus très tôt le sentiment que le texte sur lequel je me penchais contenait davantage qu'une histoire où j'oubliais la réalité. En amont et en aval, je devinais l'existence d'un courant de phrases. Pré-texte et contexte entouraient les mots que je déchiffrais.

Le conte, de tous les genres littéraires le plus proche de la tradition orale et populaire, est aussi l'un des plus complexes. Loin de nous atteindre à travers le pur éther, il nous arrive chargé de sédimentations millénaires.

Notre esprit ne se contente pas non plus de le réfléchir. Il reforme les mots, les relie en phrases et en paragraphes. Le corps tout entier participe à cette élaboration ; la sueur des peurs originelles colle les mots entre eux ; les larmes d'attendrissement et de délivrance les délavent et les brouillent. Nos humeurs les modifient. Ils grandissent et vieillissent avec nous. Ils prennent des rides et finissent même par mourir.

Loin de nous parvenir dans une pureté mythique, les livres sont contaminés par des livres ou des récits antérieurs. En chacun, mille regards se rencontrent, celui de l'auteur et celui du lecteur d'abord, bien évidemment. Derrière eux, combien d'yeux convergent vers cette page remplie de signes cabalistiques ? Avant d'écrire le texte que nous déchiffrons, l'écrivain a longtemps scruté et sondé la langue ; il rédige avec, dans l'esprit, toute la bibliothèque idéale à laquelle, même à son insu, il s'adosse. Devant ses yeux, l'archétype du récit qu'il entreprend se dresse et, qu'il l'adopte ou le rejette, le suive ou le modifie, ce modèle se réfléchira dans son livre.

J'ai parlé *des* contes de mon enfance : les aurais-je connus si *le* conte ne les avait précédés, avec ses codes et ses conventions ?

La lecture, qui semble au premier abord une activité solitaire, rassemble en réalité une foule de spectres, tous convoqués par ces signes étranges dont l'invention a permis la rencontre distancée. D'où la volupté que le solitaire retire de la lecture, seul et entouré d'une humanité innombrable.

*

Dans le miroir qu'est le livre, on n'aperçoit pas que la bibliothèque d'Alexandrie, on devine aussi la présence du monde où nous sommes immergés. Les temps et les époques se télescopent.

Une position incommode, un bruit insolite, une préoccupation soudaine dévient notre attention. Lequel de nous n'a pas mille fois perdu le fil, retournant en arrière et relisant dix fois la même page ? Notre position, assise ou couchée, l'heure, le temps, mille facteurs en apparence futiles modifient notre façon de lire.

Les phrases résonnent-elles de la même manière par une haute lumière d'été, dans le crissement des cigales, ou dans un crépuscule automnal, humide et brumeux ?

*

Si le miroir a tant obsédé les artistes, c'est qu'il reflète la réalité mais en l'inversant. Sur cette surface trompeuse, tous les signes se trouvent opposés.

Les contes de mon enfance madrilène réfléchissaient eux aussi une réalité inversée. La bonne et douce Mamita devenait une affreuse magicienne, qui préparait ma mort ; l'odieuse Mamatón était aussi cette jeune fille pauvre et humiliée ; ma bonne Tomasa, avec son affreux goitre, une tendre femme aux charmes cachés. Toujours la réalité était double, conforme à son apparence et son contraire.

Le miroir prolonge et creuse les évanescences de la réalité. Sa fascination provient de ce que nous sommes, chacun de nous, surface réfléchissante où la réalité se mire dans une succession de reflets mouvants. Pareil à notre esprit, le livre capte et renvoie des scintillements que notre intelligence, guidée par l'auteur, relie pour donner un sens.

Ces correspondances secrètes fondent la complicité de l'Art.

*

Cette ambiguïté du récit, je la perçus pour la première fois avec les contes des *Mille et Une Nuits*, qui furent la cause de ma première vraie colère, une soudaine et meurtrière explosion de haine. Mamita et Mamatón devisaient pour une fois paisiblement, chacune assise face à l'autre, dans le mirador. Je restais assis sous le piano, silencieux à mon habitude. Soudain, Mamita lâcha qu'il n'existait qu'une bonne et intégrale version des *Mille et Une Nuits*, celle de Mardrus, qui n'était pas faite pour un enfant de mon âge, motif pour lequel elle m'avait offert celle de Galland. Je jaillis de sous le Steinway, ivre de fureur. On m'avait trompé, on s'était moqué de moi.

« Tu es une menteuse ! hurlai-je. Tu m'as trahi ! Je veux la vraie version, le texte authentique. »

J'obtins, bien entendu, la version de Mardrus, dans laquelle je feignis de m'absorber. Comment, après un tel scandale, oser me déjuger ? Car je ne discernais pas ces parties amputées, ces membres fantômes que je cherchais vainement ; je ne distinguais pas davantage les beautés de cette traduction, continuant de préférer en secret ma première version, peut-être parce qu'elle me procurait un plaisir familier.

Avouer qu'on préfère le faux au vrai, comment y consentir, surtout après avoir hurlé à la fraude et au scandale ? Le dilemme suscitait ma perplexité. Puisque je trouvais à la version mensongère des charmes supérieurs à l'authentique, il se pourrait bien que le plaisir de la lecture n'eût rien à faire avec la vérité. Ne savais-je pas d'ailleurs que mes contes n'étaient pas vrais de la vérité des adultes ?

Loin de provenir du sens, l'illusion découlait de la forme. Mal racontée, la plus véridique des histoires avait un air tout faux alors que les mensonges de Mamita, si palpitants dans leurs rebondissements et dans leurs effets, emportaient l'adhésion.

Ce pouvoir de conviction ne tenait pas non plus à la véracité du témoignage, ni même à sa sincérité : elle s'expliquait par la présence du conteur. Plus tard, j'appellerais ça le style. À l'époque, je me contentais du mot *voix*, qui m'évoquait à la fois son timbre et sa couleur, sa densité palpable, sa respiration et jusqu'à son souffle. J'écoutais le texte résonner dans ma tête et dans mon cœur, je l'entendais courir avec mon sang. Et si la voix de Mardrus, à cet âge de ma vie, m'atteignait moins, c'est qu'elle était trop savante pour un enfant, trop lestée d'érudition.

*

Il n'y avait pas que le texte à se réfléchir dans le miroir de l'art, la lecture se dédoublait pareillement.

« Si le bruit du canon s'arrête, si le silence se

prolonge, cela voudra dire que les Maures sont entrés dans la ville et que nous avons perdu la guerre. Je serai aussitôt tuée. Tu enfiles vite ton manteau et tu cours vers l'ambassade de France. Tu connais le chemin, n'est-ce pas ? »

Chaque soir, après avoir joué au piano mon morceau préféré, *Granada* d'Albéniz, après m'avoir embrassé, Mamita répète la leçon. Elle exige même que je lui décrive le chemin jusqu'à l'ambassade.

La peur que le roulement des canons m'inspire, la terreur où me jettent les bombardements aériens, cette angoisse, je dois cependant la préférer à l'épouvante que signifierait le soudain et définitif silence.

*

Couché dans mon lit, j'attends le retour de Mamita en lisant mes contes. À chaque détonation, mon cœur fait un bond dans ma poitrine. Que le silence cependant perdure, ce funèbre silence du Madrid assiégé, et je me sens aussitôt envahi d'une panique mortelle. Une nuit après l'autre, depuis l'âge de trois ans, je vis ainsi, pris entre deux terreurs également redoutables — celle de la guerre et de ses grondements, celle de la séparation définitive.

*

Les contes que je dévore pour tromper mon attente me transportent dans une Bagdad fabuleuse, coiffée de coupoles d'or, peuplée de djinns facétieux. Ils me racontent des aventures prodigieuses, qui m'aident à tromper mon angoisse. Un échafaudage invisible supporte leurs phrases étincelantes. Un récit dissimulé constitue la charpente qui les soutient tous.

Un calife neurasthénique soupçonne sa favorite d'infidélité, décide de la mettre à mort au lever du jour. Or voici que la rusée entreprend de lui faire un récit captivant, qu'elle interrompt à l'instant fatal. D'une nuit l'autre, la belle Schéhérazade recule l'échéance. *Elle parle contre la mort.*

Couché dans mon lit, je déroule entre la mort et moi le rideau des phrases. La conteuse gagne un délai après l'autre et je guette, tapi dans ma lecture, la délivrance d'une nouvelle aube qui, avec le retour de Mamita, me ressuscitera pour un jour.

La situation du livre, son ressort caché, reproduisent ma propre situation, mais *inversée*, puisque la favorite raconte alors que j'écoute.

*

Le miroir ouvre toutefois une seconde perspective, plus inquiétante. Car, si le contexte de mes lectures enfantines est bien celui que je viens de décrire, l'écriture possède, elle aussi, un double visage, de consolation et de terreur.

*

Revenue de la radio, Mamita rédigeait, assise dans le lit, sa chronique quotidienne. Fou de bonheur, je me blottissais contre son corps, respirais son odeur. Je m'endormais en écoutant le grattement de sa plume sur le papier. Comment cependant aurais-je pu ignorer, quand Mamatón ne cessait de me le rappeler dans un concert de récriminations stridentes, que ces chroniques étaient *aussi* cause des menaces qui pesaient sur la vie de ma mère ? Les mots, qui me guérissaient de l'angoisse de mourir, ces mêmes mots distillaient le poison qui minait nos vies.

Je lisais chaque nuit contre la mort, j'entendais chaque nuit crisser les phrases de mon agonie. J'aimais les mots, qui me ressuscitaient, je les haïssais de tramer notre ruine. Si la tragédie est bien un conflit où chacune des parties a raison contre l'autre, l'atmosphère de mes lectures fut d'emblée tragique.

Je ne crois pas que j'aie jamais eu la moindre chance de devenir un auteur comique.

11

Toutes mes lectures, à Madrid, je les faisais en français et c'est en français que nous bavardions, Mamita et moi, dans notre igloo, c'est-à-dire sous nos édredons, dans la chaleur du lit. Je trouvais naturel de passer de l'espagnol diurne au français de l'intimité nocturne. Je parlais plus volontiers le français que l'espagnol parce que rien, absolument rien, n'aurait pu rendre le castillan de guerre et de haine agréable à mes oreilles.

Si elle avait décidé de ne parler avec moi qu'en français, c'est *aussi* que Mamita avait très vite deviné que la République perdrait la guerre et que nous serions condamnés à l'exil.

Associant le français aux cajoleries et aux confidences sur l'oreiller, elle l'avait érotisé, enrobant chaque mot de baisers et de caresses. Parler français, c'était pour moi parler l'amour. Or, voilà que peu de jours avant notre départ définitif de Madrid, Mamita me tendit un gros volume, superbement relié et orné d'illustrations saisissantes. Elle mit dans ce geste je ne sais quelle solennité émue. C'était, à l'en croire, le plus parfait, le plus mélancolique de tous les livres depuis que les hommes en écrivent.

Je l'ouvris, levai la tête :

« Mais... c'est écrit en espagnol ! dis-je.

— Et en quelle langue voudrais-tu qu'il fût ? En javanais, peut-être ?

— En français ! me récriai-je.

— Pas celui-là, lâcha-t-elle dans un murmure. Non, pas celui-là. Tu comprendras un jour. Tu n'as entendu jusqu'ici qu'un castillan de bas journalisme et de propagande, emphatique et grossier. Il en existe un autre, lumineux, tendrement ironique, noble et généreux. »

Ce ne sont pas ses paroles, bien sûr : c'est bien son ton cependant[1]. Devant la débâcle, dans l'angoisse de la fuite imminente, elle voulait me remettre quelque chose de cette terre ; elle avait trouvé *Don Quichotte* dans une superbe édition qui reproduisait les gravures de Doré.

*

Je ne garde aucun souvenir de ces premières lectures. Je me rappelle seulement que je ris des excentricités de ce chevalier qui confondait les moutons avec des armées et prenait les moulins pour des géants. Je m'ennuyai ferme aux romans pastoraux et aux nouvelles enchâssées dans la parodie épique, qui furent pourtant les premiers

1. Pour autant que la musique de sa voix fût tonale, ce dont je doute.

traduits, leurs dimensions, l'unité de leur action et leurs thèmes correspondant seuls à ce qu'on entendait alors par roman. Je garde un souvenir plus ému des illustrations de Doré.

Si la lecture fut un demi-échec, le grain était pourtant semé. Il finirait par germer.

En quittant Madrid par ce qui restait à la République de la route d'Aragon, ma tête sur la poitrine de Mamita, observant la nervosité des gardes du corps qui scrutaient la nuit en braquant leurs armes avec une expression farouche, je tenais ce livre entre mes mains sans imaginer que c'est le meilleur de l'Espagne que j'emportais avec moi.

*

Je l'ouvris à bord du *Sea Bank Spray*, le cargo britannique qui, de Valence, nous transporta jusqu'à Oran. Je le rouvris dans la chambre d'hôtel, à Oran, puis encore à Marseille, au vif étonnement de mon père, qui demanda :

« Que veux-tu qu'il comprenne à un livre pareil ?

— Il comprendra ce qu'il voudra. »

Il arrivait à Mamita de trouver des répliques foudroyantes.

J'en saisissais ce que je pouvais, en effet, je picorais, sautais des pages, retournais au début. Ce qui m'intriguait, c'était la musique de cette langue souple, finement redondante, avec ses saillies, ses sautes, ses piques ; un castillan étranger à mon oreille habituée aux criailleries de la haine, semé de mots inconnus que je devais repêcher dans les dictionnaires, de proverbes que Mamita commentait en riant, truffé d'expressions archaïques dont je m'étonnais de deviner le sens. Autour du livre, un dialogue se nouait entre le castillan, Mamita et moi. Nous parlions d'un absent qui nous annonçait son retour imminent. Ainsi, l'espagnol n'était pas mort en moi ?

Au Mayet-de-Montagne, près de Vichy, où mon père avait loué une maison, c'est encore ce livre que je feuilletais, rêvant sur les gravures de Doré. Avec une courtoisie appuyée, le texte me posait une question à laquelle je ne sais toujours pas répondre : « *Pourquoi m'as-tu renié ?* »

12

J'ai aujourd'hui l'âge où l'homme qui l'écrivit s'attela, au fond d'un cachot, à cet étrange récit ; je retrouve son souffle tranquille, sa démarche digne et mesurée.

Il s'était battu sur tous les champs de bataille, ne manquait pas une occasion de rappeler, à propos et hors de propos, sa présence à Lépante, la plus glorieuse victoire que les siècles passés virent et que verront les futurs — Cervantès ne dédaignait pas l'enflure, surtout si elle pouvait le servir ; il y avait perdu l'usage d'une main en combattant sur le pont, malgré la fièvre qui le dévorait, dix témoins s'étant trouvés fort à propos sur les lieux pour en jurer ; il exhibait partout sa blessure dans l'espoir d'en tirer un maigre bénéfice, une pension, une charge.

Alors qu'il s'en revenait d'Italie et voguait vers l'Espagne, son embarcation avait été abordée par les Barbaresques au large des Saintes-Maries-de-la-Mer. Il fut pris, emmené captif à Alger où, à cause d'une lettre de recommandation qu'il portait sur lui, ses maîtres le prirent pour un haut personnage dont ils pourraient tirer une belle rançon. En fait, c'était un fier-à-bras, tel que l'Espagne en produisait par milliers, pauvre comme Job. Aucunement ignare, ainsi que d'aucuns l'ont prétendu, qui sont allés jusqu'à dire que son chef-d'œuvre lui aurait échappé, quand chaque détail y est pesé, chaque réplique mûrie.

Livre d'une vie, d'une aventure folle et dérisoire, poursuivie avec panache. Et pour quels résultats ?

Racheté par les Frères de la Merci du bagne où il a croupi sept ans, il rentre en Espagne. Revenu de tout, mais d'abord de ses illusions, cet ancien soldat criblé de dettes regarde son pays avec un sourire de stupeur et de lassitude. Après de multiples requêtes, il obtient une charge de commissaire aux grains — il s'agit de réquisitionner le blé pour les armées — qui le mène tout droit en prison. Des dettes, toujours, et des disputes avec des chanoines, qui portent plainte contre son arrogance : n'a-t-il pas affiché la prétention de puiser dans leurs greniers au nom du Roi ?

Des déménagements précipités, des rixes, un vague soupçon d'homicide même, et cette passion des livres dont il parle avec humour, disant qu'il dévore jusqu'aux papiers qui traînent dans le ruisseau.

Qui donc *est*-il dans cette Espagne figée par les décrets inquisitoriaux de la *sangre limpia,* du sang propre, lui, fils d'un chirurgien-barbier suspect, flanqué d'une sœur aux mœurs douteuses, d'une femme oubliée aussitôt qu'épousée ? Il demeure partout et nulle part, insaisissable, de préférence à Séville, la cité de son cœur, avec ses tripots et ses lupanars, ses tavernes et ses quais où s'entassent les richesses des Indes. Ce port louche lui rappelle sans doute la ville de sa jeunesse, Naples, où il a peut-être laissé un fils. Seule l'Italie lui a fait une petite blessure, rien de bien grave, un pincement de la mémoire. Il y a tout aimé, la lumière, les villes, les femmes et, par-dessus tout, les peintures et les livres, les disputes alambiquées autour d'Aristote et de Platon.

C'est en Italie qu'il a humé ce parfum de liberté, qu'il a pris cette passion de la raison, qu'il a contracté ce goût des proportions harmonieuses. Quand il repasse dans sa mémoire sa vie de soldat sans le sou, c'est l'Italie qui le console de tant de déboires! Non qu'il rougisse d'avoir endossé l'armure, au contraire. Fier d'avoir combattu sous les ordres du plus vaillant, du plus beau, du plus romantique des généraux, ce Don Juan d'Autriche, le bâtard magnifique, comblé de tous les dons; fier de s'être montré, dans les geôles d'Alger, camarade sûr et courageux, toujours serviable, prêt pour chaque tentative d'évasion (sept en tout), d'humeur badine quand elles échouent, de commerce gracieux pour soutenir le moral des plus faibles; fier, comment non? de n'avoir ni trahi ni flanché.

Toutes ces épreuves, toutes ces fatigues, pour quelle cause cependant? Au service de quelle idée?

Partout, dans cette Espagne qu'il retrouve avec un sentiment d'étrangeté, la misère, l'épuisement, la routine bureaucratique. Il a beau s'agiter comme le beau diable qu'il n'est plus: chaque fois, il retombe dans le bourbier avec, autour de lui, de sa sœur, des femmes de son entourage, un parfum de scandale. Alors, la fatigue s'abat sur le vieux soldat et le poète malchanceux. Il voudrait retrouver le paradis de ses vertes années, cette Italie tant aimée : las ! on lui préfère quelqu'un d'autre. De dépit, il songe aux Indes. Il irait au pôle Nord pour sortir de ce marécage. Il rédige une supplique, *à près de soixante ans*, sollicitant un emploi au Pérou. Cette faveur aussi lui sera refusée.

Faut-il rire ou pleurer ? Le lecteur rira, mais jaune, il pleurera avec un sourire. Aucune grandiloquence, nulle trace de pathétique. Une rhétorique qui est celle d'une monarchie vermoulue, corsetée, empesée. Décalage subtil entre la langue des harangues et des proclamations, des prêches et de la théologie, et une réalité sordide. Décalage entre une Espagne qui, en guenilles, bombe le torse, disserte sur le sexe des anges, et une autre, purulente et haillonneuse, qui ricane, vautrée dans la fange.

*

Ces bribes de biographie, je les évoque de mémoire[1], telles qu'elles me reviennent, telles aussi que je les saisissais dans les chambres où je ferai l'apprentissage de la solitude, assis près d'une fenêtre, mon livre sur les genoux ; telles encore

---

1. Une fois pour toutes, je redis que je n'écris ni un ouvrage d'érudition ni même un essai. Je m'interdis de rien vérifier *avant*. Je revendique le droit à toutes les erreurs et, même, à l'invention pure et simple.

que la voix de Mamita me les rendait dans la nuit, levant la poussière des chemins, décrivant les auberges pouilleuses, les théories de moines et de curés, les armées de mendiants, les nains et les monstres, toute cette cour des Miracles produite par la faim et par la vérole, filles des campagnes dispendieuses menées aux quatre coins de l'Europe, lesquelles achèvent de vider des caisses déjà vides. On meurt à crédit, chaque vie déjà gagée sur les avances des Fugger, qui spéculent sur le sang. On se bat nu-pieds, en haillons, le ventre creux, mais dans un ordre terrible qui impressionne l'adversaire.

Ainsi le verrai-je dans mes propres pérégrinations, ce scribe vieillissant au visage émacié, aux larges yeux sombres, au nez courbé, de noir vêtu, famélique et batailleur, un rien vantard, quelque chose de l'ancien poilu de Verdun qui ressasse sa guerre, retrousse sa manche pour montrer son moignon. Lépante, quelle scie ! Et si ça ne suffisait pas, il remet ça avec Numance, ses héros grandiloquents qui se jettent dans le brasier plutôt que de se rendre. N'est-elle pas étrange cette insistance à paraître le plus castillan de tous les Castillans ? Thérèse, la fille du chaisier de la synagogue de Tolède, se fera également plus catholique que le pape, ce qui n'était pas difficile, il est vrai.

Des sonnets, des odes pour les festivités de la cour, la sébile entre deux rimes pompeuses. Des dédicaces de trois pages aux puissants, et toujours la main tendue.

En Italie, en France, les talents sont fêtés et reconnus, du moins l'imagine-t-il. Tout arrive si tard en cette Espagne isolée du monde, défendue par ses inquisiteurs contre les miasmes qui infectent les autres royaumes de l'Europe !

Le pays ne souffre même plus. Trop épuisé pour réagir, il coule dans une torpeur d'anémie maligne, se couche au soleil, hausse les épaules, feint le mépris : «*Des lionceaux à moi ?*» Italiens, Français, Anglais : tous des mécréants, des hérétiques et des mauviettes. J'entendrai encore la rengaine en 1948-1949 : «*¡Como en España, ni hablar*[1] *!*» En effet.

Au fur et à mesure que le livre avance, le ton se fait plus grave, austère, d'une désespérance poignante. Un homme ne vit que par ses illusions, qui inspirent ses actions. Lorsque les illusions se brisent et que les cyniques ricanent, à quoi se raccroche-t-on pour ne pas couler ? Il demeure cette dignité bienveillante, teintée d'ironie.

Il reste ce pauvre, si pauvre sourire…

1. «Il n'y a rien au monde de plus beau que l'Espagne !»

13

J'ai, moi aussi, changé. Je m'imaginais trouver en France, ma patrie, un pays où je vivrais entre mon père et ma mère ; l'une après l'autre, mes illusions s'envolent. J'ai compris que mes parents ne se réconcilieront jamais et que Mamita, pour des raisons qui m'échappent, ne me lâchera pas. Je me sens un otage entre ses serres. Seule, perdue, effrayée, elle se cache derrière moi : « Regardez mon petit ! » Qui donc oserait s'en prendre à une mère ? Et le petit se tait, baisse la tête. *Laideur morale de leurs pères...*

Des démarches pour obtenir une carte d'identité de réfugiée, un permis de travail ; des liaisons brèves avec des hommes dont seul le prénom change : elle court sans cesse et je reste à l'attendre, attentif à ne pas trop dépenser d'électricité car les propriétaires se plaignent. Ces sales étrangers toujours en retard pour payer leur note, qu'ont-ils besoin de passer leurs journées à lire ? Quand il fait soleil, je vais m'asseoir sur une place ou dans un jardin public.

*

Don Quichotte ne passe toujours pas. Sa gravité m'échappe et son comique me lasse. Ce castillan archaïque demande un effort au-dessus de mon âge. Et puis, pourquoi le cacher, je retourne à mes premières amours, c'est-à-dire au français. D'abord Dumas, le père évidemment.

Ni d'Artagnan ni le gros Porthos, ni même la finesse d'Aramis, rien qu'Athos et sa mélancolie proche de la neurasthénie. Rien que Milady, la trop belle espionne, la séductrice, et ce tableau, à jamais gravé dans ma mémoire, son exécution par le bourreau de Béthune dans la nuit zébrée d'éclairs et emplie des roulements de l'orage.

*

J'y discerne autre chose que des aventures de cape et d'épée ; une fois encore, le texte réfléchit mon paysage intérieur.

Milady n'est pas pour moi un personnage de fiction. Elle glisse dans mon cœur une fascination horrifiée. Elle me cause cette mélancolie désenchantée qui me rend Athos proche, presque fraternel.

Quand je repense à mes lectures d'exil, dans ces chambres d'hôtel minables où je passais mes jours à attendre le retour de Mamita, je suis frappé par ma solitude. Je ne parle pas seulement de la solitude physique, de cette petite silhouette penchée au-dessus d'un livre. Je parle de ce poids dans la poitrine, de la honte et de la rage. Non pas honte *de* la pauvreté, ni *de* rien en particulier ; la honte nue, absolue. J'ai contracté la honte ainsi qu'on attrape la grippe.

Comment j'ai deviné le crime et la trahison, je l'ignore. J'ai su très tôt, vers cinq ans, de quoi Mamita serait capable. Je ne comprenais pas en quoi consisterait son forfait ; j'en ressentais cependant de l'accablement, un sentiment de vague effroi, de sourde et lancinante terreur.

*

Ce fut l'un de mes premiers souvenirs, si présent encore à mon esprit que je voudrais en douter, puisque je sais, aujourd'hui, le dater avec exactitude.

Octobre 1936 : j'avais tout juste trois ans et trois mois. J'entrai avec Mamatón dans un immense parloir qui était la chapelle désaffectée d'un couvent, place du Comte-Toreno[1] ; derrière une haute grille, des centaines de femmes hurlent, tendent les bras, agitent les mains dans un chaos indescriptible. Après quelques secondes de stupeur, je reconnais Mamita qui nous fait des signes. Je me jette contre les barreaux, secoué de convulsions. Apitoyées, les miliciennes me font passer de l'autre côté et je me précipite dans les bras de Mamita, qui tente en vain de me consoler, m'offre deux petites poupées de laine, une noire et une

1. L'adresse, je ne l'ai sue que plus tard, bien entendu, en lisant le livre que ma mère a publié en Argentine.

rouge, que je revois encore, qu'il me semble encore tenir entre mes mains. Je l'entends évoquer le *paseo*, les sinistres promenades, les tueurs venant chaque nuit appeler des noms inscrits sur les listes. Le lendemain, on retrouve les cadavres, une balle dans la nuque, aux portes des cimetières[1].

Ce que je ne comprends pas, ce qui m'empêche de bâtir un récit cohérent, c'est que cette prison où Mamita risque chaque nuit la mort est une prison républicaine. J'ignore bien sûr que les tueries d'aristocrates et de bourgeois coïncident avec l'offensive lancée par Franco contre Madrid.

Évidemment, je détestais alors les Rouges. Quand Mamita fut libérée et qu'elle se mit à vitupérer les fascistes, j'éprouvai peut-être un vague étonnement, encore que je ne me rappelle pas avoir été le moins du monde dérangé par ce retournement. Fut-il subit, une illumination telle que Saül en vécut sur la route de Damas?

*

À sa sortie de prison, Mamita tomba gravement malade. On l'opéra dans une clinique clandestine, gardée par des amis qui haïssaient les Rouges et

---

1. Bizarrement (?), une certaine littérature a réussi à accréditer l'idée que ces meurtres bucoliques furent une invention des méchants fascistes alors que la première de ces sorties sanglantes fut l'œuvre des gardes républicains, lesquels enlevèrent le chef du parti monarchiste, Calvo Sotelo, inaugurant ce qui deviendrait une pratique courante.

parlaient à chaque instant de les massacrer dès que la ville serait libérée.

Le couloir, la chambre au bout, l'homme[1] armé d'un immense pistolet qui me souleva dans ses bras et me porta jusqu'au lit où Mamita gisait — ces images restent aussi présentes à mon esprit que celles de la prison. Elles datent du tout début 1937, et j'imagine que ces scènes ne s'imprimèrent avec tant de force dans mon esprit[2] qu'à cause de leur violence, de leur étrangeté et de leur atmosphère de mystère.

La situation devait m'apparaître confuse. Elle se résumait pour moi à cet espoir forcené : ne pas perdre Mamita. Tout le monde voulait tuer tout le monde, là s'arrêtait ma vision de la guerre, moins simpliste qu'il ne paraît. Peut-être est-ce la seule et véritable finalité de toute guerre : faucher le plus de vies possible ?

*

Remise de son opération, Mamita commença à écrire dans la presse et à parler à la radio. Nous quittâmes la rue Goya pour un appartement moderne, au dernier étage d'un immeuble neuf. Un homme vivait avec nous et sa photo trônait dans le salon. De nombreux amis se réunissaient le soir sur la terrasse.

1. Cet aristocrate qui vivait dans la clandestinité avait été l'amant et le compagnon de Mamita.
2. Images saisissantes mais dénuées de sens, que je n'ai réussi à glisser à l'intérieur des séquences dont elles faisaient partie qu'à l'âge mûr, quand le roman a fourni le cadre.

Dans les yeux de Mamatón, à travers les allusions de ma nourrice, je devinai qu'un événement terrible s'était produit, auquel, de façon inavouable, Mamita se trouvait mêlée.

Tomasa ne cessait de murmurer :

« Comment a-t-elle pu, mon Dieu ? Comment a-t-elle pu ? »

La question me poursuivra toute ma vie.

Dès qu'elle s'apercevait que je l'observais ou l'écoutais, ma nourrice se dépêchait de changer de sujet, détournait son regard. À ces réactions de fuite mon inquiétude s'abreuvait. Je devinais, autour de Mamita, un secret d'épouvante, je ressentais, autour de sa personne, une sorte de terreur sacrée.

Goutte à goutte, la honte s'écoulait dans mes veines.

*

Une nuit, alors que Mamita quittait l'immeuble de la radio, des tueurs déchargèrent sur elle leurs armes depuis une voiture. Ils la ratèrent de peu. Les autorités lui accordèrent une escorte armée qui la suivait partout. Les assassins, me confia Tomasa, étaient *ses anciens amis*.

*

Ces chuchotements, ces regards obliques, je les perçois sans les comprendre. Rien ne m'étonne dans ce maelström ; toutes les horreurs, mon esprit les range sous la rubrique : *guerre*. Synonyme de malheur et de folie, de faim et de peur, de solitude et de froid, de trahison et de cruauté, le mot contient tout ce qui fait la bizarrerie inquiétante de mon enfance.

Le roman de la vie roule, dans ma tête, ses murmures et ses soupçons, ses peurs et ses stupéfactions ; il charrie la boue des mémoires putrides. À petites touches, il transforme la Mamita réelle en une inconnue lestée de mystères. À ce fleuve les affluents du rêve, c'est-à-dire mes contes et mes lectures, mêlent leurs eaux. Près de l'embouchure, tous les mots se rejoignent, se dilatent, noient le paysage. Où, dans ces terres sans horizons, s'arrête la terre ferme ? Où commence le ciel ? Qu'est-ce qui est réel ? Où débute le songe ?

14

En parcourant tes lettres d'enfance et d'adolescence, j'ai retrouvé, Fédor, cette folie de la lecture qui aspire la réalité.

« *Pour le jeune Dostoïevski, les impressions que lui
procure la littérature sont plus fortes que celles que lui
donne la vie*[1]. »

J'ai beau ne citer que les ouvrages des auteurs
qui ont infléchi mon destin, je fus tout autant marqué par des livres médiocres dont ma mémoire a
perdu la trace. Ainsi que tu le faisais toi-même
dans cette pension Souchard où, à Moscou, tu fus
interne, je dévorais moins des histoires que des
mots, autant dire des sons, des parfums, un monde
idéal qui me révélait l'aspect caché de la réalité.

Tes enthousiasmes, ta ferveur, ton besoin surtout d'admirer — ces élans que tu partages avec
Micha, ton frère bien-aimé, ton complice et ton
confident (c'est aussi mon prénom, cela tombe

---

1. *Dostoïevski, l'homme et l'œuvre*, de C. Motchoulski, Payot,
1963.

bien) — n'ont qu'une source : la littérature. Dans les livres, seulement dans les livres, s'écoule ta vie véritable, l'autre, celle des apparences, n'étant qu'un mauvais rêve — une chimère. Nous n'avons, toi et moi, jamais lu pour fuir : nous lisions pour respirer.

Derrière les ombres du réel, derrière les masques, derrière les discours, nous devinions une réalité à laquelle les mots donnaient accès à la seule condition de s'y abandonner, de couler avec eux, de toucher le fond. Et nous savions qu'au plus profond de cet abîme, la Beauté et la Vérité se confondent, intuition qui explique ta formule, reprise par Soljénytsine[1] : « *La Beauté sauvera le monde.* »

*

Quand je rencontrai Milady, je reconnus aussitôt Mamita, son esprit de ruse et de machination, de mensonge et de parjure, de séduction et de haine. Je la ressentais ainsi sans toutefois réussir à la représenter. Or, lisant le roman de Dumas, sa personnalité véritable se dégagea des vapeurs de l'enfance. C'était elle, telle que je la portais en moi. Alors que j'ignore les rudiments du dessin, je me mis à griffonner le même profil d'orgueil et de superbe. Je n'ai pas cessé de dessiner ce profil compulsivement, jusqu'à l'âge mûr. Il m'arrive

1. Dans son discours de cérémonie du prix Nobel de littérature, à laquelle, on s'en souvient, il lui fut interdit de se rendre.

encore, si j'ai l'esprit absorbé, de refaire le même griffonnage obsessionnel, comme si une force incontrôlable conduisait ma main.

Ce sont moins des dessins que des exorcismes. Graffitis venus des profondeurs, ils ne montrent que la panique subjuguée.

*

La vision que les phrases imposent n'a rien de la révélation immédiate : il s'agit d'une suggestion où, une touche après l'autre, le portrait se construit.

La Méchante Reine de *Blanche-Neige* n'aurait pu être Mamita, car elle m'inspirait une frayeur qui m'eût obligé à faire face à ma haine. Si je nie qu'elle le fût, c'est pourtant bien qu'elle l'était aussi, comme le sera Scarlett O'Hara d'*Autant en emporte le vent*. Mais elles ne l'étaient que dans le pressentiment, tant ces apparitions, par leur exactitude, bridaient l'imagination.

*

La ressemblance entre la Méchante Reine et Mamita ne se cachait pas dans les traits : elle se trouvait dans l'angoisse de la séduction conjurée par son image.

J'aurais été alors bien en peine d'expliquer pourquoi j'établissais ce lien, et par quels enchaînements.

*

Entre deux quintes d'un rire d'amertume, mon père me confie sa stupeur en découvrant que, débarquant à Marseille, en mars 1939, Mamita transporte dans sa valise un grand portrait d'elle.

«Partir en exil avec, dans sa valise, une grande photo de soi, tu te rends compte? Hé, hé!»

Oui, je me rends compte. Depuis toujours, je savais que, sans cette image onirique d'elle-même, Mamita n'était rien. Il n'y avait pour elle qu'une façon de se sentir en vie : se voir telle qu'elle se rêvait.

*

Milady se confondait avec Mamita, non par telle description précise : elle absorbait Mamita par le mystère de sa séduction. Aucun homme ne l'approchait sans succomber à son charme, malgré l'évidence de ses maléfices.

À ce point, je pourrais accumuler les citations, rappeler les scènes, raviver mes impressions. Je veux rester dans la fascination hypnotique de mes sept ans, quand j'entendais mon cœur battre la chamade et que je tournais fiévreusement les pages.

Je me rappelle mon impatience et mon irritation au récit des déconvenues de d'Artagnan, lorsqu'il se fait éconduire par la belle espionne. Je donnais mille fois raison à Milady de chasser ce fier-à-bras, ce hâbleur, ce Gascon d'opérette.

L'amour à jamais meurtri d'Athos me touchait seul.

*

La scène qui me fit découvrir la véritable personnalité de Mamita se situe en Angleterre, alors que, devancée par d'Artagnan, Milady a été arrêtée, enfermée dans une forteresse, au bord de la mer. Son gardien est un jeune puritain tout de noir vêtu, strict et pur. Pour séduire et désarmer ce naïf, Milady se fait passer pour une coreligionnaire, en butte aux persécutions des papistes. Elle prie avec ferveur, entonne des cantiques.

*

Combien de pages, combien de chapitres ? Cinquante-trois ans ont passé, une vie presque : je revois ce jeune Felton (?)[1], j'entends le bruit de ses pas, j'écoute le son de sa voix. Je le sens qui doute, vacille, revient pour regarder par le judas. Milady refuse de s'alimenter, elle s'évanouit ; elle tombe à genoux, lève les yeux au plafond. Elle calcule ses effets, se garde d'en rajouter.

Est-ce la meilleure littérature ? J'ai sept ans lorsque je découvre ce texte et vois, dans le miroir des phrases, se réfléchir une image que j'aperçois chaque jour sans avoir pu la reconnaître ; entends les mensonges pathétiques dont je suis abreuvé ; éprouve les sentiments mêmes qui agitent le jeune Felton.

1. Je me suis interdit de rien vérifier lors de la rédaction du premier jet, fidèle à la seule mémoire du sentiment.

Il flaire le piège, veut s'en écarter, retourne malgré lui — s'y précipite, enfin.

*

La vérité que délivre la lecture appartiendrait-elle à l'ordre de l'imitation ? Reconnaissais-je Mamita dans Milady par la similitude de leurs caractères ? Ce serait tenir pour acquis ce qu'il faudrait d'abord prouver : que le caractère existe, qu'il constitue une donnée innée. Or, on pourrait soutenir que c'est la littérature qui crée le caractère ou le type, et qu'aucun Quichotte n'a jamais préexisté à Cervantès, ni nulle Bovary à Flaubert. Il y a eu, avant Quichotte, des chevaliers défaits et moqués ? Des épouses sont mortes empoisonnées d'ennui avant que Flaubert ne songe à peindre Emma ? Ces femmes, ces hommes ont existé sans posséder une forme. Ils vivaient et mouraient dans l'indétermination.

Le caractère, c'est un style achevé.

*

Il n'importe guère que Dumas se soit, pour Milady, inspiré de telle ou telle femme. Est-ce seulement une femme ? Une cascade de réactions qui, mises bout à bout, finissent par ébaucher un destin. Ces oscillations — *balancement,* c'est le terme par lequel tu définis le roman, Fédor — font la vérité du personnage, son exactitude littéraire.

Milady ruse, ment, triche, vole, trahit, espionne pour l'un ou l'autre camp ; mais elle aime aussi, elle déteste, elle fait montre de courage, elle gémit et supplie. Elle est cet animal vivant, si vivant ! Mordant à même la vie à pleines dents, riant d'un rire carnassier, trépignant de rage. Une puissance élémentaire, d'une amoralité parfaite : un monstre, au sens le plus exact. Fascinante *parce que* monstrueuse.

Médée, Antigone : les grandes figures de la littérature sont celles que la démesure habite.

À la violation de toutes les lois, à cette fureur de vivre qui emporte tout, jusqu'au crime, je reconnaissais Mamita derrière Milady. Non pas des images superposées mais une même *passion de vivre indécente et frénétique* — selon ton expression.

*

Je n'ouvre pas le livre, pas encore. Je me tiens au plus près de mes émotions d'enfance, de ce vertige de peur et de fascination. Je suis né condamné, déjà immolé, conscient de l'être. C'est cette acceptation que Dumas me renvoyait dans la mélancolie d'Athos, trop lucide pour n'avoir pas décelé quel type de femme il épousait.

Je n'ouvre toujours pas Dumas mais je cite un texte de Mamita :

« *Les douleurs physiques s'estompent dans notre mémoire, les actes indignes que nous faisons tout au long de la vie s'oublient aussi. Qui pourrait, sans cela, tomber en indignité et continuer à vivre ?* »

Dans la marge, elle a ajouté de sa main : *oh ! oui*[1] !

---

1. Souligné par elle.

15

Qui comprend cette formidable capacité d'oubli se rapproche de la monstruosité. Ce qui nous retient de plonger dans l'abîme, c'est le souvenir, autant dire le remords. Les monstres oublient tout. Ils vivent l'instant. Incapables de concevoir les conséquences de leurs actes, rien ne les arrête.

Le monstre n'est pas un assassin. Il élimine et purifie. Il accomplit sa triste mission à contre-cœur. Il plaint ses victimes, compatit à leur sort. Il n'est que l'instrument du destin.

Milady trahit tout le monde parce qu'une seule trahison s'imprime dans la mémoire en lettres de feu alors que dix, vingt finissent par donner le vertige. Un mensonge compromet, une fabulation incessante désoriente par sa démesure même. Comment imaginer qu'on puisse mentir tout le temps, avec un aplomb si tranquille ? On hésite et, par cet instant de doute, on baisse sa garde. On se tient dès lors médusé, poitrine nue, offerte au coup, qui frappe avec une brutalité impitoyable.

La question du monstre que l'humanité *admire* et *vénère* à cause de l'énormité et du nombre des

crimes, cette question obsède Raskolnikov, le mène
à la folie, au meurtre, donc à l'échec, car le
monstre, lui, ne s'interroge pas. Quel besoin
éprouverait-il de se justifier ? Il vit dans la certitude
d'avoir raison contre tous.

Derrière le monstre, un échafaudage de raisonnements impeccables se dissimule ; cette charpente
géométrique supporte l'édifice. Les massacres
sont rationnels quand le crime est irrationnel,
donc humain. Raskolnikov est hanté d'une obsession ; malgré tous ses efforts pour s'arracher à son
humanité, l'étudiant bafouille, sue, rougit ; il lui
manque le détachement — la substitution du
mirage à la réalité.

*

La puissance terrible de l'exécution de Milady,
dans une maisonnette au bord de l'eau, par une
nuit de tempête qui évoque le dernier acte de
Rigoletto[1], elle vient, cette puissance d'évocation,
de la confrontation entre le Mal et la justice des
hommes. Athos, le mari trahi et bafoué, le bourreau, lui aussi victime des machinations de Milady,
se sentent seuls le droit de prononcer la sentence
et de procéder à son exécution. Athos le fait avec
une impassibilité désespérée, en fermant presque
les yeux. Pas de pardon possible parce que, jusqu'au bout, Milady triche, ruse, insulte et crache.

1. Dumas père, Verdi, je ne rapproche pas leurs noms au
hasard. Ils possèdent l'un et l'autre la même énergie vitale,
une identique générosité.

Pour donner par-dessus (par-donner), l'abjection doit être reconnue, avouée. Quand la dénégation maintient l'horreur dans l'obscurité, nul n'a rien à offrir en échange. La justice devient boiteuse, exécution quasi honteuse, expédiée dans la mélancolie. C'est la grandeur de Dumas d'avoir condensé visuellement le débat. Son humanité s'exprime dans la tristesse que tous les témoins de la scène emportent. Ils ont prononcé le verdict contre leur cœur alourdi. Milady leur a interdit le pardon.

Ce désabusement mélancolique, ce sentiment d'échec, je les partage. J'ai moi aussi attendu, j'ai attendu plus d'un demi-siècle. Jusqu'au bout, la haine et le mensonge ont empêché le pardon.

« *Qui donc nous pardonnera ?* »

Ta question, Fédor, a accompagné ma vie.

16

Comment parler de Dumas sans évoquer son art d'abord visuel, la puissance de ses tableaux, sa science des lumières et des éclairages ?

Je repense au début de *Vingt Ans après*, je revois aussitôt le cabinet de Mazarin, au Palais-Cardinal. Dans mon souvenir, un éclairage rougeoyant baigne le décor. La solitude de la pièce, l'étrange impression de vide qui s'en dégage, toutes ces notations m'ont laissé un sentiment de mélancolie qu'explique sans doute l'attitude du ministre-cardinal, la tête entre ses mains.

J'écris ceci de mémoire, avant de rouvrir le livre, avec, bien sûr, le risque que toute la scène soit fausse, à tout le moins déformée par ma sensibilité. Fidèle ou en partie retouchée par moi, il reste l'impression visuelle — une dominante rouge. Je vois ce tableau plus nettement que je ne revois l'appartement de Mamatón, à Madrid.

Je puis, Fédia, de la même façon convoquer devant mon regard intérieur des scènes entières de tes romans, avec leurs éclairages à la chandelle, leurs fantasmagories terribles, cette chétive lumière qui vient du bas, étire et allonge les ombres, sculpte les visages, fait briller les regards. Non la somptuosité veloutée de Rembrandt mais la sécheresse de l'eau-forte, ses contrastes appuyés.

*

Rouvrant le roman de Dumas, je remarque d'abord l'insistance mise sur la tonalité rouge : « ... *une cheminée* **rouge de feu** *dont les* **tisons enflammés** *s'écroulaient sur de larges* **chenets dorés**... *cette* **simarre rouge**... » ; je relève l'injonction et l'appel à la vision : « *À **voir** cette simarre rouge... à **voir** ce front pâle et courbé sous la méditation, à **voir** la solitude de ce cabinet, le silence des antichambres, le pas mesuré des gardes sur le palier...* »

Le silence même est offert à la vue, ainsi que la solitude, si bien que tout est ostentatoire.

Ce qui est montré du doigt, c'est certes le décor, son atmosphère, mais c'est aussi le passé qui, par la dénégation, creuse la perspective.

Une insidieuse nostalgie ronge le texte : « *Mais ce qui montrait encore mieux que tout cela que la simarre rouge* **n'était pas** *celle du vieux cardinal...* »

La suggestion du passé déforme la vision de la manière dont l'œil est saisi quand il inspecte un décor familier qu'il ne reconnaît pas. C'est bien le même décor, exploré dans le précédent roman, avec toujours sa tonalité pourpre, mais englouti dans le silence du temps. De cette distorsion naît le sentiment de mélancolie dont je suis encore imbibé, un demi-siècle après.

*

Cette nostalgie qu'avec *Vingt Ans après* et *Le Vicomte de Bragelonne* le vieux Dumas instille dans mon cœur de huit-neuf ans, elle y rencontre un écho profond. Je sens que mes rares joies touchent à leur fin, que mon unique amour s'étiole, que je m'enfonce déjà dans le passé. Quels signes m'avertissent, je ne saurais le dire. Je les déchiffre dans mes lectures.

Je comprends également, toujours de cette compréhension obscure, enfouie dans les arcanes de la langue, que Mamita me laisse, en me trahissant, ce qu'elle possède de meilleur : sa passion des mots, son amour des livres et de la musique.

*

Dans les restaurants, il nous arrive d'être pris à partie, certaines clientes jugeant inconvenantes nos conversations littéraires. Une mère a-t-elle le droit d'expliquer à son fils de huit ans ce qui fait la trame de *La Dame aux camélias*?

Mamita répond à toutes mes questions, sans jamais se départir d'une impartialité froide. À ses yeux, je ne suis ni trop petit ni trop grand, une personne qui prend ce qu'elle peut, quitte à dénouer l'écheveau plus tard. Avec la même tranquillité, elle évoque sa vie privée, détaille l'éclat d'un sourire ou la profondeur d'un regard ; usant de cette expression qu'elle accompagne d'un rire perlé :

« Quel sourire il a, l'animal ! Mais quel sourire ! »

Mon enthousiasme pour Dumas l'amuse.

« Tout de même, c'est un peu gros. Et puis, il tire à la ligne », consent-elle à lâcher.

Elle m'écoute lui parler de Richelieu et de Milady. À la fin, elle me conseillera de lire Balzac, *Le Père Goriot* suivi d'*Eugénie Grandet*.

*

Cette fois, le charme opère. D'emblée, je me sens dans mon élément. Je plonge dans cet univers étrange où l'accumulation des détails, les descriptions maniaques, les inventaires méticuleux produisent un sentiment de réalité floue. Les meubles, les étoffes, les bibelots, les lumières imposent, par leur présence obsédante, une magie barbare. Une grasse vapeur de puissance et de domination s'exhale des pavés mouillés de pluie. Une focalisation sur des personnages cloués à leur décor, tels des insectes à leur planche, produit l'illusion du mouvement intérieur, et moins le personnage bouge, plus la phrase vrille, taraude, fore. Des passions s'avancent derrière des masques impassibles. La mécanique sociale fonctionne avec la régularité d'un métronome. Ni l'argent, ni même l'ambition, mais la puissance de l'esprit — la revanche de la pensée sur la matière, la jouissance de dominer.

*

Je ne rédige pas un livre de critique littéraire. Le bouleversement que, vers huit ans, Balzac me causa, je ne puis ni ne veux l'expliquer. J'écarte même la question de savoir ce que j'y comprenais.

J'y trouvais l'assomption des histoires parfaitement agencées, la chute dans les profondeurs de la langue, quand les mots ne laissent rien subsister ou presque, qu'il ne demeure, à la fin, que la passion dénudée et rompue. Devant ces vies balayées par la tempête, semblables à ces stations balnéaires en hiver, offertes à la pluie et au vent, devant ces destins anéantis, je ressentais une épouvante glacée.

Cependant que mes lectures s'inscrivent en moi, composent le texte fondateur qui me permettra de survivre et de renaître, l'obscurité de notre existence s'épaissit de jour en jour, s'emplit d'un mystère chaque jour plus inquiétant.

Longtemps je me suis raconté cet épisode qui me semblait d'une irrésistible drôlerie : au Mayet-de-Montagne, où mon père nous a installés et où il vient nous rejoindre à la fin de la semaine, je me suis éveillé au beau milieu d'une nuit. D'abord surpris par une sensation de silence et d'absence, je palpe le lit, allume la lampe, reste un instant pétrifié. Personne. La place de Mamita, à mes côtés, est vide, vide également la chambre. Je saute au bas du lit, cours vers la porte : fermée à double tour ; je me précipite vers la fenêtre : la poignée a été bloquée par une corde savamment nouée.

Un instant, j'hésite devant l'horreur de la trahison : alors que je dormais à poings fermés, Mamita s'est glissée hors du lit, elle s'est habillée, elle a bloqué la porte et la fenêtre, me laissant seul, enfermé dans une chambre étrangère… Je hurle maintenant de terreur, j'ameute le voisinage. De la rue, on me crie de ne pas m'affoler, on tente de me rassurer, on m'explique que les pompiers vont arriver avec la grande échelle.

Ils me tirent de la chambre, en effet, me descendent chez des voisins, enveloppé dans une couverture.

C'est là que Mamita, enragée et vaguement honteuse, me retrouvera le lendemain.

M'a-t-elle grondé du scandale que j'ai réussi à susciter ? Mamita-Milady parvient en tout cas à retourner la situation : quel drôle de coquin je fais ! La grande échelle et les pompiers, rien que ça ! Voyez-moi ça, ce filou ! Blotti dans ses bras, je finis par rire de bon cœur. Je me persuade que *c'est moi* qui lui ai joué un sale tour, j'en tire une vague fierté. Quel malin je suis ! A-t-on idée d'ameuter les populations parce que Mamita est partie travailler à Vichy ?

*

Plus de cinquante ans ont passé ; j'écoute, dans l'appartement délabré de l'avenue Niel, mon père proche de la mort, qui ressasse ses griefs. Soudain, je tends l'oreille :

« Je vous avais installés dans une maison, au Mayet-de-Montagne. Je venais passer le week-end avec vous. Mais quand j'ai appris qu'elle te laissait seul la nuit et t'enfermait dans ta chambre pour courir à Vichy, j'ai brisé là. Je n'ai plus voulu la revoir ni entendre parler d'elle. »

Les paroles de ce vieillard atrabilaire ravivent soudain la folle panique, les hurlements de terreur. Je revois les nœuds autour de la poignée de la croisée. Je pense au temps qu'il a fallu à Mamita… Je songe à la légèreté de mon sommeil, je n'ose imaginer que la tisane…

Les propriétaires de la maison n'ont donc pas ri de la comédie ? Qu'ont-ils vu dans le regard de l'enfant ?

*

En réalité, mon père ne m'apprend rien[1]. Ce qu'il me raconte, la littérature me l'a enseigné. La trahison et le mensonge habitent ma langue. Ils la durcissent et la tendent. Par la rigueur, je résiste à leur vertige de mort.

---

1. Je l'avais d'ailleurs écrit dans *Les Premières Illusions* (épuisé).

18

L'enfance comprime et dilate le temps, élargit ou rétrécit l'espace. Des journées deviennent des années, une heure dure un siècle, six mois font une semaine. Nous ne cessons, Mamita et moi, de courir d'un hôtel à l'autre, d'une chambre sordide à une maison avec jardin, de Vichy à Clermont, de Paris à Marseille ; dans ma tête, les dates et les décors se brouillent, se confondent. Il me faudra des années pour établir une chronologie.

Tempo secret de ce mouvement heurté, l'écoulement régulier de la lecture. Où que nous allions, le livre m'assure une permanence. Entre deux tapisseries murales déchirées, deux lits de cuivre et deux lavabos ébréchés, il me procure sa stabilité illusoire. En toutes circonstances, je suis sûr de le retrouver, si bien qu'il devient mon unique point de repère, ma vérité intime.

Plus tard, d'autres livres me rendront les odeurs, la torpeur mélancolique de ces haltes précaires.

La question de Marmeladov, le pochard de *Crime et Châtiment*, qui peut l'entendre s'il n'a pas ressenti la lassitude de ce nomadisme de la pauvreté et du déracinement ?

« *Comprenez-vous, jeune homme, ce que ça signifie, n'avoir nulle part où aller ?* »

Mamita et moi ne savons pas non plus où nous poser. À chaque étape, j'éprouverai ce vertige de l'incrustation, la vocation du bernard-l'ermite, un désir pathétique de me glisser dans une vie banale, de m'y couler et de m'y fondre.

« *Une maison, un jardin, un chien et un copain* » : ce sera la ritournelle de mon premier roman.

*

Quand je découvrirai, vers 1951, le Simenon de ces années-là, tout le passé me reviendra ; je gravirai à nouveau les escaliers biscornus de ces hôtels louches, avec leurs tapis effilochés, leurs barres de cuivre branlantes ; je reverrai la couleur verdâtre du papier, la fenêtre sur cour, le paravent devant le lavabo ; j'entendrai la musique de la pluie sur les toits. Je me rappellerai les cafés où l'on s'attarde pour échapper aux morsures du froid, les banquettes de moleskine, les hautes glaces. Je rougirai du sourire narquois des serveurs. Je céderai à la nostalgie de l'anonyme promiscuité des salles de cinéma, de leur tiédeur, sursauterai au réveil brutal qui vous arrache à l'hypnose du rêve : « Contrôle d'identité. Personne ne bouge. »

Souple et rusé, j'ai déjà bondi dans les toilettes et, par la lucarne, sauté dans l'impasse où je me garde de courir, le dos collé contre le mur pour échapper aux inspecteurs que je devine en embuscade.

Plus tard, je rentrerai seul à l'hôtel, sous la pluie, pousserai innocemment la porte, découvrirai Mamita nue, entre les bras d'un inconnu qui me toisera avec gouaille :

« Qu'est-ce que tu fous là, le môme ? »

Rien, je ne fiche rien. J'ai seulement froid. Faim aussi. Depuis combien de jours n'ai-je pas mangé un repas chaud ?

*

Chez Simenon, je reconnaîtrai ces exilés qui se faufilent dans la cuisine de la pension où ils ont fini par échouer, s'approchent sournoisement du poêle, gagnent jour après jour un petit mètre, s'incrustent, refusent de bouger.

Dans ses romans, je retrouverai avec effarement ce qui m'avait alors échappé, l'air du temps, un antisémitisme tranquille, d'une banalité stupéfiante, avec son Juif, bien entendu étranger, dévoré d'ambition, ivre d'orgueil, qui guette, assis dans l'ombre de l'anonymat, les faiblesses des jeunes bourgeois décavés dont il fera une proie facile.

La Tête d'un homme, *Pietr le Letton*, je suis sûr de ne pas me tromper, jusqu'aux *Inconnus dans la maison* : dix autres titres, parmi les meilleurs. Le Juif se tient partout en embuscade.

Le pire, c'est que ce n'est sans doute même pas voulu ni concerté. Un lieu commun de l'époque.

Haineuse et soupçonneuse, je lisais la question dans les regards : « D'où viens-tu, toi, l'enfant noiraud, avec tes grands yeux tristes ? — Je suis espagnol. » La réponse, misérable, ne désarmait pas la défiance. Rouge, Juif, Espagnol, métèque : une même racaille.

J'anticipe, je ne découvrirai ces pans de mémoire oubliés que vers dix-sept, dix-huit ans, à Huesca.

À l'époque, je m'imbibe à mon insu de ces atmosphères troubles tout en étudiant Balzac, car ma manière de lire a changé.

19

Pourquoi cette libraire grise et menue m'a-t-elle pris en affection? J'entrais dans son échoppe en serrant dans mon poing quelques piécettes, j'ouvrais ma main. Elle louait des ouvrages défraîchis et, chaque fois, m'interrogeait, sans plus paraître s'émouvoir de mes lectures que ne le faisait Mamita. Elle m'écoutait en penchant la tête, qu'elle avait étroite et pointue. Je la trouvais très vieille alors qu'elle devait frôler la quarantaine. Je la regardais trottiner entre ses rayons.

Célibataire? Aucunement bégueule, en tout cas. Parfois, elle relevait un détail qui m'avait échappé. Je restais saisi par la pertinence de ses remarques.

Avant de prendre la pièce que je lui tendais, je la sentais hésiter. Un jour, elle finit par lâcher :

«Pas la peine.»

Puis, désignant de la tête les rayons :

«Choisis toi-même.

— En ce moment, je lis tout Balzac, dis-je.

— Tu as raison. Meilleur moyen d'avoir une vue d'ensemble. Lire un crayon à la main. Sans ça, on oublie. Noter dans un cahier, vérifier dans le dictionnaire, c'est la bonne méthode. »

Elle parlait d'une voix aigrelette, par saccades.

« Vous vous appelez comment ?

— Suzanne, finit-elle par lâcher, interloquée.

— Moi, c'est Michel ou Miguel.

— On dit Migou-el ou Miguel ?

— Miguel.

— C'est plus joli », conclut-elle en penchant la tête, comme pour écouter le son de mon prénom.

*

J'adoptai la méthode de Suzanne et pris l'habitude de lire le crayon à la main. J'adoptai aussi sa boutique où, derrière le pupitre de chêne verni, un vieux poêle au tuyau recourbé ronflait et toussait.

Comment Suzanne avait-elle deviné que j'avais faim ? Elle apportait un goûter trop copieux. Mais elle avait un tout petit appétit, alors...

Le ronronnement du poêle, le ballet des flammes derrière l'étroite lucarne, sa chaleur lourde qui embrumait ma tête, la chatte noire aux yeux d'un vert de colère et de jalousie, le grattement de la plume sur les feuilles du grand livre, les toussotements de Suzanne et, de temps à autre, le tintement de la clochette, au-dessus de la porte...

Elle devait avoir ses lubies, Suzanne, car elle insista pour que je lise deux ou trois romans de Pierre Benoit.

Combien de jours, de semaines ai-je passés dans la vieille échoppe, occupé autant à lire qu'à séduire la chatte noire qui repoussait avec aigreur toutes mes avances? Et puis, un soir, elle sauta à l'improviste sur mes genoux, enfonça ses griffes dans mes cuisses, s'enroula et se mit à ronronner. De saisissement, je fondis en sanglots.

« Quel drôle de petit bonhomme tu fais ! Tu es trop impressionnable ! »

Décidément...

*

Je ne sais plus très bien où j'en suis de Balzac, parce que le mouvement s'accélère. Je regarde Mamita courir et s'ébattre, tel un oiseau affolé qui se cogne aux barreaux de sa cage. Trente ans plus tard, l'une de ses rares amies de jeunesse me confiera : « Elle n'était pas faite pour le malheur, vois-tu. » Mais le malheur la tenait depuis le début de la guerre civile, la serrait à la gorge ; le malheur, elle réussissait à se le tricoter toute seule. Elle n'était peut-être pas faite pour lui, mais il était taillé à ses mesures. Quand elle ne le trouvait plus, elle n'avait de cesse d'en inventer un.

Son regard se posait sur moi avec une expression d'égarement, presque de folie. J'avais cessé de lui être d'un quelconque secours. Je devenais un poids, une entrave. Me renvoyer à Madrid, où sa mère me réclamait ? Me confier à mon oncle paternel qui s'offrait à m'accueillir dans son foyer sans enfant[1] ? Consentir, ainsi que mon père le lui

1. À cause de l'incompatibilité des rhésus sanguins, ma tante avait perdu cinq enfants, dont un garçon de trois mois.

123

demandait, à me placer dans un collège ? C'étaient des solutions trop sages pour une femme telle que Mamita. Je pouvais encore servir, qui sait ?

*

Je me retrouvai un temps dans une ferme, à la campagne, parmi d'autres enfants de mon âge, des réfugiés, et j'ai maintenant compris que l'abandon était déjà accompli. Elle vint me reprendre cependant, menottes aux poignets, escortée de deux inspecteurs, car elle avait été arrêtée, internée comme étrangère indésirable, dangereuse pour la sécurité publique, au camp de Rieucros, près de Mende. C'était en mai 1940 et son arrestation, ainsi que des milliers d'autres, avait eu lieu en vertu d'un décret-loi de 1938, signé par Daladier. On raflait partout les étrangers.

Vichy commence avant Pétain.

*

Prise au piège, Mamita a mille fois tourné dans sa cage : par quel moyen joindre l'extérieur ? Elle rédigea une supplique, pathétique à souhait. Elle était arrivée en exil serrant son petit dans ses bras, elle rentrerait chez elle tenant son fils contre sa poitrine. Elle était décidée à affronter la mort plutôt que de moisir derrière des barbelés. (C'est du Milady tout craché.) Elle ne mentait pas. Ou à demi. À ce moment, j'en mettrais ma main au feu, elle m'aimait d'autant plus que je lui étais utile.

Une fois encore, la littérature fit mon destin. Le préfet se laissa attendrir : elle obtint l'autorisation d'aller me rechercher pour m'amener au camp, où pourtant les enfants n'étaient pas admis. Nous étions peut-être une douzaine en tout.

20

Un camp, c'est l'endroit idéal pour lire, surtout pour un enfant. Les grandes personnes lisent aussi, mais plus par désœuvrement que par plaisir. Trop de pensées s'agitent dans leur tête. Elles s'inquiètent de ce qu'elles vont devenir, de la durée de leur internement, des événements extérieurs. Elles regrettent le temps perdu, l'amour qui s'enfuit. Elles se sentent laides, mal attifées, puantes, couvertes de poux qu'elles traquent et qu'elles écrasent entre leurs ongles, avec des gloussements de volupté. Elles enragent parce qu'elles cessent d'être désirables pour devenir des internées, autant dire des bêtes curieuses. C'est du reste ainsi que certains Mendois les considèrent. Le dimanche, ils viennent se promener le long des barbelés pour regarder ces créatures étranges qui les interpellent, hurlent que non, elles ne sont ni des voleuses ni des putes (encore qu'il y en eût parmi elles), mais des po-li-ti-ques! Et les promeneurs ricanent, se tapent du coude, chuchotent entre eux.

La Lozère est l'un des départements les plus catholiques de France.

*

Je trouve que la baraque a, sur les hôtels, l'avantage de la stabilité. C'est, enfin, un chez-nous. Plus vivant et plus pittoresque que ces chambres minables où je restais seul avec mes livres. Ici, une soixantaine de femmes s'occupent de moi, me caressent, me prennent dans leurs bras, me couvrent de baisers.

L'une, surtout, m'intrigue, une grande et jeune femme d'une blondeur irréelle, prénommée Hilda, une Allemande dont le mari se trouve interné au camp du Vernet.

Elle est médecin, peint à l'aquarelle et connaît des histoires plus fabuleuses encore que celles des *Mille et Une Nuits*. Son accent dur ajoute à ces légendes je ne sais quelle brutalité primitive, en accord avec la dureté de ces landes celtiques où demeurent les chevaliers et les barons dont elle me narre les aventures.

Hilda, qui est communiste et antinazie, définitions auxquelles je n'entends goutte, tire de sa personnalité énergique une sorte de vitalité tonique, qui anime ses récits. Elle ne me les dit pas comme des contes ou des légendes extravagantes. Elle pense que ces mythes appartiennent à *une époque dépassée du développement de l'humanité.*

Elle affectionne ces expressions, Hilda, *époque dépassée, phase de développement.* Ses théories m'indiffèrent, mais j'aime sa façon de présenter et d'éclairer les romans. Ce mode de narration me confère une importance qui me flatte. Je ne suis plus un enfant qui gobe les histoires de dragons, d'épées magiques et autres enchantements, je suis un grand qui réfléchit à la signification de ces *mythes* — le mot de Hilda me grandit —, qui se sent apte à les décoder.

J'aime me coucher sur le châlit de Hilda pour l'écouter. Dans son ton, pas la moindre condescendance. Du reste, je ne supporte plus que les grandes personnes s'adressent à moi avec une douceur bêlante. Suis-je donc un benêt pour qu'on me parle en ce sabir grotesque ?

Il y a chez Hilda trop de rectitude pour me regarder de haut. Même mes caprices, elle les écarte avec rudesse. Quand j'ai refusé de fréquenter l'école, ainsi que l'administration du camp l'exigeait, ou lorsque j'ai trépigné de rage pour ne pas coiffer le béret, elle m'a tout simplement fiché une paire de claques avant de m'expliquer : *a)* que je dois aller en classe, non seulement pour m'instruire et pouvoir, plus tard, me rendre utile, mais encore au nom de toutes les internées dont je porterai, devant les petits Français, témoignage ; je suis investi d'une *responsabilité collective* (encore une expression qu'elle affectionne) ; *b)* qu'il me plaise ou non de porter un béret, je suis si faible et l'hiver est si rude dans ces montagnes que, si je prenais froid, je risquerais de tomber gravement malade, ce qui ajouterait aux soucis de Mamita, etc.

Hilda parle par raisonnements impeccables, rangés en ordre strict.

Mamita, elle, s'exprime par humeurs, passe de la tendresse à la colère, de l'amour à la rage. Hilda, au contraire, ne dévie pas. Son esprit fonctionne avec régularité. Ce tic-tac me rassure et m'apaise.

De la même manière, chaque épisode de la légende des chevaliers de la Table ronde arrive à point pour éclairer le précédent et annoncer le suivant. Guère de surprises avec Hilda, peu de retournements : les temps filent vers leur accomplissement.

Comme je ne cesse de rêver, surtout quand je prends mon air le plus attentif et le plus concentré, ce défilement quasi militaire du roman ne me trouble pas, ou peu. Mon esprit ajoute les incidentes, ouvre les parenthèses, suit les divagations que la voix de Hilda, ferme et régulière, néglige souverainement.

Dans ses démonstrations, un point me séduit : le rappel que notre littérature procède de deux sources : l'une, par la Perse, l'Égypte, la Grèce, Rome, nous arrive de l'Orient ; la seconde descend des brumes celtes ; toutes deux se rencontrent en des moments privilégiés et en des lieux d'élection, Athènes, Florence, Cordoue, Toulouse, Paris...

La thèse est-elle juste ? Je ne me pose pas la question. Hilda est médecin, les docteurs ne se trompent pas.

Ses explications creusent l'espace et le temps. Par elles, je saisis que ni les œuvres ni les idées ne naissent du vide. Elles possèdent une histoire et, même, une géographie. Les comprendre, c'est comme tenter de connaître une personne. Il faut remonter loin dans son passé, sentir ses origines, suivre ses routes, deviner ses fréquentations.

*

Le camp m'a aussi rendu Mamita. La voici clouée à sa paillasse, contrainte à l'immobilité, elle, la vagabonde. Nous dormons blottis l'un contre l'autre.

Je ne me fais pas d'illusions : je sens bien que cette intimité ne durera pas, que la course reprendra. Dans sa tête, je la sens combiner, calculer. Je l'écoute enrager contre les Français qui ont osé lui faire ça, *à elle…* Les autres détenues, Mamita les voit à peine. Des idiotes et des méchantes, des souillons.

D'une façon générale, toutes les femmes lui inspirent du mépris. Elle les juge ou sottes ou franchement laides. Seule Hilda trouve grâce à ses yeux, parce qu'elle parle sa langue, c'est-à-dire le jargon social de celles qui ont étudié, voyagé, réfléchi, choisi leurs amours. Naturellement, elles se disputent, surtout autour de la France et de sa politique, Hilda affirmant que tous les Français ne sont pas partisans de Pétain et de la collaboration, Mamita, égale à elle-même, se récriant que les Français sont des couilles molles et qu'ils l'ont bien montré en décampant devant les Allemands.

Quand Hilda poursuit le récit du cycle du Graal, Mamita l'écoute pourtant avec attention et se met à son tour à réciter des contes andalous[1], qui mêlent l'inspiration musulmane des *Mille et*

---

1. Traduits en arabe, ils seront publiés par un éditeur d'Alger.

Une Nuits aux antiques *romances* rédigés en haut castillan, mélange de galicien et de bas latin. J'entends alors, avec stupeur, les deux courants dont Hilda m'a parlé mêler leurs sangs, puisque les émirs épousent des princesses chrétiennes, les valeureux chevaliers nordiques se battent sous la bannière de l'Islam, des seigneurs castillans languissent pour les beaux yeux d'une Juive de Tolède.

L'Espagne devient cet espace mythique où les deux torrents se rencontrent, se heurtent, creusent conjointement leur lit. J'entends les récits de ces siècles où tout paraissait encore mêlé, confondu, et où la physionomie du pays semblait encore indécise.

Je m'émerveille surtout que Mamita sache tant de choses. Non que je la croie bête ou ignorante. Mais je l'ai presque toujours vue occupée à vivre des passions immédiates, si bien que j'ai du mal à l'imaginer studieuse ou rêveuse. J'observe aussi que la narration de Mamita n'a ni l'ordre ni la rigueur de celle de Hilda. Plus vive, plus mordante, avec des contrastes appuyés et des effets nettement accusés. Elle fait rêver, trembler, rire et pleurer. Celle de Hilda poursuit une démonstration qui tient l'émotion à distance. Je suis plus sensible au ton de Mamita, moins en raison de ses éclairages violents qu'à cause de ses hésitations, qui sèment des points de suspension là où Hilda ponctue avec une exactitude grammaticale.

*

131

Mon souvenir d'enfant a longtemps situé le camp très loin de Mende; dans la réalité, il se trouvait à moins de cinq kilomètres du chef-lieu de la Lozère, au bout d'un chemin étroit et encaissé qui s'enfonce dans les bois.

Je lisais peu, sauf au retour de l'école. Mais les soirées étaient si longues! Dès octobre, la nuit tombait vite, pesait contre les vitres, jetait une ombre épaisse dans la baraque éclairée par une unique ampoule suspendue au bout d'un fil, au-dessus d'une longue table flanquée de deux bancs.

Lueur chétive, sinistre, qui laissait tout le fond de la baraque dans une obscurité inquiétante.

Il neigeait, il n'arrêtait pas de neiger. Le matin, les fenêtres et la porte étaient obstruées par des montagnes de neige que les internées devaient déblayer à coups de pelle. Il gelait à pierre fendre : 18, 20 degrés au-dessous de zéro; rien qu'un petit poêle autour duquel les détenues se crêpaient le chignon. Des femmes tombaient malades, d'autres mouraient.

21

Dans mes contes, à Madrid, une poésie fée-
rique enveloppait la neige, qui scintillait dans la
nuit, prenait des reflets bleutés. Elle crissait sous
les pas du marcheur. Elle m'était toujours appa-
rue comme une présence familière, un appel
aux causeries autour de l'âtre, une invitation aux
songes.

À Rieucros, je découvrais l'angoisse de son
silence, le rempart d'isolement et d'oubli qu'elle
dressait, une nuit après l'autre, semaine après
semaine, entre ces centaines de femmes de tous
abandonnées et le monde extérieur ; le rideau
impénétrable qui ne cessait de glisser du ciel uni-
formément blanc jusqu'au paysage d'une identique blancheur ; l'espace qui s'évanouissait,
empêchant le regard de rien distinguer que ce
rideau de flocons ; le temps soudain brouillé, sans
matin ni soir…

La neige devenait cette bête sournoise, aux
reptations prudentes. L'atmosphère avait l'air
de suffoquer. Les bois eux-mêmes semblaient
mornes et prostrés. La neige poussait devant elle

le froid qui s'insinuait entre les planches dis-
jointes, rampait jusqu'aux femmes terrées au
fond de leurs châlits. Puis le vent se levait, durcis-
sait les écailles blanches du monstre, les plaquait
contre le bois des baraques, qui gémissaient de
terreur.

Je restais serré contre le corps de Mamita. Plus
que la neige, plus que le gel et le vent, c'était l'oubli qui échauffait son sang, lui arrachait ces toussotements rauques, la secouait de tremblements et
de frissons. Entre deux accès de fièvre, elle écoutait ramper cette mort blanche. Je sentis alors germer l'obsession : sortir à n'importe quel prix de ce
tombeau, respirer à nouveau l'air tiède, sentir la
caresse du soleil sur sa peau, éprouver la brûlure
d'une peau d'homme autour de ses reins. Non,
elle n'était pas faite pour le malheur. Pas pour ce
malheur-là, du moins.

*

Seule Hilda résistait au vent, repoussait le gel.
Elle organisait la bataille contre l'hiver, soignait
les malades, accompagnait les mourantes, rédigeait réclamation sur protestation.

Elle obtint, par les visiteuses de la CIMADE[1],
un lot de livres, parmi lesquels *Mémoires d'outre-
tombe* que je dévorai au fond de la paillasse, enseveli sous la fourrure de Mamita. Ce fut, je crois
bien, l'ultime leçon de Hilda, qui entreprit de me
faire un cours sur la Restauration, le retour des

1. Organisation protestante d'aide aux internées.

Bourbons, les contradictions de la bourgeoisie... Je l'écoutais, hochais la tête, mais n'entendais que la somptueuse mélodie de la phrase, le chant d'une prose qui, aujourd'hui encore, reste pour moi l'une des plus pures que le français ait produites.

Une commission allemande arriva au camp, embarqua les Allemandes antinazies que Vichy livrait obligeamment aux occupants. Hilda monta dans le camion, agita la main. D'autres détenues allemandes avaient accueilli leurs compatriotes en uniforme par des acclamations enthousiastes. Elles avaient salué, bras tendu, crié : « *Heil Hitler !* » En rangs par quatre, elles avaient ensuite défilé jusqu'au portail, descendant la pente en un ordre impeccable.

Décidément, la réalité est aussi étrange et ambiguë que mes contes madrilènes.

*

La commission une fois repartie, la santé de Mamita ne cessa de décliner. Sa toux n'arrêtait plus, sa respiration sifflait. On aurait dit qu'un hiver définitif venait de s'abattre sur ces montagnes perdues. Mamita lâchait prise, s'abandonnait à la maladie.

Couché près d'elle, je tournais une à une les pages de mon livre. La lecture est aussi la compagnie de l'amour impuissant.

Une pleurésie se déclara : on consentit à la transporter à l'hôpital de Montpellier, bien entendu à ses frais. Elle avait mystérieusement trouvé de l'argent.

Je la suivis dans l'ambulance.

*

Des nobles chevaliers de la Table ronde, de leurs exploits et de leurs épreuves, que reste-t-il dans mon souvenir ? Que sont devenus les brouillards de Thulé ? J'entends la voix austère de Hilda, ses scansions brusques, ses bizarres indécisions des genres, *la* soleil et *le* lune mélangeant leurs clartés.

Demeure ma stupeur devant les événements. Pas même : comment est-ce possible ? Mais, tout bêtement : qu'est-il arrivé ?

J'ai toujours l'air idiot. J'entends les événements, je comprends ce qui se passe. Mais le sens de cette agitation me plonge dans un état de stupéfaction.

*

Cet étonnement, Fédor, se trouve également à la source de ta vocation. Ce que tu as baptisé « *réalisme fantastique* » n'est rien d'autre que le mensonge de la réalité et la vérité de la vie — ces fondements, non de l'âme slave, ni du tempérament russe, mais de l'orthodoxie et de son histoire.

Coupée, après la chute de Byzance, de l'héritage grec, sans liens avec le juridisme romain, l'orthodoxie, enfouie dans le slavon et accrochée au seul Évangile de l'Esprit, maintient une foi pure, sans la moindre contamination de la raison ni de la philosophie.

Cette foi, c'est la Vie vivante, la jubilation de la Résurrection ; son expression est la Beauté, qui la montre et la révèle[1].

---

1. À ce propos, lire *Introduction à la philosophie russe*, d'Alexandre Papadopoulo, aux Éditions du Seuil.

22

À Montpellier, je découvris la poésie.

Hospitalisée, Mamita me mit, sur les conseils d'une religieuse, sœur de Saint-Vincent-de-Paul, en pension chez les frères des Écoles chrétiennes. Je ne fus pas long à m'évader de leur collège et à persuader la malade de m'accueillir, la nuit, dans sa chambre, située au rez-de-chaussée. Tout le jour, je flânais en attendant de la retrouver et de me glisser dans son lit.

Torpeur languide, éblouissement d'une lumière impitoyable : combien de temps durèrent ces bizarres vacances ? Les jours s'étirent dans ma mémoire en une éternité de bonheur crispé, voilé de larmes. J'erre sans but, seul et désœuvré. Je m'ennuie doucement, je tue le temps. La solitude ne me pèse guère, je deviens léger, au contraire. Je flotte dans une vacuité rêveuse. Je vis mes derniers jours d'enfance, si tant est que j'aie jamais été un enfant. Journées ni tristes ni gaies, seulement brûlantes, trop longues aussi. Je suis fatigué d'attendre.

Qui donc m'a procuré ce livre ? L'ai-je volé ?

Quelqu'un me l'a-t-il prêté ? Ai-je été attiré par son titre vénéneux ? Je l'ai ouvert au hasard, j'écoute sa musique maléfique, ses cruautés exquises, ses fureurs caressantes.

Pourquoi la poésie ? Comment est-il possible qu'à neuf ans j'aie eu soif de cette musique hautaine et méprisante ? N'ai-je pas inventé cette lecture pour me rendre intéressant ?

Sans doute ne comprenais-je pas la beauté de ces vers dont la sonorité seule apaisait ma solitude.

*

Je me revois couché dans l'herbe, sur les rives du Lez où nage une longue couleuvre, son délicat menton posé sur la surface de l'eau, l'œil laqué de noir braqué sur moi. Je récite : « *Cheveux bleus, pavillon de ténèbres tendues* », je m'abandonne à l'intensité du souvenir, je suis à la fois ici, présent à chaque vibration de l'atmosphère, et déjà ailleurs, en route pour le pays de l'oubli. Je prends congé du monde. Je ne pense pas à la mort, je n'imagine rien de terrible. Je contemple le vide. Ceux qui passent ne voient qu'un enfant fugueur, affalé à l'ombre des saules, un livre entre ses mains. Il ne bouge pas. Il regarde l'eau qui coule. Il ne bougera plus.

*

Je ne rendrai pourtant pas les armes sans livrer des combats d'arrière-garde. Je ne lâcherai pas un

pouce de terrain, je me battrai jusqu'à épuisement de mes forces.

Mamita, guérie, s'est évadée de l'hôpital, munie
de faux-vrais papiers au nom de Blanche Azéma,
modiste de profession, née à Narbonne, laquelle
— la vraie Blanche Azéma — vit en Argentine. Je
ne saurais dire qui lui a procuré ce précieux document, cartonné de bleu ; je ne sais pas davantage
comment elle a réussi à obtenir autant d'argent,
car elle s'embrouille dans ses mensonges, se
contredit, confond les versions.

Toujours maîtresse d'elle-même, elle adopte la
plus sûre stratégie, se cacher dans la banlieue de
Montpellier, attendre que la surveillance se relâche
autour des gares et dans les trains.

*

Plan-des-Quatre-Seigneurs, un chemin que
j'emprunte pour me rendre chez des amis, Marie-
France et Bernard. Des îlots de campagne subsis-
tent dans un paysage d'échangeurs d'autoroutes,
d'hypermarchés, de cités locatives pour étudiants,
d'hôpitaux et de cliniques.

Au sommet d'une pente, j'arrête la voiture pour
humer la nuit, je respire l'odeur résineuse des
pins et celle, mielleuse, des cyprès : tout le passé
me revient, je me revois assis devant la table de la
petite cuisine, penché sur mon livre, cependant
que Blanche Azéma me pose des colles : comment
se prénommait ma grand-mère de Béziers ? Quelle
école ai-je fréquentée ? À quelle date mon oncle
Antoine est-il mort ?

Il faut gagner Marseille, entrer en contact avec le consul du Mexique. Il s'agit, surtout pour elle, je le comprendrai trente ans plus tard, d'être vue partout, repérée. Nous prendrons le train ensemble, mais voyagerons séparés, car on recherche une femme accompagnée d'un garçon de neuf ans environ, brun, cheveux ondulés.

Péripéties banales à l'époque, qui affectent à peine ma vie intérieure. Je sais mentir, tricher, me faufiler dans la foule, éviter les policiers, flairer les inspecteurs en civil. Seule compte la confusion du roman avec la vie, qui trouble ma perception de la réalité. Chaque jour davantage, l'imposture me contamine. Je ne sais souvent plus qui je suis. Je me sens happé malgré moi par cette affabulation dont la littérature seule réussira à me guérir.

23

À Marseille où nous sommes arrivés sans encombre et où nous avons passé sans incident les barrages policiers, elle me confie aux quakers, qui possèdent un centre d'hébergement dans les faubourgs. Elle les a peut-être chargés d'organiser mon rapatriement. Elle voudrait me laisser une chance. Du moins j'aime à m'en persuader. Elle tente de m'écarter de sa vue. Je résiste pourtant, je m'accroche ; deux jours après mon arrivée, je saute par-dessus le mur, marche en suivant les rails du tramway qui nous a emmenés jusqu'au Centre.

J'ignore où Mamita se cache, je connais mal la ville, le mistral souffle en longues rafales, il fait un froid mordant. Je marche des heures, frissonnant de fièvre ; je cherche les rares repères de notre précédent séjour, vais d'hôtel en hôtel, erre au hasard, guidé par un instinct mystérieux, chien de chasse pistant le gibier. J'obtiens enfin une adresse, à l'autre bout de la ville, sur la route de l'Estaque.

*

J'arrive à la nuit tombée, frappe à une porte qui s'entrouvre avec la cauteleuse prudence de ces temps de traque et de peur.

Une créature fantastique m'observe par l'entrebâillement. Pas vraiment un nain, pas non plus un homme, une sorte d'enfant vieilli, fripé, une épaule plus haute que l'autre, un gnome sorti de mes contes. Son œil noir me fixe avec une dureté soupçonneuse. J'ai à peine la force de parler, mes jambes flageolent, je vais tomber. Un cri retentit dans un long couloir sombre, Mamita arrive, l'air affolé. Comment ai-je réussi… ? Qui m'a renseigné ? Que m'arrive-t-il donc ? Elle mesure sa folie, qui se réfléchit dans mes yeux brûlés de fièvre. Elle voudrait se fâcher : quand donc consentirai-je à me tenir tranquille ? Est-ce que je ne comprends pas dans quelle situation… ? Elle touche mon front, s'écarte, me fixe avec une expression épouvantée.

Trop tard pour revenir en arrière, trop tard pour la sagesse et la raison : le délire des mots a tué l'enfant naïf. J'ai vraiment cru aux serments de l'amour absolu. Je vis, depuis Madrid, dans cette hallucination. Il fallait me laisser à mon âge.

Mamita semble soudain comprendre ce qu'elle a fait de moi, à quel état de délabrement elle m'a réduit. Elle me prend dans ses bras, me couche dans le lit, appelle un médecin qui se montre préoccupé : les antibiotiques n'existaient pas, les pneumonies restaient d'un pronostic grave.

143

Elle ôte alors ses vêtements, se couche sur moi, peau contre peau. Avec une violence sauvage, elle restera des jours et des nuits sur mon corps chétif et tremblant, elle m'infusera sa vitalité, me passera son influx nerveux, me donnera son énergie. Dans une sorte de délire, elle répète : «Tu ne mourras pas! Tu ne mourras pas!»

Parce que tout, depuis le premier jour, fut littérature, parce que le roman a contaminé nos vies, je comprends, du fond de ma fièvre et de ma léthargie, ce qui, chez Balzac, a pu séduire la jeune fille qu'elle a été : cette puissance de l'idée, cette force indomptable de la volonté. Il y a en elle du Vautrin, du faux chanoine espagnol, Carlos Herrera. Je vivrai parce qu'elle le veut, parce qu'elle en a décidé ainsi, parce que je lui appartiens avant de m'appartenir ; la maladie et la mort se plieront à sa volonté qui commande, en cet instant, aux puissances telluriques.

Déesse des profondeurs, la voici réchauffant le cadavre du fils, indifférente aux décrets de la science et aux conseils des hommes de l'art ; elle seule sait les gestes qui réveillent les mourants. Décoiffée, négligée, l'apparence d'une magicienne inspirée, elle fait de la chambre un laboratoire où elle concocte ses baumes et ses cataplasmes, ses onguents et ses philtres.

Le gnome ose à peine se montrer, de peur de se faire agonir d'injures.

*

Un jour enfin, elle écarte les rideaux, laisse couler à flots la lumière, s'écrie d'une voix que je ne lui connaissais pas, noire et profonde :

« J'ai gagné, tu es sauvé ! »

Elle ne me le dit pas à moi, qui la regarde debout dans l'aveuglante lumière d'un soleil acide, elle le crie au ciel, à la mer, au vent. Elle le jette tel un défi au destin. Dans sa nudité chaste et désarmée, elle possède une beauté primitive, d'une sauvagerie magnifique.

Nos romans mêlent toujours le comique au tragique, si bien que, me levant pour la première fois depuis des semaines, me traînant jusqu'aux cabinets, au bout du couloir, j'ai la surprise de découvrir, suspendus au plafond, des dizaines de jambons et de saucissons, stalactites fantastiques en ces temps de disette et de rationnement.

*

Le gnome, sa déformation, sa face fripée et son œil de méchanceté : faut-il s'étonner si j'ai écrit *La Guitare* aussitôt après *Tanguy* ? L'épisode épouvantait le bon François Le Grix, scandalisé qu'une femme telle que Mamita pût… Il s'imaginait qu'un pareil tableau avait dû bouleverser l'enfant que j'étais. Il ne comprenait pas que Mamita ne reculait devant rien, qu'après la faim, la neige et la solitude de Rieucros, elle était prête à se glisser dans le lit du Diable. Il n'entendait pas davantage que cette rage de vivre, cette énergie indomptable ne me causaient aucun scandale. Du moins me semble-t-il que je ne le fus pas, choqué. Je me trompe sûrement. Le texte avoue à mon insu : « *Je suis laid. D'une laideur qui fait peur. C'est par cet aveu que je veux commencer mon récit*[1]. »

Un homme de plus, un de moins, gnome bossu ou capitaine de frégate à belle prestance, ce n'est jamais qu'un chapitre ajouté au roman des amours grandiloquentes.

Sagesse feinte, démentie par le heurt saccadé des phrases, par leur rythme syncopé. Dans son halètement, le récit imite le roulement du cœur dans la poitrine.

La honte, toujours et partout.

*

J'admirais cette force que je redoutais par ailleurs, devinant que, le moment venu, elle m'écraserait. Je lui vouais cette admiration que m'inspiraient les personnages sombres de mes romans, autrement séduisants, à mes yeux de petit lecteur pervers, que les pures jeunes filles et les héros sans reproche.

*

Mamita sentit qu'elle ne réussirait pas à se débarrasser de moi. J'étais fou, partant ingouvernable. Elle traversa, après ma guérison, une période de mélancolie douce. Il y eut une trêve

1. Début de *La Guitare*, disponible seulement en poche aux Éditions du Seuil, collection Points-roman.

dans nos déchirements. Je la sentis émue malgré elle de la véhémence désespérée de cette passion exclusive. Effrayée également.

Nous avions quitté l'appartement du gnome, ses jambons et ses saucissons, nous avions repris nos errances. Nous passions d'un hôtel à l'autre, d'une pension borgne à une suite de palace.

Mamita me déposait chaque après-midi dans un cinéma, tout en haut de la Canebière, près de l'église des Réformés. Je restais souvent assis à la même place, jusqu'à la fin de la dernière séance. Dans la cabine de l'ouvreuse, je mangeais un sandwich en attendant le martèlement des talons aiguilles sur le dallage du hall.

J'avais renoncé à comprendre. Nous devions partir un jour pour le Mexique, le lendemain pour New York. J'étais revenu à Dumas et au *Comte de Monte-Cristo*. Je vis plusieurs fois le film, qui me glaça d'épouvante. Je me rendis seul au château d'If.

D'étranges dérapages se produisaient dans cette course au visa : nous faisions de somptueux repas dans des restaurants au marché noir ; nous fréquentions l'Opéra ; Mamita dépensait sans compter : fourrures, parfums, bijoux, chapeaux. Tout se mêlait dans ma tête. J'étais perdu, dans tous les sens du mot. Devinais-je qu'elle marchandait âprement le prix de sa vie ? En quelle monnaie payer, quand on ne possède rien qu'un enfant désarmé ?

Cette fois, le dénouement approchait. Tout se passait comme si j'avais voulu la contraindre à m'achever de sa main. Jusqu'au bout, j'ai gardé mon regard dans le sien.

*

Sous des airs de fausse gaieté, les yeux de Mamita m'évitent ; ses propos enjoués m'arrivent de très loin. Il s'agit d'un nouvel épisode du roman que nous écrivons à quatre mains, n'est-ce pas ? Alambiqué à souhait, tout plein de mystères et de métamorphoses. Personne jamais ne se retrouvera dans ces combinaisons d'une rigueur algébrique. Aux épaisseurs gluantes d'un récit de peur et de terreur succède l'abstraction froide des équations. Roman d'une modernité absolue où le personnage s'évanouit, où l'anecdote cache une histoire enfouie.

J'écoute Mamita-Milady me submerger d'explications dont l'abondance des détails prétend me désorienter. L'habitude de la lecture a développé ma mémoire, si bien que je retiens, non la trame, encombrée de trop d'intrigues, mais les indices — noms, lieux, dates.

Petit Poucet lâché seul dans l'épaisseur des carnages, je retrouverai mon chemin en ramassant, l'un après l'autre, ces cailloux. J'avancerai courbé durant un demi-siècle. D'un mot l'autre, je reconstituerai la véritable histoire, plus désolante que je ne l'imaginais. Avec chaque caillou, je rédigerai un livre pour tenter de disculper Mamita en me sauvant moi-même ; je le rejetterai chaque fois avec une illusion. Quand j'aurai les mains vides, j'arriverai, non à la maison familiale, mais au désert.

Fallait-il tant marcher pour découvrir ce néant ?

*

La Mamita brune a disparu, ainsi que s'évanouissaient les personnages de mes contes, une étrangère plus blonde que Hilda a pris sa place, le petit garçon noiraud cessera pareillement d'exister. Il se volatilisera, pfuit, plus même un nom. Mais la belle Reine et son Petit Prince se retrouveront sans faute après la guerre, juré-promis. Pas de larmes, surtout. Ce n'est pas une *vraie* séparation.

Rien qu'un voyage, un long voyage.

« *Ange plein de gaîté, connaissez-vous l'angoisse ?* »

*

Il m'arrive encore d'ouvrir un livre, mais le cœur n'y est plus. Je glisse dans un silence qui durera trois ans. J'évite de me parler à moi-même. L'univers se fait murmure, chuchotement, allusion.

On ne se pardonne pas d'avoir été une victime de cette sorte, un survivant de l'indignité.

Cependant qu'elle me parle, je détourne la tête. Je ne lui en veux pas. Je n'en veux à personne. J'opine du chef. Oui, j'ai tout compris. Je ne dirai rien, jamais. Je serai sage, je garderai le secret. Après la guerre, oui.

Je regarde la pluie glisser sur le carreau.

L'air est plein du frisson des choses qui s'enfuient,
Et l'homme est las d'écrire et la femme d'aimer.

24

Je me rappelle ma stupeur quand, relisant *Les Nuits blanches*, je voulus vérifier la date : 1848, un an, très exactement, avant la traversée du miroir. Or, dans ce roman gorgé d'une sentimentalité fade, une rhétorique généreuse s'étiole dans la parodie. Un poison subtil corrompt la phrase. Les grandes tirades à la Schiller — c'est ton expression, frère : sentiments, idées à la Schiller, c'est-à-dire sublimes —, ces sentiments admirables agonisent dans *Les Nuits blanches*.

À coups de diminutifs et de clichés, de déclamations et de soupirs, tu tords le cou à ta jeunesse, à ses enthousiasmes et à ses naïvetés.

*

Soyons francs, Fédor : il date, cet éloignement, de tes débuts d'écrivain, lorsque tu décidas d'abandonner le langage ignoble de ton père, son style de tartuferie et d'avarice pleurnicharde. Il date du jour où, après avoir lu le manuscrit des *Pauvres Gens*, Nékrassov vint frapper à ta porte au petit matin, te serra contre sa poitrine, courut chez Biélinski, et que tous deux t'embrassèrent, te comparèrent à Gogol. Pour ajouter aussitôt que tu avais *dépassé* le maître en creusant ses marionnettes, en les dotant d'un for intérieur, en les humanisant.

L'heure de griserie passée, tu mesuras que tu appartenais désormais autant à la langue que celle-ci t'appartenait. Une nouvelle vie s'ouvrait devant toi, faite d'une scrupuleuse attention accordée aux mots, à leurs tonalités et à leurs valeurs. D'où ces gémissements dont ta correspondance retentira désormais : l'argent, c'est-à-dire le temps te manqueront pour atteindre à cette perfection que tu recherches. Tu polis, tu cisèles, tu jettes, tu recommences. Tes nuits ne seront plus que ce corps à corps avec la langue, laquelle, insensiblement, te conduira vers sa Vérité, qui coïncide avec la tienne.

Ce destin, tu ne fais encore que le pressentir en écoutant les compliments de Biélinski.

*

Biélinski, c'était l'Europe et les réformes, c'était l'athéisme teinté d'ironie. Il regardait vers Londres, vers Paris, écoutait avec bonheur les grondements de l'orage qui menaçait de balayer l'ancien monde. Comment aurait-il douté que tu fusses des siens ? Un écrivain qui sentait avec tant de justesse la misère et les chimères des pauvres gens, qui était capable de reconstituer leurs voix, cet écrivain ne pouvait être qu'occidentaliste et socialiste.

En un sens, Biélinski et ses amis avaient raison

151

de t'enrôler, puisque George Sand, Balzac, Eugène Sue étaient alors tes dieux, la première surtout. Tu te rapprocheras d'ailleurs d'un milieu plus radical encore, tu liras les théoriciens du socialisme révolutionnaire — Fourier, Proudhon, Babeuf, Louis Blanc. Tu ne mens pas, tu ne triches pas davantage : tu crois aux idées que tu défends. Tu laisses cependant un recoin de ton cœur dans l'ombre. Tu détournes tes yeux de cette obscurité. Tout juste une sensation d'insatisfaction, un léger remords, mais lancinant.

*

Comment ne comprendrais-je pas ce relâchement ? Je sais d'où il provient, Fédor. J'en connais la source, qui est cette brume de solitude en toi, cette moisissure collée à ton cœur depuis la petite enfance. Et puis, comment tirer au grand jour ce qu'on ignore soi-même ? Nous souffrons d'une insatisfaction inexprimable. Nous voudrions pleurer, mais sur qui ou sur quoi ?

Tu fus un enfant souffrant des nerfs, expression vague qui laisse place à toutes les suppositions. Et les spécialistes de se chamailler à coups de diagnostics rétrospectifs : prémices de l'épilepsie ? Seul Freud, à son habitude, assène ses certitudes. Pour lui, l'épilepsie n'existe pas : il s'agit d'une névrose traumatique, consécutive au choc que tu aurais éprouvé en surprenant la scène primitive, incident que Dominique Arban *décrit* avec un art subtil de la suggestion. Avec l'assassinat et la castration de ton père par ses paysans, rendus

152

fous par ses violences d'ivrogne, cet événement fait partie de ta légende.

Je fus, Fédor, un enfant aux nerfs pareillement malades. J'avais des convulsions, hurlais de panique ; je voyais trop clair dans le jeu des adultes. Je m'évanouissais, je m'éclipsais pour échapper à cette tension. La tombée de la nuit surtout me plongeait dans une épouvante mystique. Je n'avais peur de rien en particulier, ni des sirènes, ni des bombes. J'*étais* peur de la tête aux pieds.

*

Les pires forfaits, les mensonges les plus subtils s'accomplissent et s'expriment dans le langage de l'amour. Dans ton enfance, sentais-tu, Fédor, derrière le bigotisme larmoyant, la violence sournoise ? Tes contes t'avaient-ils appris à déchiffrer, derrière les sourires et les baisers, les sombres ruminations de l'envie ? Fils de prêtre, ton père avait été séminariste avant d'étudier la médecine. De ses années de séminaire, il gardait une rigidité suspecte, une éloquence cléricale, des façons cauteleuses. Ses leçons de latin tournaient au sadisme, ses exhortations à compter et à épargner trahissaient une lésinerie humiliante. Vous étiez pauvres, répétait-il, chaque dépense devenait un péché ; un rouble retiré à sa bourse, une gorgée de son sang. Vampires de sa générosité, vous méconnaissiez sa grandeur d'âme. Si seulement vous vous montriez dignes des sacrifices qu'il consentait pour faire de vous des hommes ! Mais non, vous n'étiez qu'ingratitude.

Reproches et pleurnicheries d'histrion, qui engendreront le vieux Karamazov.

*

De cette irritation nerveuse, tu garderas une susceptibilité maladive. Chez Biélinski, tu fais preuve, Fédor, d'une vanité pathologique. La moindre critique, la plus mince égratignure t'arrachent des cris d'écorché vif. Tu te lèves, tu gesticules, tu bafouilles. Naturellement, on s'en donne à cœur joie. Il est si facile de te faire sortir de tes gonds! Quand tu t'emportes, tu profères des insanités si réjouissantes à entendre! Comment des hommes aussi mordants que Biélinski et Tourguéniev[1] se priveraient-ils du malin plaisir de te titiller?

Tu as eu une enfance solitaire, parmi les malades de l'hospice, entre des parents moroses; jusqu'à ton départ pour Pétersbourg et ton admission dans l'École du Génie, tu n'as pas non plus eu beaucoup d'amis, excepté ton frère Micha. Tes amitiés masculines auront ensuite un caractère de morbidité bizarre que je me sens plus apte que personne à déchiffrer, jusque dans leur traduction en un langage mystique où tu te réfugies pour échapper à toi-même: mauvais démon, Méphistophélès, ainsi désigneras-tu l'une de ces passions fatales.

Or ce vertige de l'esclavage consenti, je l'éprou-

---

1. Toute ta vie, tu lui garderas rancune de quelques rimes ironiques.

verai dans mon adolescence et, incapable de le penser en mots ordinaires, je le transposerai également dans un jargon de sacristie.

Dans les salons, devant les femmes du grand monde, tu parais gauche, empoté, tantôt bavard impénitent, tantôt taciturne et renfermé. Tu ne sais pas vivre, Fédor, mais qui donc nous l'aurait enseigné?

Malgré ta balourdise, tu flaires la moquerie de Biélinski. Tu as toujours subodoré qu'il existait entre le grand critique et toi une divergence jamais élucidée, si bien que votre entente repose sur un malentendu. Ce sont pourtant ses idées que tu adopteras, que tu ressentiras jusqu'à la passion. Elles te poursuivront jusqu'à ta mort, elles s'exprimeront avec une puissance dévastatrice dans ton dernier roman. Tu n'as jamais réussi à te délivrer de Biélinski. Il fut moins ton double que ta moitié.

«*Dans la dernière année de sa vie, je n'allais déjà plus le voir. Il ne m'aimait plus, mais j'adoptai alors passionnément toute sa doctrine*[1].»

Quelle était cette doctrine?

«*Toutes ces opinions sur l'immoralité des fondements mêmes (chrétiens) de la société contemporaine, sur l'immoralité de la religion, de la famille, sur l'immoralité du droit de propriété; toutes ces idées de suppression des nationalités au nom de la fraternité universelle, de mépris de la patrie et ainsi de suite — tout cela constituait des influences auxquelles nous ne pouvions résister*

---

1. *Journal d'un écrivain.*

et qui, au contraire, s'emparaient de nos cœurs et de nos esprits au nom de je ne sais quelle grandeur d'âme. »

Ce matérialisme et ce communisme radical n'empêcheront pas la brouille.

Dans une discussion sur l'art et la religion, Biélinski, à son habitude, se moque du Christ. Tu te dresses, blême, au bord des larmes. Jamais, bafouilles-tu, tu ne supporteras qu'on insulte le Christ devant toi. Tu ne reverras plus Biélinski qui, jusqu'à sa mort, gardera son œil sur toi, critiquant tes livres, se moquant avec ironie, mais aussi… comment dire ? conscient de ta formidable puissance. De la même manière, après sa mort, tu mettras un soin maniaque à peser chaque mot du précautionneux éloge que tu finiras par rédiger, non sans réticence.

L'étrange n'est pas cette fâcherie, ni son motif, honorable de part et d'autre. L'étrange est que, chaque fois que tu prends la plume pour creuser la question de l'existence de Dieu, tu prêtes à ton ami-adversaire les arguments et les raisonnements les plus décisifs.

Ta raison s'appellera toujours Biélinski, ton cœur Jésus-Christ : ton style se définit par ce déchirement.

« La question principale, qui m'a toute la vie tourmenté, consciemment ou inconsciemment, c'est celle de l'existence de Dieu[1]. »

1. *Correspondance*, lettre à Makov, 1870.

25

Je rappelle cet incident pour marquer l'erreur que ne cessent de répéter tous ceux qui font dépendre l'œuvre de la biographie. Dans ses vaticinations, Malraux te range, auprès de Goya et de Rembrandt, parmi les visionnaires dont la vie a soudain basculé. Or, avant d'arriver à ce retournement, je veux rappeler ce qui te constitue en tant que romancier : le grondement, en toi, du gémissement de l'innocence écrasée, la lourde plainte de Job, associés à l'insupportable spectacle de la maladie, de la déchéance et de la décrépitude.

Rencontre d'une image obsédante et d'un texte prophétique : au croisement des deux, le roman théâtral, visuel et visionnaire.

*

Les circonstances du basculement, qui ne les connaît ?

Tu fréquentes un cercle d'intellectuels socialisants, autour de Pétrachevski, ainsi qu'un second groupe, plus radical, celui de Dourov. C'est chez ce dernier que tu rencontras celui que tu appelles, avec une emphase cléricale, ton *âme damnée*, Spechnev[1].

« *Non seulement les dames, mais encore les jeunes Polonais... en étaient fous.* »

Et, en écho aux propos de Bakounine, l'évocation précise de Mme Ogariov-Toutchkov :

« *Il attirait l'attention de tous par son extérieur sympathique. Il était grand, avait des traits réguliers ; des boucles d'un blond foncé tombaient sur ses épaules, ses grands yeux gris étaient comme voilés de tristesse.* »

Riche, beau, Spechnev s'ennuie. Pour se distraire, il crée une société secrète dont tu deviendras membre. Froid, silencieux, impassible, entouré d'une réputation sulfureuse, il a longtemps vécu à l'étranger, adopté les théories les plus extrémistes, connu Bakounine dont il est, à son retour en Russie, l'envoyé et l'agent. Par amour pour lui, une femme a quitté son mari, ses deux enfants, puis s'est suicidée, sans qu'on sache bien pourquoi. Bien entendu, il se proclame athée.

Spechnev ou Stavroguine ? Tu le suivrais en enfer, s'il te le demandait.

« *Maintenant je suis avec lui et à lui.* »

Ces propos énigmatiques, tu tentes de les expliquer par le fait que le beau Spechnev t'aurait consenti un prêt.

Dans le genre tordu, je faisais mieux, même à seize ans.

---

1. Naturellement, on trouve chez certains biographes l'orthographe Spechniov ou, même, Spechnieff...

La vérité, je la flaire d'autant mieux, Fédor, que, vers dix-huit ans, je succombai au charme fatal du beau, de l'impassible, du taciturne Nicolas Stavroguine. J'ignorais alors tes paroles, j'aurais pu les murmurer dans la moiteur de mes draps. Je me croyais damné de m'abandonner à ce Démon. Qu'il n'appartînt pas à l'espèce humaine me délivrait d'une part de ma culpabilité. Céder à une tentation n'est pas accepter la *responsabilité* d'un désir. Tu n'as pas non plus regardé le tien en face, même dans tes romans. À chacune de tes nuits de noces, une crise d'épilepsie te roulait sur le sol, écumant et trépignant : faut-il jouer aux pythies du divan pour s'étonner de ces évanouissements ?

Si le véritable visage de la pensée de Biélinski eût été, Fédor, le trop beau Spechnev ?

« *Peut-être baiserai-je la trace de vos pieds quand vous sortirez d'ici...* » : ce cri de Chatov, dans *Les Démons*, exprime l'adoration fatale, le consentement à la chute.

L'aveu, malgré les années, continue de brûler : « *Stavroguine, pourquoi suis-je condamné à croire en vous dans les siècles des siècles ?* »

Il s'agit bien d'une damnation.

*

Un vendredi 15 avril, tu lis à voix haute, devant le cercle réuni autour de Pétrachevski, la lettre de Biélinski à Gogol, interdite par la censure.

Je t'imagine debout, l'œil étincelant, la voix déjà rauque, sifflante, agitée d'un tremblement sourd :

« *Regardez de plus près et vous verrez que le peuple russe est, de par sa nature, un **peuple profondément athée**.* »

J'aimerais croire qu'un sourire a passé sur tes lèvres, je sais que les fanatiques ne sourient jamais. Or, tu es convaincu de la justesse de cette insanité.

Tu as martelé chaque mot avec la conviction implacable des convertis. L'écrivain que tu as le plus admiré, le plus aimé ; que tu n'as cessé d'imiter, jusqu'au plagiat ; un artiste immense, d'une noirceur satirique et d'une verve comique incomparables : tu le voues aux gémonies par la voix de Biélinski[1], l'Occidental.

Tu es d'une absolue sincérité. Tu trouves le revirement de Gogol pitoyable. Son mysticisme et son conservatisme te révoltent. Tu n'entends pas, toi, si plein de compassion pour les faibles, la plainte de l'écrivain. Tu n'écoutes pas ce texte qui raconte sa mort proche, quand, cédant aux injonctions d'un pope ignare, il brûlera le manuscrit de la deuxième partie de son chef-d'œuvre, *Les Âmes mortes*. Il jettera son livre aux flammes, se couchera et mourra quelques jours plus tard, sans avoir ni desserré les lèvres, ni accepté de se nourrir.

Le désespoir qui se cache dans cette *Correspondance avec des amis*, publiée en 1847, cette mélancolie, d'où sourd-elle pourtant ? Elle dit que la beauté seule ne vaut rien sans la morale. Elle lève

---

1. La lettre de Biélinski, tu en as fait non pas une, mais *trois* lectures publiques et solennelles.

une question qui va hanter tout le continent, jusqu'à Pasternak et Sartre[1].

Je te regarde à la lueur d'une chandelle plantée au centre de la table, sa flamme incertaine sculpte tes traits, tu restes debout, serrant les feuillets entre tes mains. Quand tu lèves les yeux, ton regard croise celui de Spechnev-Stavroguine, qui te fixe d'un air impassible.

Ce tableau, Fédor, il pourrait sortir de l'un de tes romans. Il appartient *déjà* à l'un de tes chefs-d'œuvre, puisque le texte à venir s'inscrit à cet instant dans ta chair et dans ton esprit.

L'artiste qui, dans l'exaltation de la fièvre politique, dans le vertige d'une attirance fatale, renie son maître, le cloue au pilori devant un auditoire fanatisé.

Ce qui empoisonne l'esprit de Gogol, c'est ce qui pourrira des théories d'artistes durant encore un siècle : la conviction que l'art a pour mission d'être utile, d'éclairer les masses. Ou de s'abaisser devant l'Église. Dans tous les cas, de *servir*. Biélinski, le procureur, défend en réalité la même esthétique douteuse. Pour le critique, l'art est au service de la société, au service de Dieu pour Gogol : sur le fond, quelle différence ?

Afin que rien ne manque à cette scène tirée de tes *Démons,* la police politique a glissé un mouchard parmi vous.

---

1. Tout au long de sa vie, jusqu'à la veille de sa mort, Sartre parle du traité de morale qu'il voudrait écrire. Sur quoi le fonder cependant, sur qui ?

Arrestation, incarcération dans la forteresse Pierre-et-Paul.

La révolution de 1840 a ébranlé toute l'Europe, le tsar veut faire un exemple.

Après une longue et minutieuse instruction[1], un procès expéditif, la sentence enfin tombe : la mort pour vingt-deux d'entre vous.

---

1. Tu t'y montres d'une exceptionnelle fermeté, reconnaissant tes torts et les expliquant longuement.

26

Sept heures du matin, le 22 décembre 1849, une aube sale, brumeuse. Les condamnés ont été conduits sur la place Séménovski ; par trois, ils gravissent les marches de l'échafaud après s'être embrassés ; attachés au poteau, on leur a bandé les yeux, ils ont enfilé la chemise de mort, blanche et tombant jusqu'aux chevilles, un pope leur a tendu le crucifix à baiser.

Roulement des tambours après lecture de la sentence — puis silence, dans l'attente des salves. Soudain, deuxième roulement des tambours, nouvelle lecture, de l'arrêt de grâce, cette fois.

« *Peut-être y a-t-il de par le monde un homme auquel on a lu sa condamnation à mort, qu'on a laissé souffrir cette torture et puis à qui on a dit : "Va, tu es gracié." Cet homme-là, peut-être, pourrait dire ce qu'il a éprouvé. C'est de cette douleur et de cette horreur que le Christ a parlé. Non, on n'a pas le droit d'agir ainsi avec un être humain.* »

Durant ce simulacre atroce, ton regard, Fédor, n'a pas quitté celui de Spechnev. Ne me demande pas comment je le sais. C'est notre secret.

*

Sur ces minutes — le transfert jusqu'au lieu prévu pour l'exécution, les préparatifs, la lecture de la grâce impériale —, sur ce délai où tu t'es senti *devenir cadavre*, tu n'as cessé de revenir, tentant de décortiquer chaque sensation. L'impression de froid, les fenêtres éclairées et décorées pour le Noël orthodoxe, l'absence totale de remords. Aucune conversion, nul repentir, tu le dis, tu le répètes.

« … *Nous écoutions lire notre condamnation sans le moindre repentir… Il en fut ainsi pendant longtemps. Ni les années d'exil, ni les souffrances ne nous brisèrent. Au contraire, rien ne nous brisa et nos convictions continuaient à maintenir en nous la conscience du devoir accompli.* »

Une vive et pénétrante sensation d'absorber l'instant, sa lumière de neige et de brume, son souffle de gel, la brûlure de l'air traversant les bronches, un léger vertige aussi — une sorte de griserie pâmée.

« *La vie est un don, la vie est un bonheur, chaque minute pourrait être un siècle de bonheur*[1]. »

Puis, la grâce enfin comprise, digérée, ce regard neuf. Pas l'ombre d'une prière. Une pensée pour Micha, le frère bien-aimé, pour la famille, pour les rares amis et, tout de suite, une précautionneuse et méticuleuse attention à bien assimiler les règles

1. *Correspondance*, lettre écrite à son frère Michel quelques heures après le simulacre d'exécution.

de cette nouvelle existence. Comment marcher avec les fers aux chevilles, comment ne pas perdre une miette de sa boule de pain, comment économiser le moindre geste pour ne pas gaspiller ses forces. La langue inconnue, étrangère presque, qu'il s'agit d'assimiler, les mœurs du bagne à décoder, son inhumaine violence à supporter. Et cette charge de haine contre les barines, les seigneurs, les beaux messieurs qui vous écrasent depuis des siècles.

Quelle chute, Fédor, du peuple rêvé, idéalisé, à cette populace impitoyable ! Quelle déception ! Quelle stupeur aussi ! Toi, le lecteur fervent de Karamzine, tu n'as jamais soupçonné, chez le peuple, cette haine meurtrière de la noblesse !

*

Une majorité de biographes et d'essayistes traceront une ligne rouge entre l'avant et l'après.

Une littérature fade et sentimentale, disent-ils, jusqu'au bagne, les grands romans-tragédies après. Pour mieux expliquer les seconds, un événement capital se serait produit à Omsk. Tu aurais été littéralement bouleversé par la découverte, en la personne de Gazine[1], du Mal.

Pour résumer, tu ne serais devenu toi-même qu'en traversant ta mort d'abord, en ressuscitant à une vie de forçat ensuite.

1. Cette idée, je l'ai moi-même défendue, sans doute par paresse, avant de creuser la question, grâce notamment à Pierre Pascal et à Jacques Catteau.

« *Le bagne nous a donné Dostoïevski* », résume Pierre Pascal, lapidaire.

*

Il y a pourtant tes livres, ta correspondance, tes carnets surtout. Or ce qui s'y lit, c'est une évolution que les années de bagne accélèrent à peine. Le même Pierre Pascal a publié ce carnet sibérien où l'on te découvre tel que tu le fus toujours, affamé de ces petits faits, de ces tournures de langage dont tu nourris tes romans. Encore une fois, point de philosophie dans ces observations minutieuses. Tu regardes, tu écoutes tes compagnons de bagne comme tu étudierais une peuplade de l'Amazonie. Tu songes à un récit dont tu ne distingues pas encore la forme : souvenirs ? témoignage ? document ?

En un mot, la maison de force t'apparaît ainsi qu'un exceptionnel laboratoire où observer et disséquer toutes sortes de types. « *Et quels types !* » ajoutes-tu avec une excitation d'écrivain. Mais cette spéléologie dans la psychologie du peuple russe reste conforme à ton programme, tel que tu te l'étais fixé à seize ans : « *Percer le mystère de l'homme* ». Rien de moins !

Rupture intellectuelle, alors ? Bouleversement de ta pensée, telle que tes lectures l'ont formée depuis l'enfance et l'adolescence ?

Jacques Catteau[1], l'homme sans doute qui te

1. Pour ceux qui s'intéressent à l'œuvre de Dostoïevski, le livre de Jacques Catteau *La Création littéraire chez Dostoïevski* (Paris, Institut d'études slaves, 1978) reste l'ouvrage de référence.

166

connaît le mieux au monde, écrit : « … *le fonds lit-*
téraire de Dostoïevski était constitué dans ses lignes de
*force **avant** son arrestation…* » (souligné par moi).

*

En 1850, quand tu es arrivé à Tobolsk, des
femmes t'ont tendu un exemplaire des Évan-
giles[1], seul livre autorisé. Dans ta captivité, tu l'as
lu et relu. Durant les quatre années de bagne, tu
as conservé ce livre sous ton oreiller et, quelques
minutes avant ta mort, tu l'ouvriras encore au
hasard, voulant connaître le verdict :
   « *Mais Jésus lui dit : "Ne me retiens pas maintenant,*
car c'est ainsi qu'il nous faut accomplir toute justice" »
(Matthieu, III, 14-15).
   Tu reposas le livre et déclaras à ta femme :
« *Cela veut dire que je mourrai…* »

*

Serait-ce cela, le retournement ? ce livre en slavon que tu feras relier à ta sortie du bagne et que
tu conserveras jusqu'à la fin, l'ouvrant au hasard
tout au long de ta vie pour solliciter une réponse
à chaque moment de doute ou d'incertitude[2] ?
   Le basculement dont parle Malraux devrait,

---

   1. Et non la Bible, ainsi qu'on l'écrit souvent. Les ortho-
doxes lisent peu l'Ancien Testament, texte aboli à leurs yeux
par la Nouvelle Alliance.
   2. Toujours la superstition du joueur qui voit partout des
signes.

167

tout naturellement, s'accompagner de ce retournement spirituel, puisque les grands romans de la maturité s'affichent de plus en plus chrétiens dans leur inspiration. Si coupure il y a eu, elle doit d'abord se marquer dans ce domaine-là.

Or, nous possédons une lettre de toi, qui nous renseigne avec exactitude, avec scrupule même. Tu l'écrivis, à la fin février 1854, à ta bienfaitrice au bagne d'Omsk, Nathalie Fonvizine :

« Je vous dirai à mon sujet que je suis un enfant du siècle, enfant de l'incroyance et du doute jusqu'à ce jour et même (je le sais) jusqu'au tombeau. Que de souffrances effrayantes m'a coûté et me coûte encore aujourd'hui cette soif de croire, qui est dans mon âme d'autant plus forte qu'il y a davantage en moi d'arguments contraires ! Et cependant Dieu m'envoie parfois des instants où je suis tout à fait tranquille : dans ces instants, j'aime et je trouve que les autres m'aiment, et c'est dans ces instants que je me suis composé un credo dans lequel tout pour moi est clair et saint. Ce credo est simple, le voici : croire qu'il n'est rien de plus beau, plus profond, plus sympathique, plus raisonnable, plus viril et plus parfait que le Christ, et non seulement il n'est rien, mais — je me le dis avec un amour jaloux — il ne peut rien être. Bien plus, si l'on me prouvait que le Christ est hors de la vérité et qu'il fût réel que la vérité soit hors du Christ, je voudrais plutôt rester avec le Christ qu'avec la vérité. »

*

On dirait que les épreuves du bagne n'ont rien changé en toi : un doute nourri d'arguments, un désir de croire qui te cause une souffrance terrible. La certitude que ce déchirement te poursuivra jusqu'au tombeau.

Deuxième mouvement, ton adhésion passionnée au personnage du Christ, réaffirmée ici avec plus de force encore. C'était déjà le motif de ta brouille avec Biélinski dont tu as pourtant lu à voix haute la lettre interdite, qui moquait le bigotisme conservateur de Gogol. Attitude qui peut sembler contradictoire mais ne l'est pas, tu t'en expliques.

La religion, non, ni les clergés et les popes, que tu critiques durement.

Le Christ, oui — contre la vérité même, s'il était prouvé que le Christ fût hors de la vérité. (En clair, le Christ contre Biélinski, quand bien même Biélinski détiendrait la vérité.)

Fidélité d'autant plus stupéfiante que tu ne la fais pas dépendre de la réalité historique du personnage de Jésus, mais de sa parfaite beauté spirituelle. Dans certains textes, il t'arrivera même de le comparer à Don Quichotte. Ton Christ est d'abord une voix issue d'un texte, voix à laquelle tu adhères, contre la réalité si nécessaire.

Schizophrénie? Non, mais contradiction dialectique qui alimente les romans, produit des personnages déchirés : athées par raison, chrétiens par sentiment.

S'il fallait absolument la définir, ta foi serait ce qui demeure de ces conflits intérieurs.

Des vestiges et des débris? Des incertitudes assurément. Ta lecture du Coran, peut-être à cause de ton amitié pour le jeune Ali, t'a rendu perplexe

quant à la nature de Jésus : dieu ou prophète ?
Même sur ce point tu resteras hésitant.

Alors en quoi, tout bien pesé, consiste ta foi ?
Des instants de grâce, dons gratuits où tu jouis
d'une harmonie parfaite, où tu te sens en accord
avec l'univers, où chaque détail — lumière,
silence, caresse de l'air, parfums — contribue à ce
sentiment de plénitude. Tu aimes, tu te sens
aimé[1].

Ces minutes comme détachées du temps, tu les
évoques avec une fréquence accrue. Tu les fais
remonter au sentiment qui t'envahit soudain,
place Séménovski, après que tu eus écouté la lecture du décret de grâce impériale. Tu as éprouvé
une sensation ineffable : tu as cru toucher ce que
tu appelleras la vie vivante, mais tu ne l'as touchée
qu'à la seconde où tu la croyais perdue. Avec une
rage de plus en plus furieuse, tu opposeras cette
secousse des nerfs aux systèmes, aux utopies, aux
architectures du bonheur universel. Tu plaideras
pour la liberté du vermisseau et du souriceau
contre le rêve de l'Harmonie universelle. Tu choi-
siras le crime, s'il est l'expression dévoyée de la
liberté, contre l'utilitarisme. Tu plaideras pour la
folie contre la raison irrécusable, qui oblige à la
soumission.

« *Mais que m'importent, mon Dieu, les lois de la
nature et l'arithmétique, si, pour une raison ou pour*

---

1. C'est ce que Freud a appelé le « sentiment océanique » et
qu'il a bien entendu expliqué, fournissant des arguments irréfutables parce que invérifiables.

une autre, ces lois et ce "deux fois deux : quatre" ne me plaisent pas[1] ?»

Tu choisis, Fédor, l'imprévisible liberté du vivant, capable de vouloir sa ruine. Tu nies que l'esprit de l'homme obéisse à son seul intérêt. Tu refuses la thèse mécaniste de l'égoïsme social.

*

Les quatre années passées dans la maison des morts n'auraient rien changé en toi, aucunement affecté ton attitude devant la vie ? Ce serait tomber dans l'excès inverse. Car il est vrai que tu as mesuré, au bagne, la largeur démesurée de l'homme, susceptible de renfermer l'exquise perversité du crime, la jouissance de l'humiliation et de la souffrance infligées aux innocents, l'absence absolue de remords.

L'attitude dédaigneuse de Gazine, lequel ne comprend même pas qu'un homme instruit puisse lui poser cette question niaise : pourquoi as-tu fait cela ? n'éprouves-tu pas un remords à la pensée… ?, son attitude hautaine creuse devant toi un abîme.

Cela, c'était étrangler lentement et délicatement des enfants, les regarder dans les yeux à l'instant de leur agonie, jouir de leur affolement et de leur terreur. Or, le gigantesque Gazine, entendant ta question, se redresse, te toise, hausse les épaules, s'éloigne, et tu restes pétrifié, gelé jusqu'à l'os.

---

1. *Les Carnets du sous-sol.*

Tu as découvert le peuple du souterrain.

Dans la forteresse, ta foi en l'homme expire avec Gazine, avec Orlov, l'aristocrate du crime. La bonté native de l'homme, rendu mauvais par la société, ce dogme t'apparaît pour ce qu'il est : une niaiserie.

« *C'étaient des malfaiteurs grandioses, effroyables.* »

Tu viens d'accéder au tragique du crime gratuit, qui se dressera désormais devant ton besoin de croire, te rendra à jamais hésitant, incertain, écartelé.

Kirilov, Chatov, Stavroguine : tous ces possédés par les démons dont parle l'évangéliste Luc, ils exprimeront ce désespoir. Assassinats, suicides, incendies : l'apocalypse sociale résulte de cette impossibilité à éprouver et conserver une foi. Pour justifier leur amour verbeux de l'humanité, ils doivent refuser l'existence du mal, ce qui, de manière inexorable, les conduit à distribuer la mort dans un but de purification sociale.

« *Partant de la liberté illimitée, je conclus au despotisme illimité.* »

Pour garder la foi en l'homme, il faudrait écarter de l'esprit l'image de l'enfant assassiné qui regarde avec stupéfaction son bourreau.

Ni l'homme ni Dieu : que reste-t-il, sauf la solitude de l'idéal voué à l'échec ? Tu songes à Don Quichotte, à sa haute mélancolie. Faut-il donc être fou pour survivre ?

Tu l'as dit dans ta jeunesse, Fédor, avant l'expérience du bagne : « *J'ai un projet, devenir fou.* »

En ce sens, la formule de Pierre Pascal se justifie : il n'y a pas eu renversement, ni conversion, mais, oui, approfondissement, abandon définitif des illusions de ta jeunesse. *Regénération*, c'est le mot que tu emploies. Il implique la durée, suggère une longue expiation qui se double d'une recollection. Tes romans-tragédies exprimeront ce combat entre le cœur et la raison.

27

Qui mieux que toi pourrait me comprendre, Fédor ? Je ne parle jamais de *ça*, sauf par allusions transparentes, il est vrai. J'ose à peine me le raconter à moi-même.

Depuis cinquante ans, je survis avec cette bête en moi, ainsi que tu survivais avec Orlov et Gazine. Je n'écris qu'afin de conjurer ce fantôme, le tenir à distance, l'apprivoiser par le cantique des phrases.

À l'instant du basculement, je n'ai non plus rien éprouvé qu'une curiosité détachée. Ce que je vivais, je le savais sans cependant le comprendre. J'aurais pu faire le récit détaillé des événements, depuis notre fuite de Montpellier. Rien ne m'avait échappé. Mais le sens, Fédor, s'enveloppait de brume. J'avais tout juste neuf ans. Et si j'avais vraiment percé ce brouillard, sans doute serais-je mort foudroyé.

Je me suis d'abord réfugié dans l'illusion de l'amour. J'ai préservé le personnage de Mamita, l'ai maintenu hors de mon regard, l'ai repoussé dans une langue trompeuse et vulgaire, celle des romans de Mamatón, ceux de ta jeunesse idéaliste et sentimentale. J'ai fait de cette créature redoutable une pauvre femme écrasée par le destin[1], ou une rebelle magnifique. Je l'ai acquittée au nom de l'Histoire.

Dans le même temps que je bâtissais ces récits salvateurs, je revoyais chaque détail, retrouvais la nuance exacte d'une lumière, la sonorité d'un haut-parleur dans la nuit. Tout me revenait, Fédor. Tout était imprimé en moi.

*

Ce voyage irréel, fantastique, de Marseille à Paris, au printemps 1942, tu aurais pu le décrire.

L'éblouissement de l'enfant dans ce wagon-restaurant, parmi la foule des voyageurs élégants. Ses regards émerveillés, son bonheur de contempler une Mamita métamorphosée, d'une élégance tapageuse, d'une bonne humeur communicative.

Elle n'arrêtait pas de rire, Fédor.

Le défilement du paysage et les questions de l'enfant qui voudrait tout savoir : noms des fleuves, des montagnes, des arbres.

Le petit garçon a oublié la baraque du camp, les poux, le froid, la faim ; il se souvient à peine des hôtels borgnes, des chambres minables, des

---

1. Un roman de moi, *Tara*, publié chez Julliard en 1960, livre que je n'aime guère, déchaîna pourtant la fureur de Mamita, qui se sentit directement visée et comme dénudée par ce texte dont j'ignorais, pour elle, la menace. Une universitaire française enseignant aux États-Unis, Françoise Dorenlot, en a seule pénétré la puissance métaphorique.

attentes dans les cinémas. Il tente d'imaginer Paris où il a séjourné, lui a dit Mamita, à son arrivée d'Espagne, il y a trois ans. Il cherche dans sa mémoire, croit se rappeler une nuance de gris teinté de bleu — couleur gorge de pigeon, précise Mamita —, il respire un parfum de muguet, il éprouve une sensation de confort et de paix.

« C'était l'appartement de tante Rita, rue Piccini, au-dessus du palais de marbre rose. »

Fasciné, l'enfant écoute les explications de Mamita. Toutes ces agitations l'ont plongé dans un état de confusion.

Assis près de la fenêtre, contemplant le paysage, il se persuade de retrouver sa vraie vie. Il ne sait pas ce que ce sentiment contient d'abject, ni de quels fonds de vulgarité il remonte. Il renoue avec l'assurance de son milieu. Il chasse de son esprit jusqu'au souvenir de la pauvreté. Il se sent fait pour cette nappe damassée, ces œillets dans un vase, cette lampe coiffée d'un abat-jour. Il jouit de l'atmosphère ouatée, de l'empressement des serveurs. Il prend soin de bien se tenir à table, de marquer, par la distinction des manières, son appartenance à l'élite sociale. Il n'emploierait pas cette expression, qu'il ignore, mais sa personne l'affiche. Il joue au petit Lord Fauntleroy, avec son col amidonné, sa cravate, son cran gominé. Il renoue avec le récit des origines, qui le distingue et le désigne. Il n'est pas pareil aux autres enfants et, s'il a paru misérable et frileux, il s'agit d'un pur accident, provoqué par un malheur collectif : la guerre. Aujourd'hui, il retrouve enfin son rang.

Par une glorieuse lumière de crépuscule, le train file dans un rêve.

Mamita n'est plus Blanche Azéma; quand ils seront à Paris, elle portera un autre nom. Ces travestissements amusent l'enfant. Tout juste se sent-il vexé par l'insignifiance de son rôle dans cette comédie loufoque. Rien d'autre à faire que feindre de dormir, blotti dans les bras de sa mère. Sourd-muet, il ne fera, si on le réveille, que sourire avec une expression mélancolique. Cabotin, il aurait voulu avoir à tout le moins une réplique à dire.

Tout se passera de nuit, comme dans ses contes.

*

L'inconnu se tient debout dans le couloir, le front contre la vitre. D'où sort-il? Qui donc est-il? Quel est son nom? Depuis quand Mamita le connaît-elle? Se voyaient-ils déjà à Montpellier, quand elle a soudain disposé de grosses sommes d'argent et qu'elle s'est mise à dépenser sans compter? L'a-t-il contactée à Marseille? La suivait-il de loin depuis Rieucros?

Il n'appartient pas à l'espèce ennuyeuse des amoureux, l'enfant le sent. Il n'est même pas sûr qu'il éprouve de la sympathie pour Mamita, ni non plus pour le petit garçon. Il y a en lui quelque chose d'impassible, une assurance froide, mêlée de mépris.

Il est allemand, lui a confié Mamita, un personnage considérable. Combien de personnalités influentes l'enfant a-t-il connues depuis leur arrivée en France? La plupart s'évanouissent en emportant des bijoux ou de l'argent. Celui-ci pourtant ne ressemble à aucun de ceux que l'enfant a pu apercevoir. Il parle peu, il se tient à distance. Dans le wagon-restaurant, il a dîné seul, à une autre table, et l'enfant n'a découvert son existence que dans le compartiment, quand il a fourni des indications qui sonnaient comme des ordres.

Le plus étrange est qu'un Allemand, surtout influent, se cache des autres Allemands. Pourquoi semble-t-il redouter que ses compatriotes découvrent la véritable identité de Mamita?

Le train roule dans la nuit, le petit garçon oscille entre veille et sommeil. A-t-il dormi une seule nuit à l'heure où les autres enfants s'endorment? Un chaos de peurs et de fuites le tient en éveil, toujours sur ses gardes.

Il entend à peine la voix de Mamita, tout excitée de retrouver Paris. Elle cite les noms de son coiffeur, au rond-point des Champs-Élysées, de son couturier, avenue Montaigne, de sa modiste, avenue Matignon.

Pris de frissons, l'enfant se serre contre elle, Mamita le couvre, l'embrasse sur le front, sur les joues. Dehors, il fait sûrement frais, le train ralentit. Les haut-parleurs résonnent étrangement : « *Achtung, Achtung!* »

Mamita n'a pu résister à la curiosité, elle a soulevé le rideau, regarde dehors, s'écrie :

« Ils ont une autre allure que les Français, quand même! Regarde comme ils sont beaux, avec la visière relevée, la tunique bien sanglée! »

Une minute d'angoisse quand l'inconnu, depuis le couloir, murmure : «Ne bougez plus!» Mamita retient son souffle, le petit garçon garde les paupières fermées. Des voix allemandes se rapprochent dans le couloir, la porte du compartiment s'entrouvre, l'inconnu montre de la tête Mamita, l'enfant, qui, dans un songe, aperçoit des uniformes. Un instant, l'officier hésite en épluchant les passeports, tout en bavardant avec l'inconnu. Il salue bras tendu, s'éloigne.

Une heure peut-être. Une secousse. Le train repart lentement. L'inconnu entre dans le compartiment, referme la porte, tend une cigarette à Mamita, qui aspire une bouffée :

«Tout s'est bien passé?

— Je leur ai dit que vous étiez tous deux épuisés et leur ai demandé de ne pas vous réveiller.

— Ma teinture?

— Dans la pénombre, c'était d'un blond lumineux.

— On fera mieux à Paris.

— Le petit avait vraiment l'air de dormir à poings fermés.

— Il a l'habitude.»

L'inconnu parle français à la perfection. Il pose sur l'enfant un regard indifférent.

*

Qu'ai-je compris, Fédor, à ce passage? Nous n'existons pas. Officiellement, nous sommes la femme et le fils de cet inconnu élégant. Nous retrouverons une nouvelle identité à Paris. Tels des fantômes, nous franchissons les barrages, traversons les frontières sans que nul puisse retrouver nos traces. La raison de ces mystères m'échappe. Dans mes contes, les personnages ne disparaissent-ils pas pour réapparaître plus tard, métamorphosés ? C'est à la fois bizarre et simple, je comprends l'intrigue, qui, à cause de mes lectures, ne m'étonne pas. Comment saurais-je que la vie puisse n'être pas ce tohu-bohu ?

*

Je suis devenu un enfant gâté, comblé de cadeaux. Je fréquente les théâtres, les cinémas, l'Opéra, les restaurants huppés. Partout, on me prodigue des sourires, on caresse mes cheveux. Redevenu espagnol, je suis maintenant le fils d'une importante personnalité franquiste.

Malgré tant d'opulence, ma solitude me pèse. Dans le salon de la suite que nous occupons, à deux pas de l'avenue Hoche, je passe mes journées à attendre. Je continue de lire Balzac, *Splendeurs et misères des courtisanes*, *Les Illusions perdues*. Je porterai longtemps le deuil du beau Lucien de Rubempré.

Tant de cajoleries, tant d'embrassades, cette avalanche de jouets inutiles et coûteux, ces sorties au théâtre et à l'Opéra, ce flot de bavardages surtout, n'auraient-ils pas dû éveiller mes soupçons ? Ma défiance avait été désarmée depuis Marseille ; je vivais installé dans une histoire mystérieuse, gorgée de secrets, sous un flot d'explications. Pourquoi et de quoi me serais-je méfié ? Je savais tout, je n'avais donc pas à m'interroger plus avant. Comment deviner que cette inondation de câlineries et de baisers, que cette avalanche de jouets et de livres avaient pour but d'endormir ma méfiance, mieux : d'instiller dans mon esprit une acceptation complice ?

Je ne t'avais pas rencontré, j'ignorais tout de l'affreux secret des adultes. Comment imaginer alors qu'une mère pût étouffer son fils sous des baisers, l'étrangler en caressant sa nuque ? J'étais désarmé, Fédia.

*

La veille encore, je jouais avec la belle histoire de Milady-Mamita. « Un secret entre nous deux. Un secret d'amoureux. » Elle avait dû négocier qu'on lui accorde de passer avec moi le jour de mon anniversaire.

Le lendemain, devant les valises ouvertes, posées sur le lit, puis en découvrant les deux voitures garées devant l'hôtel… C'était donc ça, le jeu ?

Je n'ai eu ni ta dignité ni ton indifférence, Fédor. J'ai hurlé, je me suis débattu, on a dû me traîner.

Un cerveau en hibernation, un arrêt de l'influx nerveux. Et, dans le même temps, tout demeurait si présent !

« J'espère pour toi que ta mère tiendra sa parole. »

La voix résonne à mes oreilles, ironique et méprisante. Je devinerai le sens du propos un an plus tard, en 1943, quand tout soudain basculera.

Je refuserai pourtant de comprendre. Il me faudra des années.

Je coule dans la honte.

*

Le plus dur n'a pas été de partir seul vers l'inconnu, ni de traverser l'épreuve, moins pénible pour moi qu'on pourrait l'imaginer : le plus terrible a été de revenir vivant, de toucher le sol.

Un mot — la guerre — m'avait maintenu suspendu au-dessus des convulsions. La paix revenait, je commençais à deviner.

Je faisais un rêve fou : l'univers volait en éclats et j'assistais en riant au spectacle. J'avais la haine, Fédia.

Si j'ai tant aimé tes monstres, tes criminels, à commencer par Stavroguine, ce n'est pas que j'aie rêvé de tuer des enfants, ni de provoquer leur suicide : je retrouvais en eux la tranquille frénésie de la rage.

*

À l'heure où, les fers aux chevilles, tu partais pour la Sibérie, une vie nouvelle débutait pour toi ; en foulant, en 1942, le sol de l'Allemagne en guerre, c'est l'antique malédiction qui s'abattait sur moi. Les plaintes de Job accompagnaient mes pas.

Juste, je ne l'étais pas. Mais quel enfant serait tout à fait coupable ?

II

... À LAZARE

(1945-1953)

1

Un ciel de lessive sale, un nuage de bruine qui noie la cour, séparée en son milieu par une raie blanche, tracée à la chaux sur le sol : au fond, vers le bâtiment des frères, la division A, celle des mineurs, de dix à douze ans ; la B, entre treize et quatorze ans, contre la longue bâtisse au crépi grisâtre où se nichent les classes, parallèles au mur d'enceinte.

Six heures et demie du matin.

Le crâne tondu en croix, l'uniforme de toile rêche, une ficelle en guise de ceinture, les pieds chaussés d'espadrilles, je me tiens à ma place habituelle, tout au fond de la classe, près de la fenêtre arrondie, garnie d'énormes barreaux. Dans mon dos, le poêle émet des ronflements et des toussotements étouffés quand le vent s'engouffre dans le tuyau.

Depuis combien de temps suis-je dans ce lieu indescriptible ? Quatre, cinq mois ? Je perds la notion du temps. Mes souvenirs s'embrouillent, je tente en vain d'établir une chronologie. Les lieux, les saisons se confondent. Des vies irréelles se superposent, je passe d'un restaurant de luxe, d'un compartiment de wagon-lits à des chambres minables, de la baraque de Rieucros à l'appartement du gnome, dans le quartier de l'Estaque, d'un palace parisien aux salles d'opéra, d'un jardin embaumé de lilas, dans la Prusse-Orientale, aux nuits de terreur dans l'odeur tenace de la mort. Je ne cesse d'entendre les mélopées funèbres qui montent des baraques russes. Quel récit bâtir avec ces éclats incertains ? Gavé, gorgé de souvenirs, mais disparates et contradictoires.

Je regarde mon enfance et je suis pris de vertige devant son inutilité. Le plus souvent, je renonce à y rien comprendre. Je glisse dans un silence chaque jour plus épais. Je me sens envahi d'une torpeur lourde.

J'évoque rarement mes années d'Allemagne, non que leur souvenir me soit pénible. Je les distingue mal, tout simplement. Des séquences sautillantes, avec une bande-son inaudible, car je ne comprenais, au début, rien à la langue. Ai-je vécu ces trois années jusqu'au rapatriement en Espagne ? Oui, puisque je reste en vie ; d'autre part, elles m'apparaissent tel un mauvais rêve qui va bientôt se dissiper.

J'évite d'y trop penser de peur de découvrir comment le mécanisme s'est mis en route. Bien avant l'exil, sans doute.

Peut-être tout était-il déjà joué lorsque Mamita a pu quitter le couvent-prison de la place du Comte-Toreno, en 1936, à Madrid ? Peut-être les premières trahisons remontent-elles à plus loin, avec les fantômes de ces enfants dont Tomasa évoquait à voix basse l'existence ? Plus loin, quand Mamita n'était qu'une petite fille et que sa mère, jeune et belle, s'acharnait avec son amant, un avocat calamistré, autour d'un infirme reclus dans sa chambre, lui tenant la main pour parapher le testament ? Tant d'ombres dans ma mémoire vacillante !

Au bord de la folie, je me cramponne à des fables qui rappellent les contes de mon enfance. Je me persuade d'avoir été aimé, adoré, choyé. Je retiens les velours et les ors, j'oublie la saleté et les poux. Parfois, mon regard rencontre mon visage : je reste alors foudroyé.

Comment suis-je devenu, à treize ans, ce squelette aux yeux trop vastes ? Les adultes ont pu s'accrocher à l'Histoire, y participer parfois : les événements leur confèrent une identité sociale. Je ne suis, moi, témoin de rien, simple survivant d'un naufrage.

Épave rejetée par les flots, j'achève de pourrir sur une grève abandonnée. Pas même orphelin, car mes parents sont en vie, j'en ai le pressentiment ; ni fils de Rouge — quand donc Mamita a-t-elle été rouge, blanche ou noire ? Je pourrais aussi bien être fils d'un nazi. Victime de la guerre alors ? Je le dis sans y croire. Rien ne forçait Mamita à m'entraîner dans la tourmente. Au fond, j'existe à peine. Un pur accident.

L'orgueil imbécile de ma caste avec ça. Je me raccroche à une supériorité de naissance, à une élection d'essence divine. Je me convaincs d'appartenir à une autre espèce que ces déchets au faciès dégénéré. J'évoque les théâtres, les opéras, le piano, les Gobelins du salon, en une tentative risible et désespérée pour me persuader aux yeux de mes compagnons que je surnage à une misère purement accidentelle. Je fais une infortune de ce qui, pour eux, constitue un destin. Je ne veux, je ne puis leur ressembler. J'invoque l'Art et ses sortilèges à l'appui de ma supériorité imaginaire. Je tente de me sauver dans ce qu'il y a en moi de plus bas. J'échappe à la fraternité dans une singularité dont je mettrai des années à admettre qu'elle se réduit à la force ou à l'argent, en tout cas à la domination. Tel Raskolnikov, je vis retranché de la communauté. Hérétique. Je ne pense pas alors que la monstruosité de Mamita s'enracine peut-être dans cette même certitude d'une élection. Je ne m'aperçois pas que je pense bas et que, par peur de la noyade, je tue en moi ce qu'il y a de meilleur.

*

Je ne te raconterai pas cet univers, pas à toi : nous le connaissons par cœur, frère. Une faim telle que je n'en ai jamais ressenti, fût-ce aux pires heures de la guerre, en Allemagne. Il se peut d'ailleurs qu'elle se soit exaspérée de toutes les faims accumulées, depuis ma petite enfance, dans le Madrid assiégé.

Une brutalité sauvage, inouïe, les frères, l'un surtout, jouissant de nous rouer de coups, de nous humilier de toutes les façons. Jeune, peut-être la trentaine, robuste, il boitillait. Se vengeait-il sur nous de sa claudication ?

« *Il y a trop d'infirmes en Espagne* », avait, devant

un aréopage de généraux, jeté avec panache Miguel de Unamuno, alors recteur de l'université de Salamanque. C'était en 1936, le jour de la Race, dans l'*aula magna*, et le vieil homme était mort peu de jours après, peut-être de dégoût.

Depuis, la guerre civile avait multiplié le nombre des estropiés.

Tel un fauve, le frère Rojo (Rouge !) se glissait dans le dortoir, passait dans le réfectoire, rôdait sous les arcades de la galerie, à l'affût d'une proie. Il vous tombait dessus à l'improviste, vous piétinait, cognait votre crâne contre les faïences.

Nous sommes moins que des bêtes, Fédor. Du réveil, cinq heures et demie, jusqu'au coucher, neuf heures, on croirait que ces religieux se creusent la cervelle pour inventer des châtiments plus subtils, plus cruels encore. Même les jeux, obligatoires, ils en ont fait des exercices de sadisme, contraignant les pensionnaires à se frapper les uns les autres avec des balles pleines, plus dures que des pierres. Au moindre prétexte, nous tournons en courant autour de la cour, telles des bêtes fourbues dans un manège fou, des heures durant, jusqu'à l'évanouissement. Au centre de la noria, les kapos, armés de baguettes de jonc trempées dans l'eau, cinglent nos cuisses, de préférence derrière les genoux. Ce n'est pas un bagne, c'est un enfer inventé par des esprits détraqués qui trouvent là un exutoire à leurs fantasmes de puissance illimitée.

Quand je nous regarde en train de dévorer, accroupis, les peaux d'orange et de banane, l'envie me prend de pleurer, frère. Pas sur moi. Ni sur aucun de mes camarades. Sur l'humanité en son entier, sur ce que l'homme devient pour son semblable, dès qu'on lui en offre la possibilité. Ta question alors me taraude : « *Qui donc nous pardonnera ?* »

*

Mes camarades ne valent pas mieux que tes compagnons de bagne. Ils ont perdu leur enfance en naissant. Mère pute au Barrio Chino, père en prison ou fusillé, frères et sœurs dispersés dans tous les orphelinats et hospices du pays, quand ils ne sont pas en centrale. Eux-mêmes, dès l'âge de dix ans, ont été jetés à la rue par la misère, réduits à la prostitution et à la délinquance, déjà perdus dans leur esprit ; impitoyables pour les autres, parce que sans illusions sur leur sort. « Légionnaire ou bagnard ! » ricanent-ils. Toutes les ruses, toutes les astuces, toutes les tromperies qu'un esprit inventif est capable d'imaginer pour voler, ils les connaissent et les pratiquent.

Avec ça, d'une vanité désarmante, d'une jactance risible, toujours à fanfaronner. Mais aussi, Fédor, dans les ruptures du temps, au milieu de la nuit, des retours subits d'enfance, une nostalgie déchirante, des illusions et des chimères : leurs mères les adorent, leurs pères sont de nobles héros. Quand ils auront réussi, enfin, le « gros coup » — ils en rêvent tous —, ils s'embarqueront pour l'Argentine, vivront dans la pampa.

Les délinquants, la moitié environ des effectifs, n'espèrent plus rien. La haine seule les tient debout. Ils se savent en guerre contre la société. Vaincus d'avance, mais décidés à vendre chèrement leur peau. Pas de quartier : œil pour œil et dent pour dent. Ils deviennent kapos sans états d'âme, ils trahissent, mouchardent, humilient, insultent et frappent.

Pour les orphelins, dont je fais partie, c'est une chute libre. Hébétés, abrutis, ils se demandent de quoi on les punit. Leurs pères rôdent entre les pages des romans de Juan Marsé, cachés dans des placards ou des greniers, l'air honteux et loqueteux des vaincus en cavale.

2

Cette horreur ne devrait pas me surprendre, ni susciter mon indignation. Mais un mot — guerre — brouillait tout ce que j'avais pu vivre auparavant. J'y mettais quelque chose de vague et de terrible, une fatalité aveugle. Le mot ne justifiait pas, il n'expliquait pas davantage : il entérinait une situation de catastrophe naturelle. Il était à nos vies brisées ce que l'arrêté préfectoral est aux victimes des inondations.

Plus tard, il y aurait la paix, nous serions indemnisés, mis au repos. Or la paix était venue et, au lieu du repos espéré, la course reprenait, plus furieuse, plus épuisante encore.

Si le choc ne suffisait pas, il y avait l'obligation de la messe matinale, cette langue onctueuse, cette rhétorique de l'amour et de la charité, ces cantiques sirupeux. Je comprenais mes compagnons qui fredonnaient des blasphèmes, sortaient leur verge et se masturbaient en regardant haineusement l'autel !

Ce qui me faisait enrager, Fédor, c'est ce qui, chez toi, exaspère Kundera : le style larmoyant, la compassion sadique.

Je fus bien près alors de la révolte ultime et suicidaire.

*

Au fil des mois, j'ai fini par trouver quelques repères, la gamelle que je garde attachée à la ficelle, autour de ma taille, la cuillère que j'ai échangée contre une ration de pain : j'ai l'habitude. J'ai appris à *organisieren*, mélange de débrouille et de combine.

J'ai reconnu quelques visages, échangé quelques mots, partagé des sourires. Tout rentre dans l'ordre de l'arbitraire.

La douleur s'est apaisée, mais cette léthargie où je coule me semble plus pernicieuse encore. Je ne souhaite pas mourir, je ne lâche pas prise : simplement, je ne dispose plus de l'énergie nécessaire pour réagir ; je rêve de dormir sans fin, de ne plus bouger.

La routine du malheur, Fédor, abolit toute chronologie. D'où les distorsions que, dans *Récits de la maison des morts*, tu fais subir au temps, comprimant une saison, étirant une heure. Jours et nuits s'effilochent, leur trame se défait. L'intensité se substitue à la durée. Une journée où l'on n'a été ni puni, ni bousculé, ni privé de soupe, ce jour est un jour béni. Le bonheur, c'est l'absence de malheur. On ressent intensément la satisfaction d'avoir gagné encore une heure. La routine devient une sorte de mystique quiétiste. On ne redoute rien tant que le changement.

Il arrive, dans cette déréliction, qu'on éprouve

des joies d'une intensité fantastique. Une lumière, un geste. Toute la puissance de la vie se concentre alors dans cette minute prodigieuse.

Ainsi ces heures matinales, entre six et dix.

*

Rien ne distinguait cette classe poussiéreuse, sauf l'immense portrait de Franco qui, avec celui de Pie XII, encadrait le crucifix, au-dessus du tableau noir. Mais si le décor avait un air familier, le personnage qui, dans la lumière blafarde de l'aube, y pénétrait laissait, la première fois, une impression de stupeur et de frayeur incrédule.

Quarante, soixante ans ? Impossible à dire. La blouse grise qu'il ne quittait jamais était maculée de taches, raide de saleté. Une barbe de plusieurs jours brouillait ses traits ; sous le béret crasseux, enfoncé bas sur le crâne, les yeux injectés de sang décochaient des regards lourds, noyés dans un nuage d'alcool.

Il entrait en titubant, se laissait choir sur sa chaise, faisait distribuer les abécédaires, opuscules sales et défaits, frappait avec sa longue règle sur le pupitre. Une rangée après l'autre, les analphabètes ânonnaient en chantant : « B-A-BA ». Lui piquait du nez, tirait de sous sa blouse une bouteille de vinasse, buvait à même le goulot, replongeait.

Les trocs, la chasse aux poux, les parties de cartes, les trafics louches, les branlettes : chacun vaquait à ses affaires.

Il faisait une chaleur lourde, l'odeur était suffocante.

194

Sur l'estrade, assis derrière la table, le journal déployé devant lui, celui que nous appelons le *maestro*, le maître, somnole.

Tiré de sa léthargie, il se dresse d'un bond, choisit au hasard :

« Toi, là-bas, viens ici ! Joins bien les bouts de tes cinq doigts et tends la main. N'aie pas peur, salope ! Ne retire pas ta main ! Plus tu auras peur et plus tu auras mal. Tiens, prends ça ! »

Après deux ou trois esquives, la victime jette un hurlement, sautille sur place, les mains sous les aisselles.

« Ça brûle, hein, putain de ta mère ? »

Le maître ricane, vacille, se rassied, manifestement content de lui. De qui, de quoi se venge-t-il ? Quel plaisir éprouve-t-il à humilier ces misérables loques ?

Avec sa barbe rêche et grisâtre, sa chemise sans col, ses pantalons rapiécés aux genoux, le *maestro* a l'air d'une épave. D'où vient-il ? A-t-il une famille ? Quel est son nom ?

Il loge, avec trois autres déchets de son espèce, près de l'infirmerie, au-dessus de la galerie, dans une petite chambre mansardée. Les maîtres ne prennent pas leurs repas avec les religieux et ils n'ont droit, contrairement aux seconds, qu'à un plat unique et à une ration de tabac mensuelle.

*

Souvent j'ai senti son regard brumeux peser sur moi, avec une insistance étrange. Un jour, il s'est approché :

« Tu sais écrire ? »

J'acquiesce du chef.

« Lire également ? »

Il me tend le journal, je m'exécute.

« Tu as compris ce que tu viens de lire ? »

Je résume.

Il hoche plusieurs fois la tête, vacille d'arrière en avant, sans me quitter des yeux.

« Tu veux que je te passe des livres ? »

Toujours oui de la tête.

« Qu'est-ce que tu aimerais ?

— J'ai lu tout Balzac.

— Balzac ? »

Il hésite, semble près de lâcher quelque chose, s'en retourne vers l'estrade.

Je l'observe dans la lumière avare que diffuse l'ampoule suspendue au plafond. Une loque humaine, qui m'épouvante et me fascine. Comment en est-il arrivé là ?

Je sens que je l'intrigue, moi aussi. Un lien mystérieux nous attache, mais lequel ? De quelle nature ?

À la fin de la classe, il lui arrive de me poser une question, d'une voix pâteuse :

« Délinquant ? »

Je fais non de la tête et il bat des paupières, l'air de dire : *Je comprends.*

Les questions sont parfois plus directes :

« Barcelone ?

— Non, Madrid.

— Jusqu'à la fin ?

— Mars 1939. »

Ce sont à peine des renseignements, moins

encore des confidences : tout juste des indices. Ils semblent lui suffire.

Quant à moi, je le regarde s'éloigner, la bouteille cachée dans sa blouse, avec toujours sa démarche chaloupée.

Ce qui m'est le plus pénible, c'est sa servilité devant le frère, quand, pour une raison ou une autre, le religieux entre dans la classe. Le *maestro* se lève aussitôt, retire son béret, répond aux questions d'un ton de déférence et d'humilité. Parfois, le frère ne peut s'empêcher de lui décocher un trait.

«Vous puez, vous devriez avoir honte.»

Il reste alors debout, tête baissée, et, un jour, nos regards se sont rencontrés. J'ai détourné la tête.

3

Le *maestro* me passa d'abord des ouvrages d'un auteur italien, Emilio Salgari, que plus personne peut-être ne lit, que peu sans doute connaissent, même en Italie. Ses romans se déroulent en Malaisie, en Birmanie, en Inde et j'aurais bien du mal, aujourd'hui, à faire saisir l'émotion qui m'empoignait en ouvrant l'un de ses livres. « *La mattina del 20 aprile del 1857, il guardiano del semaforo di Diamend-Harbour segnalava la presenza d'un piccolo legno, che doveva essere entrato nell'Hugli durante la notte, senza aver fatto richiesta di alcun piloto.* »

Inutile de traduire, ceux qui veulent comprendre peuvent consulter les dictionnaires. Mais le sens des rêves se trouve rarement dans le dictionnaire. Or, ce début est un pur rêve d'adolescence, un songe de navigation exotique dont j'écoute s'écouler en moi le glissement imperceptible.

Salgari m'entraîne au fond des forêts birmanes, je descends avec lui le Gange. J'oublie la faim, proprement démente, la peur, l'épuisement.

Je ne serai jamais de ceux qui condamnent la littérature d'évasion.

*

Quand je lève les yeux de mon livre, mon regard rencontre celui du maître, toujours aussi flou.

« Ça te plaît ? »

J'opine du chef, prudemment.

« Bien sûr, lâche-t-il en se balançant. Le rêve, l'aventure… Tu lis depuis quand ?

— Depuis que je suis petit. »

L'œil droit s'arrondit, me fixe. Pas un vrai regard, une lueur trouble, qui filtre entre les paupières boursouflées.

« Rouge, bien sûr, ricane-t-il. Fils de Rouge ! Assassins et voleurs ! Hé, hé… »

Je le regarde s'éloigner en zigzaguant. Il s'arrête pour boire, se parle tout seul, agite les bras.

Le lendemain, alors que j'allais regagner ma place, il me fit signe, me tendit un volume broché, relié d'un épais papier bleu.

Il y eut, je m'en souviens nettement, une seconde d'hésitation. Son regard m'interrogeait : *Saisis-tu ce que je vais faire pour toi ?*

« Ça devrait t'intéresser. Tu me diras ce que tu en penses. »

Je regardai le titre : *Récits de la maison des morts.*

4

Je cours d'une phrase à la suivante, je tourne fiévreusement les pages. Je tremble d'épouvante et de gratitude. Je pleure d'exaltation : tout, absolument tout, y est ! Tout ce que je ne comprends pas depuis des mois, tout ce qui alimente ma haine et ma révolte. Le jargon d'abord, la jactance, les disputes et les bagarres, les chapardages et les vols, l'ennui surtout, le vide. L'horreur de ces tronches déjà marquées, de ces regards torves, de ces sourires fielleux. La promiscuité. Pas une minute de solitude et d'intimité — *jamais.* On pisse, on chie la porte ouverte, sous le regard des kapos.

La folie sadique. Les verges, les coups qu'on compte en silence dans le silence de la nuit. Les plaintes et les hurlements.

L'ingéniosité du travail noir, les plaisanteries grasses, la haine des bourges, des messieurs, de ceux qui ne tiennent pas le coup...

Tout est là, noir sur blanc. Le mystère se dissipe, l'expérience démentielle trouve un cadre qui lui confère un sens : le bagne d'enfants. Il manque les chaînes et les fers, mais pour le reste ?

Le front me brûle, j'ai sans doute la fièvre. Cette fois, il ne s'agit pas d'un livre de plus : il s'agit du miroir où je me vois tel que je suis, le crâne tondu, couvert de furoncles, d'abcès qu'on doit sans cesse inciser et drainer.

Image inversée de ce déchet qui me fixe du fond de la Sibérie, je suis ce lecteur capable de recueillir les signes tracés par son frère en infortune. Nous nous regardons à travers la surface réfléchissante de la littérature. Nous nous parlons d'égal à égal, hors du temps et de l'espace.

Malgré les apparences, rien ne nous sépare, Fédor, ni la langue, ni l'époque. Nous avons touché l'un et l'autre ce fond où les mots prennent une densité étrange, lestés chacun d'un poids de chair et de sang. Tu détesteras le style artiste, tu écriras avec une violence de plus en plus immédiate, proche de la grossièreté. Tu voudrais tout balayer pour retrouver ces instants d'éternité où, au beau milieu de la désolation, alors qu'on ne possède rien, qu'on a le ventre vide, que le froid vous engourdit, on se surprend brusquement à aimer l'existence. L'aimer d'un amour absurde, fou.

*

On me pose souvent la question : un livre possède-t-il le pouvoir de changer la vie ? de la retourner de fond en comble ? Je t'écris, Fédor, pour m'acquitter d'une dette et répondre à cette question.

Nous appartenons à la même corporation sourcilleuse. Nous ne pouvons pas nous payer en monnaie de singe. Je ne veux donc pas te mentir, ce qui serait te mépriser.

Ton livre a changé ma vie mais pas seulement pour ses qualités littéraires. Il m'a retourné de fond en comble parce que tu fus toi-même, avant de l'écrire, retourné. Sans doute ce texte ne serait-il pas ce qu'il est sans ton travail d'écrivain, sans ce long apprentissage et cette maladie obsessionnelle des mots, qui t'a poursuivi depuis ton enfance. Oui, ton talent éclate à chaque page et l'on croit entendre le son de ta voix, ses tremblements, ses familiarités, ses rages. Mais ce talent résonne d'un lieu très particulier, Fédor. Non seulement de la *katorga*, ni du bagne. Cela, mon frère, ce sont les circonstances, dont tu tires d'ailleurs le meilleur parti. Rien ne t'échappe : ton œil a saisi chaque détail, ton oreille a noté la moindre tournure originale. Tu ouvres la voie à Tchékov, jusqu'à Soljénitsyne. Mais la Sibérie elle-même, malgré le choc littéraire que sa révélation produira — et tu en es parfaitement conscient, tu l'écris à ton frère avec un enthousiasme justifié —, la Sibérie est anecdotique. Terrible, j'en conviens. Effroyable. Ce n'est cependant pas de là que tu rédiges ce livre, au sens propre, bouleversant.

En russe, le titre ne dit pas *maison des morts* mais *maison-morte*, n'est-il pas vrai ? Autant dire caveau, tombeau, sépulcre. Tu écris depuis le royaume des morts mais, le décrivant, tu t'en arraches. Ton narrateur est du reste bel et bien mort et c'est un gros cahier retrouvé dans ses papiers que le lecteur a sous les yeux.

La puissance de ton livre vient de ce qu'il est écrit d'au-delà la mort. Tu as franchi la ligne et ceux qui, comme nous, l'ont fait posent sur le monde un regard désenchanté, sans illusions. C'est le complexe de Lazare. On imagine que, sortant du tombeau, il a dansé la gigue alors qu'il ressentait sans doute cette tristesse lasse et résignée. On se sent seul, si seul, comme si l'on gardait en soi, coulé dans le squelette, le froid du sépulcre.

Le choc de ta découverte, ce fut aussi cela : ce sentiment d'une fraternité dans la mort, non pas vaincue, tout juste *ressentie*.

*

Frère, ce matin-là, parmi une humanité si proche de celle que tu as côtoyée dans la *katorga*, tu m'as rendu à la vie vivante. Tu m'as pris par la main et tu m'as tiré du tombeau. J'ai su que, grâce à toi, j'aurais le courage de creuser de plus en plus profond, de regarder *la chose* en face. J'y mettrai des années. Je ferai mille détours. Je tenterai d'échapper aux sévérités de la langue. Je ferai cependant, sous ton regard compatissant, retour aux sources de ma honte. Je boirai la coupe de fiel.

5

Tu as assez souvent empoigné, bousculé, apostrophé ton lecteur pour ne pas t'offusquer d'une familiarité qui est un procédé. Aucunement innocent, d'ailleurs. Tes romans, que les universitaires[1] qualifient de *dialogiques*, s'adressent à un interlocuteur parce qu'ils partent et font retour à la personne. Ils ne parlent pas de l'homme, ni du type : ils fendent le sujet en deux. Ils se parlent dans la division d'une conscience malade d'elle-même.

*

Bizarrement, le maître alcoolique me donna ensuite *Les Pauvres Gens*, puis d'autres romans de jeunesse, si bien que je t'ai d'abord lu dans le désordre.

Je ne te mentirai pas : *Les Pauvres Gens*, qui aujourd'hui m'exaspèrent, me firent, lorsque je

1. Sur ce point, qui n'est technique qu'en apparence, voir les travaux de Bakhtine, lumineux et irréfutables.

les découvris, sangloter. Bon, j'ai peut-être la larme facile. Je ne connaissais pas bien Gogol, assez toutefois pour m'apercevoir de ta réussite : avoir doté ces automates d'une âme sensible, trop sensible même. Mon Dieu, ce qu'on peut verser de larmes dans tes premiers récits ! C'est vrai de mes romans de jeunesse également[1]. Je connais la source de cette abondance lacrymale : nous sommes des mélancoliques, avec des excuses de l'être. J'ai donc marché à ton premier, puis renâclé aux suivants, notamment dans la veine fantastique. Bizarre, n'est-ce pas, comme il faut du temps pour se connaître. Tu étais obsédé par Gogol, tu rêvais de marcher sur ses brisées. Tu n'en finissais pas de pondre des petits fonctionnaires auxquels tu donnais même des doubles, infusant à ces marionnettes quelques gouttes du sang de Hoffmann. Parfois, tu frôlais le pastiche, quand tu ne plagiais pas, sans doute par mimétisme.

Ces histoires de double, elles titillent les érudits. Mais si le thème t'attire, c'est qu'il rencontre ton obsession d'un dédoublement de la personne.

Si l'homme n'était que deux encore ! Tes personnages évoquent ces poupées russes qui en renferment chacune une autre.

À force de creuser le caractère, tu atteindras un amas de contradictions, de pulsions chaotiques, un désir obscur, si vaste qu'il veut *tout*. Tu sentiras qu'on ne saurait fonder l'homme sur lui-même.

---

1. Ceux, surtout, qui suivirent mes retrouvailles avec Mamita et la longue dépression qui s'ensuivit.

*

Je comprends et partage l'émotion de Nékrassov parce qu'elle fut la mienne en te lisant. Il y avait, dans ce premier livre dont le pathétique m'insupporte, un *ton*. On devinait l'écrivain derrière ce coup d'essai.

J'ai souvent, frère, pensé à cette minute, quand tu as ouvert la porte de ta chambre, après une nuit blanche, que Nékrassov t'a serré dans ses bras. Toi, l'écorché vif, le solitaire, humble et fou d'orgueil. Rassure-toi, je pleurais aussi en sortant de chez François Le Grix, mon mentor littéraire chez René Julliard, après notre première entrevue.

Je t'estime aussi d'avoir eu la force de rompre avec le critique le plus influent. Tu paieras cher ta droiture. Chacun des livres que tu publieras sera désormais moqué, ridiculisé. Pointes et attaques qui te feront d'autant plus mal que tu sais que tes livres, par un certain côté, sont bel et bien des ratages. Tu l'écris à ton frère Micha, tu l'avoues d'un ton de contrition excessif. Tu accuses, déjà, le manque de temps, d'argent, ce qui finira par devenir une antienne. Tu te définiras comme un prolétaire des lettres, ce qui n'est pas faux. Encore que...

Tu es pauvre, Fédia, tu n'es pas *un* pauvre. Tu cultives la misère, tu ne la subis pas. Tu n'appartiens pas à la cohorte des damnés, de ceux qui, de père en fils, perpétuent la malédiction. Je ne faisais pas non plus partie du peuple, ce que mes camarades identifiaient au premier regard. Toi comme moi avons toujours été des déclassés, moi doublement, confiné dans l'enclos moral des minorités abhorrées et méprisées.

*

Le vrai, Fédia, c'est que tu tournes en rond sans trouver ta voie, au double sens. Tu te jettes sur un sujet, tu cries au chef-d'œuvre, le soufflé retombe : tu accuses une fois encore le manque de loisir, de réflexion.

Quand tu l'as pourtant, cet argent, c'est-à-dire le loisir, qu'en fais-tu ? Je ne te blâme pas, surtout pas moi, puisque, connaissant la ruse, je n'en bricole pas moins des urgences à ma portée. Ne dirait-on pas que tu ne peux pas garder l'argent parce que tu n'écris que dans ce climat de débâcle ? Plus tard, n'est-ce pas ce sentiment de ruine et de désastre que tu chercheras dans les casinos ? Tu voudrais, frère, être tranquille, t'installer bourgeoisement, écrire ainsi qu'écrivent Tolstoï ou Tourguéniev, mais tu sais pertinemment que tu as besoin de cette fièvre du manque, de la peur des créanciers, du tumulte des dettes et des saisies. Tu sèmes la ruine dans ta vie comme dans tes romans.

*

On imagine, après le succès des *Pauvres Gens*, que si les suivants frôlent la parodie, c'est par absence de matière ou d'expérience. Il s'agit de l'un des lieux communs les plus galvaudés. Les accidents d'une vie feraient les bons romans. Pas une foire, pas un salon où une lectrice ne me glisse d'un air entendu : « Si vous connaissiez ma vie, vous en feriez un roman. » Or les péripéties font tout, sauf des romans.

L'événement ne suscite pas le récit, c'est le récit qui produit l'événement[1].

Ce qui pesait sur toi, Fédor, ce qui te condamnait à la répétition et au plagiat, c'est d'abord l'ombre écrasante de Gogol — combien d'années pour t'en dégager ? C'est ensuite la vision occidentaliste et rationnelle. L'influence du premier te fournit des marionnettes au comique appuyé, frappées au coin de l'absurdité ; celle de Sue, de Sand, de Dickens, de Schiller et de Balzac te gavent d'idées désincarnées.

Le choc du bagne fut aussi la découverte de l'épaisseur de la chair, du poids des corps — de l'incarnation.

Désormais, tu sauras qu'une pensée qui n'est pas ressentie est une pure abstraction — un objet de mort.

« Même être des hommes, cela nous pèse — des hommes avec un corps réel, à nous, avec du sang ; nous avons honte de cela, nous prenons cela pour une tache et nous cherchons à être des espèces d'hommes globaux, fantasmatiques[2]. »

---

1. Nicolas Gogol avait, dans plusieurs de ses nouvelles, mis en scène des artistes qui se suicident…

2. *Les Carnets du sous-sol*, aux Éditions Actes Sud, dans une traduction d'André Markowicz qui, à elle seule, par ses partis pris, mériterait une discussion approfondie. Le titre même de cette nouvelle résume les errements de la traduction : *La Voix souterraine, L'Esprit souterrain, Dans mon souterrain, Notes écrites dans le sous-sol, Mémoires écrits dans un sous-sol…* S'agit-il, chaque fois, du même texte ?

6

Si ton récit, Fédor, n'avait fait que réfléchir la réalité horrible où je me débattais, il n'eût été, même écrit avec talent, qu'un reportage. Ton livre montrait, certes, peignait, donnait à entendre, à sentir, mais il ne se contentait pas de rendre la réalité, il la *révélait*, ce qui est le propre de la littérature.

La révélation ne se confond pas avec la peinture, encore qu'elle la contienne ; elle n'est pas qu'une musique, si même la tonalité constitue son véhicule ; la révélation résulte du point de vue moral, qui a toujours affaire avec le sacré, lequel ne se confond pas avec le religieux, sa caricature.

Le sacré est aux sources de l'art, depuis Homère et Sophocle jusqu'à Balzac et Dickens, Soljénitsyne ou Bataille, Sade ou même, oui, le Voltaire de l'affaire Calas. Le sacré se manifeste par le frisson d'horreur ou d'épouvante, par l'élan de pitié mâle. Au départ du sacré, il y a le scandale et la protestation — il y a l'horreur et le refus de mourir.

*

Dans l'histoire de l'Occident, le caractère apparaît avec la découverte du déchirement intérieur, du conflit intime, d'un dialogue entre moi et soi. Œdipe, Antigone, Médée : chacune de ces figures agit contre elle-même, emportée par la démesure qui l'habite, rattachée cependant à l'humanité par la fraternité d'une langue maîtrisée.

Division entre soi et moi, mais fraternité entre moi et l'autre absolu. Pense-t-on à ce qu'a été pour l'Occident ce coup de force accompli par les artistes grecs qui, voulant chanter et représenter la victoire sur l'ennemi héréditaire, choisissent de s'installer dans le camp du vaincu, parmi les Perses, et de se lamenter avec eux ?

Astuce ? Bien évidemment, et les Grecs ne seraient pas grecs s'ils n'étaient pas rusés : plus l'affliction et la désolation des Mèdes touchera les cœurs, plus éclatante apparaîtra la victoire des Hellènes. N'en subsiste pas moins ce *décentrage*, vertigineux.

Avant Eschyle, Homère avait déjà franchi les murailles de Troie pour pleurer avec Hector.

Dans ce double élan, de division du sujet et de reconnaissance de l'étranger, avec le sentiment de l'insatisfaction et de l'inquiétude, d'Hector à Antigone, d'Œdipe à Médée, les mythes se constituent en moules où, jusqu'à Faulkner et Giono, chaque grand écrivain se coulera.

*

En quoi ton récit, si souvent qualifié de dantesque, exprime-t-il le sacré ? Aucunement par les idées, même pas celles du narrateur ; non plus par ce sentiment d'épouvante et de pitié qui nous ramène à Sophocle, sentiment qui découlerait de l'inspiration sacrée plus qu'il ne la susciterait.

Le sacré, c'est le texte lui-même, son chant, sa composition, la justesse de ses proportions, son architecture. Le Verbe.

Les spectateurs d'*Œdipe roi* ne pleuraient pas à cause d'événements qu'ils connaissaient depuis leur naissance et que leurs grands-parents leur avaient mille fois racontés ; ils étaient touchés par le rythme et l'harmonie.

La poésie engendre le sacré, non le contraire. Ou plus simplement, Beauté et Vérité sont l'avers et le revers de la médaille.

L'éblouissement de ton livre, ce fut, Fédor, la splendeur d'une langue ayant enfin rencontré sa vérité. Elle révélait l'unité cachée de la création. Elle célébrait l'homme, même avili, humilié, bafoué. Elle me réconciliait avec moi-même, elle m'enlevait à mon ressentiment stérile. Elle me lavait de ma honte.

7

À partir de ce jour, dont chaque détail reste gravé dans ma mémoire — sa bruine sale, sa lumière délavée, sa mélancolie morne —, mes yeux, Fédor, se dessillèrent. Comme si la réalité, décolorée par la résignation, avait brusquement retrouvé ses couleurs. Je redécouvrais le monde, à commencer par le *maestro*.

Je n'avais pas vu, frère, qu'il était un de tes personnages, un compagnon de beuverie de Marmeladov. Ses regards, ses questions, je ne les avais pas non plus remarqués.

Soudain, j'aimai cette épave à cause de toi, à cause de ton regard posé sur lui. Je compris que, noyé dans les vapeurs de l'alcool, à demi perdu, il tentait de me sauver de la noyade. J'eus honte du dégoût que j'avais d'abord ressenti devant son aspect loqueteux, devant son attitude veule.

Chaque matin, approchant de l'estrade pour prendre les livres qu'il me tendait, je le remerciais d'un ton ému, je lui souriais. Je discernais alors, au bord de ses paupières gonflées, deux larmes qui restaient suspendues au bout des cils, courts et raides.

« Déjà ? grognait-il en reprenant les volumes que je lui rendais. Remarque, à ton âge je dévorais pareillement… Les Russes. Il n'y a qu'eux et les Français. Chez nous, ce serait plutôt la poésie. Sauf Cervantès, bien sûr. Un sommet, celui-là, un Himalaya. »

*

Un matin, le frère m'envoya lui porter un colis dans sa chambre.

Je frappai à la porte plusieurs fois avant d'entendre une voix furibarde :

« Entrez ! »

Le *maestro* se tenait assis au bord du lit défait, sur les draps d'une saleté repoussante, jambes pendantes, les pieds nus reposant sur le parquet maculé de taches.

Il releva la tête, me décocha un regard effaré :

« Quelle heure est-il ?

— Onze heures.

— Déjà ? Le temps n'en finit pas de passer. »

Une odeur suffocante remplissait l'étroite chambre dont la fenêtre restait fermée. Partout, dans la pénombre, jonchant le sol, des piles de livres, de vieux journaux, des vêtements en désordre. Des cadavres de bouteilles par centaines, même sous le lit.

Il sentait mon regard sur lui.

« Qu'est-ce que t'as à me regarder comme ça ? Tu veux ma photo ? »

J'hésitai, tournai les talons, appuyai ma main sur la poignée de la porte.

« C'est rien, le gosse. Faut pas t'en faire. La vie est une chiennerie.

« J'étais instituteur dans un village, près de Teruel. J'ai hissé le drapeau noir au balcon de la mairie. Nous pensions que l'avenir nous appartenait. J'étais jeune, j'avais forcément des illusions. Rien de tel que l'illusion pour vous bousiller un bonhomme.

« On m'a condamné à mort, j'ai longtemps vécu caché. Je me suis souvenu d'un cousin religieux, il m'a offert cette planque… Je ne sais pas si j'ai bien fait d'accepter. Tu trouves que c'est une vie, toi ? Hé, hé. Tu n'oses pas me répondre, avoue-le.

— Je… Je vous aime beaucoup, *maestro*. »

Silence. Balancement du buste. Grognements indistincts.

« Décampe ! J't'ai demandé quelque chose ? Fous le camp, j'te dis ! Fils de pute ! Salaud de fils de Rouge ! »

La savate me manqua de peu.

*

Fut-ce le lendemain, ou quelques jours plus tard ? Il me tendit un gros volume marron.

« Faut pas m'en vouloir. C'est cette saloperie d'alcool. Ça rend fou. J't'aime bien, moi aussi. Je voudrais que tu deviennes quelqu'un, que tu te souviennes de moi. Tu seras professeur, tu diras à tes élèves : "J'ai rencontré un instituteur, un vrai, de ceux d'avant, et il me donnait des livres." Tu n'oublieras pas ? »

214

Je secoue la tête sans le quitter des yeux. J'ai remarqué qu'il s'est rasé, a changé de chemise, lavé son béret.

« T'as pas une tête à oublier. T'auras pas une vie facile, le môme. Parfois, vaut mieux ne penser à rien. Tiens, si t'arrives à piger ce bouquin, t'auras pigé bien des énigmes. Nous en sommes encore là... »

Intrigué, je consultai le titre : *Crime et Châtiment.*

*

Suivant ce livre immense, *Récits de la maison des morts*, qui d'ailleurs te rouvrira la route de l'Europe — après plusieurs années de relégation en tant que simple soldat, toutefois —, après ce monument, on s'attendrait, Fédor, à une succession de chefs-d'œuvre. Du moins espère-t-on que tu ne perdras pas ce regard qui est le tien. Rien ne se déroule avec toi de la manière qu'on pense. Tu viens de faire une percée décisive, on croit que tu vas poursuivre sur ta lancée. Or, voilà que tu rebrousses chemin, retournes à Gogol, au comique le plus lourdingue, à la parodie sentimentale, au pire pathos, au fantastique surtout.

Il n'y a là rien d'exceptionnel et les plus grands sont aussi ceux qui commettent les erreurs les plus éclatantes. Balzac, Dickens, Cervantès : tous ont produit des œuvres médiocres ou bâclées. Encore ont-ils une manière bien à eux de rater, qui consiste, par un essai avorté, à préparer la voie, à ouvrir la route, ce qui explique mon faible pour leurs ratages.

8

Plusieurs raisons à cette régression. D'abord, tu n'as qu'un désir, qui tourne à l'obsession : obtenir l'autorisation de rentrer en Europe, de retrouver Pétersbourg, de renifler l'odeur des imprimeries, de te mêler aux débats qui agitent l'opinion, bref de vivre de la seule vie que tu connaisses — une vie d'auteur. Pour cela, tu dois, tu le sais, montrer patte blanche, d'où ces récits sans aspérités[1].

Ensuite, tu es, après ta libération du bagne, relégué à Semipalatinsk, en tant que simple soldat de première classe. Les fers n'entravent plus tes chevilles mais tu te retrouves reclus dans une caserne, au fond d'une garnison sinistre. Le droit de publier t'est toujours refusé. Six ans, tu resteras coupé du mouvement artistique et intellectuel.

Dans cet exil, deux rencontres : le baron Alexandre Wrangel, qui arrive pour occuper la charge de procureur. Il t'apporte des lettres, des

---

1. Il ne s'agit aucunement d'une interprétation : tu l'as toi-même écrit.

livres. Par un de ces hasards qu'on trouve à chaque page ou presque de tes romans, il se trouvait place Séménovski, ce matin de décembre 1849 ; il assista au simulacre d'exécution, qui a marqué sa mémoire. Il a lu tes livres, s'intéresse à toi, fait tout pour adoucir ton sort. Il deviendra ton ami et il le restera.

De ton côté, tu as rencontré un couple qu'on croirait, lui aussi, sorti de l'un de tes romans[1]. D'origine française, Marie est fine, cultivée ; son mari, un ancien instituteur, s'adonne à la boisson — décidément ! Depuis cinq ans, tu n'as pas pu satisfaire tes instincts les plus élémentaires, tu n'as connu ni réconfort ni tendresse. Te voici devant une femme intelligente, malheureuse et, qui plus est, malade. Tu la prends en pitié, tu deviens l'ami du mari, tu donnes des leçons au petit Paul, dix ans, leur fils : la suite est facile à deviner.

« *J'ai vécu cinq ans hors de la société, seul, n'ayant à la lettre personne à qui ouvrir mon cœur. Vous m'avez accueilli comme un des vôtres. Vous êtes une femme étonnante, vous avez une âme exceptionnelle.* »

C'est chez toi l'explosion d'un amour maladif, de plus en plus violent et emporté. Le mari obtient un poste à Kouznetsk, distant de sept cents kilomètres. Séparation déchirante, qui te bouleverse.

Le mari meurt : est-ce enfin le bonheur ?

D'un caractère fantasque que la maladie exaspère, Marie n'est pas sûre de t'aimer. Elle est

---

1. Et comment pourrait-il en être autrement, quand un écrivain vit ce qu'il écrit au lieu d'écrire ce qu'il vit ?

même éprise d'un autre. Te voilà écrivant des lettres pathétiques, suppliant, courant à Kouznetsk où tu te précipites dans les bras de ton rival, plus jeune que toi. Scène d'attendrissements, salade russe d'embrassades et de sanglots. Il m'arrive, Fédia, de me perdre dans tes gesticulations. Sur ce point, sur bien d'autres aussi, nous différons. L'Espagne enseigne le hiératisme épicé de stoïcisme : ce style de morgue vaut bien les épanchements et les attouchements.

Tu finiras par l'emporter, bien sûr : le 6 février 1857, tu épouses enfin Marie.

Durant le voyage de retour, une grave crise d'épilepsie te terrasse, te laisse plusieurs jours hébété. Avec horreur, ta jeune femme découvre qu'elle a attaché sa vie à celle d'un malade : à peine sortie de l'enfer de l'ivrognerie, la voici retombée dans celui du haut mal. Marie n'éprouvait pas pour toi une passion excessive, tu lui inspires désormais une aversion mêlée de peur. Elle fera front, certes, du moins dans les premiers temps, mais le sentiment ira s'attiédissant, le caractère s'aigrira. Au fond, elle se sent flouée. Du reste, elle n'a jamais rompu avec son jeune amant, dont l'ombre rôde autour de vous. Combien de fois, dans l'avenir, cette situation se reproduira-t-elle ?

Ses crises de colère, ses fureurs et ses doléances passeront dans les reproches et les lubies de Catherine Ivanovna, la malheureuse épouse de Marmeladov, le pochard de *Crime et Châtiment*.

Aux écrivains tout sert, Fédia, jusqu'aux désastres intimes.

Tu t'aperçois, toi aussi, de ton erreur. Tu traîneras de longues années ce fardeau. Comme ta femme se meurt de la même maladie qui emporta ta mère, ce choix fera les choux gras des psychanalystes : il faut bien que tout le monde vive.

J'ai tort de plaisanter, Fédor, parce que cette ironie est portée par l'air du temps, qui considère la bonne santé mentale comme un signe de normalité. Aimer, épouser une malade condamnée apparaît dès lors aberrant, un symptôme névrotique. Assurément, tu as choisi de commettre une folie ; du reste, tu es *aussi* fou, n'est-ce pas ?

« *Je suis un homme ridicule. Ils m'appellent maintenant fou.* »

Folie revendiquée, opposée à la démence sournoise, tyrannique et irrécusable de la raison, qui veut ton bonheur à ta place, sait ce qu'il *doit* être. À cette dictature de la santé universelle et radieuse tu opposes la morbidité ricanante. Oui, il est extravagant, sortant du bagne, de s'enchaîner à une créature malade, hystérique. Justement, tu la choisis, cette Marie phtisique, d'une jalousie malsaine, d'un caractère aigre et vindicatif, tu la choisis en sachant qu'il s'agit d'une extravagance. Tu t'obstines même à le mériter, ce malheur. Tu fumerais aujourd'hui cigarette sur cigarette, non par désir de mourir d'un cancer du poumon, mais par refus de te laisser imposer une règle hygiénique déduite d'une statistique sanitaire.

Simple défi, ton mariage ? Pas seulement. Car tu n'en peux plus de solitude, tu es prêt à payer d'un prix exorbitant l'illusion d'une présence.

9

La religion de la souffrance, l'a-t-on assez rabâché, ce thème ! Tu n'aimes ni ne recherches la souffrance, seulement tu l'acceptes, dès lors qu'elle signifie vivre.

On lit, dans *Le Petit Larousse*, ces propos édifiants : « *Cette épreuve* (Récits de la maison des morts), *jointe à l'instabilité de sa vie après son retour du bagne (ses mariages, ses crises d'épilepsie, la mort de sa fille, sa passion du jeu), lui fait voir dans la souffrance et l'humiliation la raison même de l'existence.* »

Un tel contresens désarme la critique. C'est pourtant l'idée qu'une majorité de lecteurs garde de toi, Fédor. Ils te voient en masochiste chrétien, pleurant à genoux devant ton bourreau. Éloignement pour aversion, Kundera jamais ne commettrait pareille bévue. Il y a loin du tankiste qui pleure en appuyant sur la détente à ce pantin qui se traîne à genoux.

Jamais tu n'as prétendu ni écrit que la souffrance et l'humiliation fussent la raison de l'existence, pour ce simple et décisif motif que l'existence ne possède, à tes yeux, *pas l'ombre d'une raison,* étant, au contraire, déraison, liberté pour le meilleur et pour le pire. Ce que tu as mille fois répété, c'est qu'on ne saurait vouloir la vie en refusant la souffrance, qui en constitue le revers. Tu répondais ainsi à tous les utopistes qui rêvaient d'un bonheur universel ; tu leur criais que nier la douleur, c'était nier la vie. Tu leur hurlais que le rêve de l'Harmonie parfaite cache une aspiration à la rigidité cadavérique. Tu leur crachais qu'il existe une volupté du malheur, dès lors qu'il est absolu et s'érige en limite. Toucher le fond, c'est la fin de la chute. On risque de se fracasser la tête ? Cela vaut mieux que l'angoisse sans fin. Tu hurlerais aujourd'hui que la dictature du confort est un cercueil tapissé de soie.

Il t'arrive, c'est vrai, de mijoter des cataclysmes, d'oser des paris désespérés, de t'enferrer dans des situations inextricables. Non par masochisme toutefois, mais pour fouetter ton élan vital. Le contraire, très exactement, de l'amour de la souffrance : la passion de la vie, avec ses contradictions, ses ombres et ses lumières, ses tensions et ses conflits.

« ... c'est le désespoir qui recèle les voluptés les plus ardentes, surtout lorsque la situation apparaît réellement sans issue. »

Tu épouses Marie, non pour souffrir, mais pour retrouver, à travers les crises, l'énergie du désespoir.

*

L'argent, parce que médiateur entre l'homme et ce qui fait sa vie, possède également ce double aspect de stimulation et de corruption. En avoir trop, ce qui est le cas d'un Tourguéniev, revient à pourrir par les racines ; en manquer absolument te contraint à monnayer la seule chose qui t'appartienne : ta force de travail. Encore insistes-tu sur ton honnêteté : tu n'as jamais vendu, écris-tu à plusieurs de tes confidents, qu'une idée déjà mûre et achevée.

« *Je suis un écrivain prolétaire et si quelqu'un veut mon travail, il doit à l'avance m'assurer l'existence. C'est un régime que je maudis moi-même.* »

Tu le maudis, Fédor, mais dès que l'argent arrive, tu te hâtes de le dilapider :

« *Les fonds se sauvent de tous les côtés comme des écrevisses.* »

Qu'adviendrait-il de ton élan si la fortune ne te fuyait sans cesse ?

*

À ta sortie du bagne, on relève une boulimie de lectures, une activité frénétique et ce que l'un de tes critiques a appelé une *paresse d'écrivain*, laquelle se caractérise, le projet une fois formé, par le fait de remettre le plus possible le moment de l'écriture. Encore le déclic ne se produit-il que par une intervention extérieure, sous le coup de l'urgence : dettes à régler, délai de livraison largement dépassé…

Tes livres, Fédor, s'inscrivent dans ta tête durant des mois, des années — plus de dix pour *Les Frères*

Karamazov. En vérité, tu répugnes à écrire et l'exécution est pour toi une formalité ingrate.

La véritable écriture se fait dans la rêverie, quand l'idée flotte, dérive, prolifère.

Tous tes livres te paraîtront dégradés — scories de ce songe grandiose et magnifique.

10

J'aurais aimé, Fédor, t'accueillir avec Micha à la frontière entre l'Europe et l'Asie, après ce si long séjour au royaume des ombres — dix ans ! (Mon exil et mes bagnes en auront duré quatorze.)

Qui peut imaginer, s'il n'a pas traversé l'épreuve, ce qu'une pareille durée signifie, une heure après l'autre, les jours succédant aux jours, les saisons aux saisons ?

Je t'aurais baisé sur la bouche, à la russe, je t'aurais pris dans mes bras, je me serais peut-être prosterné avec toi pour embrasser le sol. Je me souviens, frère, de mon émotion en lisant les pages qui contaient ton retour ; je pleurais sur ma délivrance ; je m'imaginais foulant la terre de France.

Je me rappelle mon malaise devant la tiédeur du frère tant chéri. Avec quelle douceur tu lui reproches de t'avoir si peu écrit ! Tu acceptes ses cafouillages, tu pressens déjà ce que cette belle-sœur, ces neveux et nièces vont être pour toi, tous suspendus à tes basques — des fers que tu traîne-ras jusqu'à ta mort.

Générosité? Prodigalité? Faiblesse aussi, désir coupable de te sentir aimé. Nous distribuons par lâcheté. Vaut-il mieux pécher par une générosité suspecte ou par une lésinerie avouée? Tu hais jusqu'au soupçon de l'avarice.

*

Si j'ai pu me trouver à la frontière pour te serrer dans mes bras, c'est grâce au *maestro* à qui, pour la première fois, j'osai demander quelque chose : une biographie de toi.

Surpris, il m'a longtemps regardé, l'air ébahi. Comprenait-il ma supplique? Entendait-il mes paroles? Il restait debout devant la porte de la classe, fixait la cour avec une expression presque stupide.

« Je ne descends jamais en ville, lâcha-t-il enfin, l'air hagard. Si la police... D'ailleurs, je connais à peine Barcelone...

— Pardonnez-moi. Ça ne fait rien. »

Il tanguait, à son habitude, grattait son béret, le mégot collé au coin de la lèvre.

Soudain, il dit très vite, avec une excitation bizarre :

« Je te trouverai ça, je te le promets... Oui, j'irai en ville. Pourquoi n'irais-je pas, tu peux me le dire?... Je suis un homme libre... Un ivrogne, un déchet, mais aussi libre que n'importe qui... »

Il gloussa et prit la fuite, décrivant, avec ses bras, de vastes moulinets.

Le lendemain, je le vis descendre l'escalier menant à la terrasse, au-dessus de la galerie. Lavé,

225

rasé de frais, vêtu d'une chemise blanche, d'un complet noir, coiffé d'un bizarre chapeau, il traversa la cour, très droit, d'un pas mécanique.

Débarrassé de sa crasse, livide, d'une maigreur effrayante, les joues creuses, il ressemblait à un fantôme.

En passant près de moi, il me décocha un regard de fierté : « Tu as vu, je n'ai peur de rien. Je suis un homme. »

Je répondis par un sourire crispé.

*

C'est ce livre, Fédia, que je consulte dans ma mémoire, sans doute une biographie romancée, écrite pour flatter le goût d'un public qui tient les artistes pour des créatures bizarres, entre fous et délinquants.

Mes doigts touchent le papier rugueux, mes yeux contemplent la photo, sur la couverture. Assis de trois quarts face, tu fixes le vide, tes yeux gris profondément enfoncés dans les orbites. La couleur de ton poil et de ton teint me frappe, très claire. La hauteur et la largeur du front bossué, creusé de plis, les tempes enfoncées, ce large front m'impressionnent. Tu as l'air cassé ; tu te tiens voûté. J'ai quatorze, quinze ans peut-être, et je te trouve vieux. Aucunement prométhéen, rien du Beethoven qui, cheveux en bataille et l'air inspiré, défie le Destin. Paisible et résigné, d'une tristesse douce.

« ... *la voix douce, affectueuse de Dostoïevski, sa tendresse, sa sensibilité délicate et même les éclats soudains de ses caprices tout à fait féminins agirent sur moi de manière calmante[1]. »*

*

Bien entendu, ton biographe — j'ai oublié jusqu'à son nom — insistait sur l'épilepsie, qu'il faisait remonter à l'enfance. Entre le haut mal et le génie, il établissait un lien évident. Tu avais écrit des chefs-d'œuvre non pas *malgré*, mais *grâce à* la maladie.

Aujourd'hui encore, les spécialistes font et refont le diagnostic. Les plus hautes sommités s'accordent du moins sur un point : tu étais bel et bien atteint d'une épilepsie d'origine organique, sa localisation n'important guère à mon propos. Quant à la première crise avérée, les avis divergent. Avant le bagne ? Un médecin, qui fut aussi un témoin oculaire, l'atteste[2]. En Sibérie ? C'est indiscutable.

Nuancé, après avoir longuement étudié la question et consulté tous les augures, Jacques Catteau opte pour une forme dégradée de l'épilepsie *avant* ta condamnation, puis pour une manifestation massive au bagne. Dans ta jeunesse, tu n'aurais pas connu ta maladie, ce qui explique l'abondance des symptômes, l'angoisse diffuse, voisine par moments de la schizophrénie ; à partir de la

1. *Souvenirs*, de Yastrjembski.
2. J'écarte de propos délibéré les témoignages et les ragots fantaisistes : scène primitive, passage d'un enterrement le jour où tu apprends l'assassinat de ton père...

grande crise d'Omsk, le mal est reconnu, l'angoisse se focalise. Tu cesses d'avoir mal partout pour ne plus souffrir qu'en ce point.

*

Toute maladie se constitue en métaphore, produit des dividendes.

Ta métaphore, c'est la folie productive.

« J'ai un projet, devenir fou. »

Fou, tu le seras suffisamment pour explorer ces régions d'ombres et de terreurs, pas assez pour couler dans l'hébétude définitive.

Tu résumes la métaphore dans l'aura, cette extase visionnaire qui ravit l'Idiot :

« L'esprit, le cœur s'illuminaient d'une clarté inhabituelle ; tous ses doutes, toutes ses inquiétudes s'apaisaient comme d'un coup pour se dissoudre en une quiétude sublime, pleine d'une joie et d'une espérance limpides, harmonieuses, pleine d'intelligence de la cause finale. »

Doctement, neurologues et épileptologues déclarent que tu aurais inventé cette aura.

Évidemment, tu la crées. En l'inventant, tu l'éprouves cependant, tu la vis, ce qui la fait exister :

« Les apparitions sont, pour ainsi dire, des morceaux et des fragments d'autres mondes, un commencement de ces mondes. L'homme en bonne santé, évidemment, n'a aucune raison de les voir, car l'homme sain est l'homme le plus terre à terre… Mais à peine est-il malade, à peine l'ordre normal et terrestre de son organisme a-t-il été troublé, qu'aussitôt apparaît la possibilité d'un autre monde, et plus il est malade, plus les contacts avec cet autre monde augmentent. »

*

Au bagne, tu touches les intérêts en séjours fréquents et prolongés à l'infirmerie où tu peux enfin te retrouver seul.

Toute ta vie, tu perçois les dividendes sous forme de coupons d'énergie lucide, qui stimulent ta création.

« *Quand je travaille avec une pareille tension d'esprit, je parviens à un état nerveux particulier ; je suis plus lucide, je sens plus vivement, plus profondément, et même le style, je le maîtrise mieux, si bien que, tendu, j'écris mieux.* »

Ce bon usage de la maladie ne signifie pas que l'épilepsie produise les chefs-d'œuvre, ni qu'elle en soit la cause. Tes romans, Fédia, tu parviens à les créer *en dépit* de ton mal. L'artiste véritable fait feu de tout bois.

Ce qui est à admirer chez toi, ce n'est donc pas le pathétique, ni le romantisme d'un destin chaotique : c'est la rage de vivre, l'énergie, la volonté opiniâtre.

11

Un trait de ton caractère m'a toujours étonné :
ta passion pour les cosmogonies. Tu t'enthousiasmes pour la théorie la plus vaseuse, pourvu
qu'elle se donne des airs de vastitude philoso-
phique. Il y a chez toi un côté Bouvard et Pécu-
chet, ivre de thé noir.

L'actualité te passionne et, où que tu sois, à
Genève, Paris, Londres, Florence ou Berlin, tu
négliges les monuments et les musées, les cafés ou
les promenades pour courir à la bibliothèque et
plonger dans les journaux russes. Tu vibres à
toutes les polémiques, tu te gaves de faits divers.

Cette fièvre de l'information fraîche, cette ivresse
de l'encre d'imprimerie paraissent à Dominique
Arban, qui cite Mauriac, Sartre et Camus, le signe
même du talent littéraire. Ce lien entre journalisme et création romanesque, il semble, de nos
jours, aller de soi. Ni Racine ni Mallarmé, Rimbaud pas davantage que l'Arioste ou Cervantès
n'ont pourtant confondu les gazettes avec la poétique.

Tu fais de cette pathologie de la politique et de

la sociologie un usage paradoxal. On pense que tu puises dans l'actualité des faits, quand tu n'y relèves que des *illustrations*. Tu guettes des signes, tu cherches des confirmations à tes prémonitions. Tu n'y prends que des stimulations réactives — indignations et fulminations prophétiques.

Tu dévores les journaux à la lueur d'un texte premier, dont tu es hanté.

*« J'ai une vision personnelle de la réalité (en art) et ce que la plupart appellent fantastique et exceptionnel constitue parfois pour moi l'essence même de la réalité. Les manifestations quotidiennes et la vision banale des choses à mon avis ne sont pas le réalisme, c'est même le contraire. **Dans chaque journal vous tombez sur la relation de faits les plus réels et les moins communs.** Pour les écrivains de chez nous ils sont fantastiques et par conséquent délaissés, or ils constituent la réalité parce qu'ils sont des faits. Qui donc saura les remarquer, les expliciter, les noter ? Ils sont de chaque instant et de chaque jour, mais nullement exceptionnels... Nous laissons la réalité entière nous filer sous le nez[1]. »*

Cette réalité à l'affût de laquelle tu te tiens, Fédor, tu as raison de relever que personne ou presque ne la remarque alors que des *faits* l'attestent. Tel un vulcanologue qui descend dans le cratère pour ausculter ses grondements, pour analyser ses fumerolles, pour étudier le bouillonnement du magma en fusion, tu explores dans les journaux les mouvements des profondeurs. Or, de même que le savant possède des concepts et

---

1. *In* Jacques Catteau, *op. cit.*

des outils qui l'aident dans ses mesures, tu sondes le quotidien avec les gémissements et les imprécations de Job. Tu guettes les retraits de Dieu, ces failles par où l'injustice finira par jaillir en explosions de haine et de sang.

Journaliste ? Au sens le plus exact, certainement. Mais chaque jour révèle, chaque heure annonce et témoigne, tous les faits parlent : il suffit de les relier.

« *Recevez-vous quelques journaux, lisez-les pour l'amour de Dieu… non pas pour être à la mode, mais **pour que le lien visible de toutes les affaires générales et particulières apparaisse plus fortement et plus clairement**.* »

Ton journalisme illustre une mystique.

*

Il suffit d'observer ta conduite à ton retour à Pétersbourg, alors que tu es encore désorienté et assommé par cette longue absence et que le pays tout entier bouillonne, partagé entre réformisme et conservatisme. Avec Micha, qui devient directeur administratif, tu t'empresses de fonder une revue, *Le Temps*, qui connaîtra un certain succès, d'avance compromis cependant, car le frère tant chéri s'adonne à la boisson. (Avec un soin digne de tous les éloges, tu mets chaque fois toutes les malchances de ton côté.)

Tu vas dès lors te jeter dans la mêlée pour faire entendre ta voix dans les débats qui agitent la société. S'agit-il pour toi de saisir les arguments des uns et des autres, de réfuter leurs thèses, de dégager une position étayée ?

En deux temps trois mouvements, tu t'arranges pour te mettre tous les partis à dos, les slavophiles et les conservateurs parce qu'ils te rangent parmi les occidentalistes, les libéraux parce que tu les insultes et les ridiculises.

Un roman écrit à la hâte, *Humiliés et Offensés*, déchaîne la critique, qui te déclare un homme fini. Dans le même temps, ton mariage se délite. Tu décides de réaliser enfin ton rêve de jeunesse : visiter l'Europe.

Court, le voyage se soldera par un échec et par un joli texte, simple et familier.

*

La situation pourtant se dégrade. À cause d'un malentendu stupide — ta revue aurait présenté avec une impartialité suspecte les revendications de la Pologne —, *Le Temps* est suspendu. Le plus cocasse est que le coup t'est assené à cause des Polonais que, depuis le bagne, tu détestes cordialement. Mais derrière ce malentendu se dissimule déjà une malveillance que tu as suscitée avec art.

L'atmosphère de ton foyer ne s'arrange pas non plus. Folle de jalousie, Marie te poursuit, hurle, sanglote, t'accuse de la trahir, te rend responsable de son malheur. Or, tu la trompes bel et bien, d'où ce sentiment de culpabilité, ce remords enfoui. D'autant que ta maîtresse, Pauline, jeune femme au caractère affirmé, un rien bas-bleu, te mène par le bout du nez. Moderne, c'est-à-dire athée déclarée, émancipée, écrivaine, passablement ambitieuse, elle s'accroche à ta notoriété[1]. Mais elle est jeune, n'est-ce pas, belle, capricieuse...

Le temps pour toi de liquider ta revue : te voici à nouveau en route pour l'Europe, courant après ta jeune maîtresse, qui ne t'attend d'ailleurs pas.

Un détour par Wiesbaden, où tu perds vite l'argent que tu n'as pas. Tu rejoins Pauline (elle se prénommait Apollonaria, ça ne s'invente pas) à Paris pour t'entendre dire que tout est fini entre vous : elle file le parfait amour avec un riche et bel Espagnol, Salvador. Tu *touilles* — c'est le terme du pays où j'ai choisi de vivre — cette salade assaisonnée de cocufiage et de mauvaise littérature, qui, avec un sujet magnifique, donnera un mauvais roman, *Le Joueur*.

Comment réussir un beau livre avec un personnage ridicule ? Du moins cette trinité sentimentale reconstituée poursuit-elle le chantier commencé en Sibérie. Ce sera *L'Éternel Mari*, ton chef-d'œuvre le plus maîtrisé. Rien ne se perd.

Salvador n'était sans doute pas stupide, puisqu'il plaque Pauline, qui joue les désespoirs éloquents mais consent à te suivre en Italie. Mélancolique séjour.

Heureusement, il te reste le jeu, c'est-à-dire les nuits de fièvre, les aubes de lessive sale, les rebuffades et les humiliations : tu vis enfin, malgré Pauline et ses gesticulations. Tu finiras d'ailleurs par la détester, cette péronnelle.

---

1. Dominique Arban n'hésite pas à faire d'elle le grand amour de ta vie. Elle prétend même discerner en Pauline l'étincelle qui aurait embrasé ton génie...

Haine partagée. J'ai lu les souvenirs de Pauline et garde mon opinion par-devers moi : je me sens peu qualifié pour juger des femmes.

Perdu pour perdu, tu t'arrêtes à Wiesbaden, puis à Baden-Baden. On devine le résultat. Tu dois même emprunter à Tourguéniev.

Dans ce tumulte, plongé dans la plus affreuse misère, tu écris à la lueur d'un maigre lumignon, car l'hôtelier lésine sur la chandelle et ne t'accorde, par jour, qu'un peu de thé.

12

Au départ, tu avais une idée, *Les Pochards*, tableau de l'alcoolisme, devenu un fléau social dont toute la presse parle. Te voici donc, *en apparence*, au cœur de l'actualité. La crise économique, déjà ! a multiplié les bistrots, l'ivrognerie s'étend, ainsi que son corollaire, la prostitution, notamment enfantine. C'est du reste ce projet que tu vends, à ta façon enthousiaste et rusée ; tu le présentes au directeur du *Messager russe* comme étant d'une actualité brûlante. Les lecteurs s'arracheront ce feuilleton, lui écris-tu, comme ils se sont arraché tes *Récits de la maison des morts*. En bref, tu offres en toute sincérité un roman d'Eugène Sue.

Bientôt, cependant, le projet dérive. Avec le spectre de l'éternel enfant qui traverse ton œuvre du début à la fin, avec l'énigme de cette injustice absolue, l'innocence humiliée et sacrifiée, tu subvertis le social, tu débordes doucement mais sûrement le politique, jusqu'à l'inonder et le noyer. Tu retournes aux origines, les questions et les gémissements de Job.

Ainsi qu'il t'arrive presque toujours, une seconde

figure poétique hante tes carnets, émerge, s'évanouit, revient, de plus en plus nette, *Confession de Raskolnikov*, thème de la puissance, revers de l'humiliation, figure du Surhomme.

Les projets de tes grands romans ne cessent de se dédoubler, car tu écris comme tu vis, dans le déchirement. Chaque personnage engendre son double. Cet écartèlement correspond également à ta vision contradictoire de la réalité, si bien que le mouvement en hélice de tes constructions épouse celui de ta pensée, qui n'examine une idée qu'en la réfutant.

Tu as rédigé un premier jet à la première personne, tu déchires tout, saisi d'une illumination. Tu t'aperçois que les deux thèmes n'en font qu'un, qu'ils se complètent et que l'harmonie de l'ensemble résulte de leur traitement en contrepoint.

Tu viens de trouver ta voie.

*

Dans tes carnets de travail, un Français de 1995 s'étonne de trouver le nom de Napoléon érigé en figure du prédateur, de la puissance démoniaque. Or tous tes contemporains gardent présents à l'esprit la guerre patriotique de résistance, l'incendie de Moscou, les massacres, les exécutions sommaires, les terribles carnages dans la neige et le gel.

En lettres de feu, l'épopée de Tolstoï hante les mémoires, chaque enfant russe s'imagine Koutouzov, lourd d'une inertie millénaire, reculant encore et toujours, les paupières closes sur les reptations du monstre qui, de victoire en victoire, s'enfonce dans l'immensité russe. Chaque lectrice, chaque lecteur de *Guerre et Paix* écoute la prière du généralissime, apprenant que l'Antéchrist est tombé dans le piège, que la neige descend enfin sur la steppe, que les fleuves charrient les glaçons qui briseront les pattes des chevaux, que la bise souffle, dressant les congères où viendront s'échouer les chariots.

Ton propre père, Fédor, a soigné les blessés, amputé des bras et des pieds gelés.

Napoléon est aussi proche de toi que Hitler l'est de nous, et il incarne la démesure, la volonté de puissance qui ne s'embarrasse d'aucune justification. Quel autre songe morbide l'orgueil produirait-il que celui de l'Empereur, adulé, encensé et admiré dans tout l'univers parce qu'il a **osé**? Raskolnikov le fera, ce rêve fou, jusqu'au délire, de même que ton Adolescent voudra devenir Rothschild.

L'argent qui donne la puissance, la puissance qui étend la main et saisit la fortune.

Cette fois, tu le tiens, ton roman, et tu rédiges, jour et nuit, insensible à la faim, au froid, les yeux posés presque sur le papier.

Une fois encore, l'Art réfléchit le décor de misère et de détresse, sauf que chaque mot recule l'échéance, écarte la laideur, triomphe du malheur. Victoire illusoire? Assurément, puisque l'artiste est illusionniste.

L'admirable, encore une fois, n'est pas ton inspiration, ni ton courage, c'est la ténacité de l'ouvrier, sa probité. Malgré la misère, tu ne cèdes pas

sur un adjectif, raturant, déchirant, absorbé corps
et âme par ce récit unique que tu ne cesses, sous
des masques différents — anecdotes, histoires,
personnages —, de reprendre avec une obstination maniaque. Rien, pas même le spectre de la
mort, ne presse ton allure. Tu pèses chaque mot.
Certes, tu vomis le style, c'est-à-dire la préciosité,
l'afféterie. Tu suis ton inspiration — aspiration ? —
longtemps sollicitée, préparée. Tu lâches chaque
phrase comme tu lâcherais un coup. Il s'agit d'une
lutte engagée dans l'enfance, le long des allées du
jardin de l'hôpital des pauvres, alors que la question retentissait en toi : où donc se cache la justice
de Dieu ?

13

À propos de *Crime et Châtiment*, l'un des plus équilibrés, des plus harmonieux, des mieux proportionnés de tes chefs-d'œuvre, Nabokov, que j'admire en tant que romancier, a proféré une formidable suite d'inepties.

Raskolnikov, dit-il, est un caractère invraisemblable, un demi-fou, qui ne sait absolument pas pourquoi il tue la vieille usurière et sa sœur, Élisabeth. Du reste, ajoute-t-il, il s'agit d'un vulgaire roman policier aux ressorts grossiers, dénué d'art.

Va pour roman policier, encore que Faulkner en ait écrit et qu'*Un roi sans divertissement* de Giono en soit un, à sa façon inquiétante. Qu'est *Œdipe roi* sinon une enquête ? Il y a même, dans la critique de Nabokov, symétrique de celle de Kundera mais avec un accent différent, cette nuance de trivialité aristocratique qui frôle l'indécence. Évoquant ton incarcération dans la forteresse Pierre-et-Paul, il glisse dans une note que son grand-père en était le gouverneur alors que tu y étais enfermé. Tellement spirituel, ma chère !

*

Les yeux fermés, Fédor, je pourrais suivre les déambulations de Raskolnikov, je suffoque avec lui dans le nuage de ciment et de chaux, je me heurte partout aux échafaudages, aux briques empilées sur le trottoir ; je sue à grosses gouttes dans cette canicule brumeuse, j'écoute les orgues de Barbarie ; je m'accoude au parapet du pont pour scruter les eaux de la Néva. Je compte les marches de l'escalier, je me blottis, le cœur battant la chamade, dans un recoin du palier inférieur où je guette le départ des peintres ; je cache la hache sous ma redingote ; je frissonne de honte à cause de ce chapeau ridicule qui me fait remarquer de tous ; je respire, dans les cabarets, l'odeur du hareng saur, du *kvass* ; j'entends la malheureuse Catherine Ivanovna, femme de Marmeladov, chanter en allemand, évoquer la danse du châle et le bal chez le gouverneur de la province[1]. J'écoute enfin Sonia lire, à la lueur d'une chandelle, le récit de la résurrection de Lazare.

*

Le poids de la misère, Fédor, son vertige : ceux qui ne les ont pas éprouvés ne ressentiront jamais le halètement fiévreux de tes phrases. C'est de la

1. Marie, ta première femme, a dansé chez le gouverneur. Elle ne cesse, au milieu de sa misère, d'évoquer les bals de la noblesse.

faim, de l'ivrognerie, de l'impuissance et de la rage qu'il faut partir avant de juger de la forme, parce que c'est cela, justement, la forme de ton roman, c'est-à-dire son style : la nausée de l'injustice et le cauchemar qu'elle suscite.

Raskol — retranché de la communauté, hérétique, schismatique —, Raskolnikov perd la raison dans sa solitude orgueilleuse. Reclus dans sa chambre-cercueil, il a rompu tout commerce avec les hommes. Il se sent pris en tenaille entre deux réalités insupportables : le triomphe du capitalisme financier, qui chamboule la ville comme il bouleverse les destins, le culte de la puissance, incarnés en deux noms mythiques — Rothschild et Napoléon —, celui-ci fauchant des centaines de milliers de vies au nom de sa gloire, celui-là jetant, par la spéculation, des centaines de milliers d'enfants sur le trottoir. Face à cette déliquescence, le projet rationnel de l'embrasement universel : *du passé faisons table rase.*

Combien de vies toutefois pour bâtir la Cité radieuse ?

Dialecticien, Raskolnikov réduit le problème à sa plus simple fraction — *une* vie qui symbolisera ce présent invivable. Une seule vie, inutile, néfaste. Une vieille usurière qui, telle l'araignée, se gonfle du sang des pauvres. La tuer pour sauver sa sœur du déshonneur, n'est-ce pas une action légitime, juste ?

Dès les premières lignes du livre, l'obsession embrume la pensée : aurai-je le courage ? Saurai-je me ranger dans le camp des hommes supérieurs ou resterai-je englué dans la plèbe ?

On assiste à la répétition du crime, on visualise l'échec, prévisible dans l'abondance même des justifications. Raskolnikov tente d'étouffer ses sentiments sous l'avalanche des arguments. Il se pose des questions là où les vrais rapaces ne s'en posent aucune.

*

Des idées! se récrient, avec une moue offensée, les détracteurs dont les livres en renferment autant, sinon davantage. Combien d'idées générales dans les œuvres de Kundera, jusqu'à *La Lenteur*? Combien dans *Don Quichotte*, qui en regorge? dans les romans de Kafka ou de Diderot?

C'est, surtout, se tromper de cible. Les personnages dostoïevskiens pèchent davantage par un excès de sentimentalité que d'intellectualisme. Malgré son incontinence verbale, Raskolnikov *n'arrive pas* à penser. Il n'arrive pas davantage à calculer. Il se débat dans une confusion proche du délire. Écrasé par l'Idée qui l'habite, tout lui échappe. Sa passion, qui est celle de la Russie, est de vivre cette Idée, de la ressentir physiquement, si bien que l'étudiant s'y englue sous le regard narquois, presque amical, du juge d'instruction. Au premier coup d'œil, Porphyre a reconnu le vrai Russe, qui, de lui-même, viendra se prosterner, le front contre la terre battue. D'autant que, comme le remarque Dominique Arban[1], ce juge

1. Je conteste certaines de ses thèses, qu'elle donne pour des évidences, mais elle reste l'une des meilleures spécialistes de Dostoïevski et je lui dois beaucoup.

rondouillard et vibrionnant a lu l'article que l'étudiant famélique a publié dans une revue au sujet d'un livre jamais mentionné ni cité, toujours présent, *L'Unique et sa Propriété*, de Max Stirner.

« *Prendre est un péché, prendre est un vol — voilà le dogme, et ce dogme à lui seul suffit à créer la plèbe… Celui qui a besoin de beaucoup et qui s'entend à prendre, s'est-il jamais fait faute de se l'approprier ?* »

Raskolnikov n'a rien su s'approprier, il a même **oublié** d'examiner le contenu du sac pris chez l'usurière. Dans son affolement, il a négligé de fouiller l'appartement où une petite fortune se trouvait à sa portée. Il a cafouillé, tué deux fois pour rien, possédé par l'Idée.

De ce décalage entre la théorie étrangère, mal digérée, et la conduite désordonnée, le petit juge s'amuse. Une enquête ? Un interrogatoire en règle ? Mais pour quoi faire, grands dieux, alors qu'il suffit d'attendre que la terre russe lève sa moisson de remords ?

14

Roman policier, déclare Nabokov.

Sur sept cents pages environ, le double crime en occupe moins d'une trentaine, le châtiment est à peine suggéré, si bien que même le titre ne correspond pas au texte.

Que racontent donc les six cent cinquante pages, qui ne sont ni le récit d'un double crime, ni celui d'une punition, à peine celui d'une enquête ? Quelque chose avance, à un rythme inexorable. Une pensée ? Raskolnikov ne cesse de répéter qu'il se sent incapable d'en avoir. Un raisonnement ? Des milliers se heurtent, se contredisent.

Non, ce qu'on sent progresser, une phrase après l'autre, c'est un sentiment obscur, venu des profondeurs. Dans la canicule humide, au milieu de la spéculation immobilière qui bouleverse une ville tirée au cordeau, artificielle mais nimbée d'une beauté onirique, dans le désordre et la confusion, la Russie se cherche, écartelée entre les systèmes absolus de l'Allemagne et les utopies des Français.

Napoléon a ruiné l'influence française, ce sera l'Allemagne : Marx à l'Est, Hitler à l'Ouest.

Ces dangers qui menacent l'Europe, tu les flaires, Fédor. Ce délire de sang, on le voit poindre dans ton roman. Ta panique fait la modernité de ton livre et nous, les survivants du désastre, nous te comprenons sans doute mieux que tes contemporains qui te jugeaient d'un pessimisme morbide. Or, Nabokov, le cosmopolite, ne distingue qu'une intrigue policière dans *ce qui a fait son destin*. Il ne veut pas, il ne peut pas regarder son malheur, et il demande à Tolstoï, dans ses cours de littérature, de lui rendre ses paysages d'enfance, l'enchantement de ses châteaux et l'éblouissement de ses papillons. Il refuse le cataclysme qui a fait de lui un apatride.

« *Où trouverez-vous maintenant une* Enfance *et une* Adolescence *qui puissent être recréées dans un récit aussi harmonieux et aussi exact que celui, par exemple, où le comte Léon Tolstoï nous a raconté son époque et sa famille, ou que* Guerre et Paix *du même auteur ?* **Ces poèmes ne sont plus aujourd'hui que les tableaux historiques d'un passé lointain.** *Oh, je ne veux nullement dire par là que ce soient des tableaux tellement enchanteurs, je ne souhaite pas qu'on en revienne là de nos jours, ce n'est pas du tout mon propos. Je parle seulement de leur caractère, de ce qu'ils ont d'achevé, de net et de défini... Rien de pareil aujourd'hui, rien de défini, rien de clair. La famille russe moderne devient de plus en plus* **une famille de hasard. Oui, une famille de hasard**[1]. »

Qu'ajouter à ce constat ?

1. In *Journal d'un écrivain*.

*

Ces motifs fantastiquement orchestrés — le capitalisme naissant, sa brutalité; son pendant dialectique, le socialisme révolutionnaire, qui accepte la thèse de la violence indispensable; le tohu-bohu d'une société en perdition, le spectre du totalitarisme caché derrière une utopie rationnelle —, tous ces thèmes, avec leur contrepoint de solitude et de désespoir, avec les odeurs et les éclairages, composent, Fédor, la première des grandes symphonies modernes.

15

Dans une mansarde glaciale, sans autre meuble qu'un grabat, une table, une chaise branlante, la lueur vacillante d'une bougie qui, sur les murs lépreux, projette des ombres fantastiques : face à face, le jeune assassin et la prostituée au cœur pur ; il s'acharne sur l'innocente, lui peint sous les couleurs les plus crues son avenir de déchéance et de maladie ; Sonia, tremblante de peur, incapable de se défendre, ne sait que répéter :

« Non, non, Dieu ne le permettra pas ! »

Tous les poncifs du feuilleton se trouvent rassemblés pour la joie des esthètes, qui ricanent.

Ce goût pour les scènes mélodramatiques, ponctuées de coups de théâtre, d'insinuations mystérieuses qui tiennent le lecteur en haleine ; ce choix des figures reconnues — l'étudiant famélique, la jeune prostituée au grand cœur, la pure jeune fille jetée en pâture à des richards libidineux ; ce goût pour la machinerie imaginaire de l'époque, tu ne les as jamais cachés. Tu écris pour de l'argent, donc pour le public qui raffole de ce qu'il *reconnaît*. Tu lui sers du feuilleton, tel que

Dumas, Sand, Eugène Sue, Balzac (dont tu as traduit en russe *Eugénie Grandet*; et quelle traduction, Fédia : « *la mère et la fille restaient muettes* » devient, sous ta plume, « *la mère et la fille étaient pour ainsi dire mortes* » !), Dickens et Victor Hugo t'ont enseigné à le ficeler. Tu privilégies le dialogue, les répliques qui font mouche, les monologues qui dévident le caractère. Tous les artifices du genre, tu les emploies sans vergogne.

Tu appuies sur tous les registres de l'émotion que tu n'hésites pas, le cas échéant, à solliciter.

Ces décors, ces masques, ces accessoires, tu en détournes pourtant la convention, les délogeant de la scène pour les précipiter dans un amphithéâtre nocturne. De la même façon que tu subvertis l'actualité et le politique, tu noies le feuilleton dans l'inquiétude spirituelle. Tu retournes sournoisement chaque situation qui exprime, non plus le visible, mais un invisible fait d'ombres et de terreurs. D'où le malaise du lecteur qui croit se retrouver dans un univers cent fois visité, et qui s'aperçoit, une réplique après l'autre, que la conversation dévie, que le dialogue exprime une autre réalité, bizarre, inquiétante.

Quand ils ne s'attachent qu'à la forme, les esthètes ricanent : tu leur fournis ample matière à se gausser de ta naïve grossièreté ; observent-ils l'architecture de l'œuvre, ils s'aperçoivent que le moindre détail contribue à la solidité de l'édifice. Les vieux matériaux recouvrent une jeunesse. Il te faut des fables pour illustrer tes hallucinations ; tu surveilles la moindre péripétie pour mieux endormir la vigilance du lecteur, pour désarmer son esprit critique.

Chacun de tes grands romans-tragédies, depuis *Crime et Châtiment*, se lit à deux niveaux : l'anecdote, qui emprunte au fait divers, le sens enfin, caché derrière les apparences. Tu procèdes par allégories et par illuminations.

*

Est-ce hasard si ce tableau conventionnel, la rencontre nocturne de l'étudiant et de la jeune prostituée, se situe au milieu du roman, en son cœur ? Tout se passe comme si la reptation souterraine du remords aboutissait à ce dialogue.

Ce que Raskolnikov vient éprouver chez Sonia, la simple d'esprit, c'est sa sagesse (Sonia est un diminutif de Sophie), sa soumission à l'injustice et au malheur. Il la provoque, l'injurie, la raille, sans rien obtenir qu'une faible plainte d'oisillon blessé. Parle-t-il à Sonia ou à la figure de Job, qu'elle dissimule ? Mais c'est un Job de silence et de résignation, qui désarme l'étudiant.

Vaincu par ce silence[1], il se prosterne, baise ses pieds :

« *Ce n'est pas devant toi que je m'incline, je me prosterne devant la souffrance du monde.* »

Y a-t-il beaucoup de répliques qui soient, dans

---

1. À la dialectique irréfutable d'Ivan Karamazov, le pur Aliocha n'opposera de même qu'un baiser — et le silence meurtri.

l'histoire du roman, aussi connues et rabâchées que celle-ci? On lit la suite de la scène, on continue le roman : on s'aperçoit que cette phrase ne signifie pas ce qu'elle semble, en un premier temps, vouloir dire.

Raskolnikov ne s'est pas repenti, ni converti. Au terme des sept cents pages du livre, on *présume* qu'il changera ; il s'agit d'ailleurs d'une simple hypothèse car les forçats, au bagne, reprochent à l'ancien étudiant son absence de remords et son orgueil.

Encore une fois : ce qui travaille Raskolnikov ne relève pas de la raison et il ignore lui-même ce qu'il est venu, au milieu de la nuit, demander à Sonia. Il pressent seulement que sa visite doit avoir un lien avec le récit de la Résurrection, dans l'Évangile de Jean, qu'il se souvient, avoue-t-il, d'avoir entendu à l'église dans son enfance ; il devine aussi que le désir d'entendre *ce texte-là* coïncide avec l'aveu qu'il souhaite faire de son double crime. Non pour s'en délivrer, mais pour éprouver la foi naïve de Sonia, la mettre face à l'horreur. Or Sonia l'implore de rendre cet aveu public, autant dire de rejoindre la communauté dont il s'est retranché. De redevenir un homme.

Ainsi, toute la scène s'éclaire : en la personne de Sonia, l'étudiant ne vient pas retrouver la prostituée vouée à la maladie et à la déchéance. Il vient sonder l'énigme de la Russie, écouter le récit qui la fonde. L'Évangile de Pâques, la liturgie et les chœurs de la Résurrection. Ces mots : « *Lève-toi et marche !* » contiennent la foi pure, absolue, sans dogmes ni théologie[1]. C'est le Christ triomphant, exultant, hors de toute exégèse.

Par ce texte, Raskolnikov est, comme chaque Russe, hanté depuis sa petite enfance ; il désire l'entendre de la bouche d'une presque simple d'esprit, stupidement et obstinément accrochée à sa foi. Lui, l'hérétique, possédé par l'Idée soufflée par les démons de l'étranger, demande à la Sophia russe de rappeler sa mémoire éteinte.

D'où la défiance de Sonia qui trouve étrange qu'il ne connaisse pas l'Évangile et lui demande s'il ne l'a pas lu, hypothèse pour elle inconcevable. Les réponses du meurtrier sont vagues : Oui, sûrement, il a dû le lire jadis, l'entendre à l'église. En vérité, il se trouve trop éloigné de ce texte, noyé dans ses systèmes aux logiques implacables, qui martèlent les thèses et les antithèses avant d'accoucher de l'État prussien, où l'Esprit s'incarne.

Quand j'ai refermé ton livre, Fédor, mon visage était baigné de larmes ; une paix immense descendait dans mon cœur. Tu venais de m'enseigner la vie, ses contradictions. Tu avais contribué à m'humaniser en me sauvant des idéologies.

---

1. Si ce vide théorique produit le meilleur — une haute et pure mystique —, il engendre aussi le pire : un nationalisme orthodoxe, chauvin et fortement teinté de racisme. Toi-même, Fédor, oscilles dangereusement entre ces deux extrêmes.

16

Les conditions dans lesquelles je te découvre ajoutent à la violence de mes réactions. Je lis avec une voracité d'autant plus fébrile que je ne dispose que de rares loisirs : les trois heures de classe du matin, les récréations, les dimanches et jours fériés. Caché dans ma chemise, j'emporte partout le livre. Je le sors en cachette, dévore quelques pages par-ci, quelques autres par-là. Encore suis-je sur le qui-vive. Un kapo ou un frère me découvriraient-ils, je serais roué de coups, privé de nourriture, condamné à courir autour de la cour, jusqu'à épuisement.

J'ai appris à lire adossé à la mort, je continue de lire adossé au malheur.

*

Une fois encore, je ne rédige pas un essai, ni un ouvrage de critique. J'écris de cœur, dans une intimité trouble qui fut la nôtre, depuis le jour de notre rencontre. Je sais d'avance que les spécialistes se délecteront des erreurs chronologiques, des confusions. Il me serait facile de les éviter, de vérifier. Mais c'est à toi que je m'adresse, Fédor. Que pourrais-je donc t'apprendre sur toi-même ? Ceci, peut-être, qu'un écrivain ne s'appartient pas : tu vis mêlé à mon sang, tes questions sont inscrites dans mes neurones. Tu n'as jamais été un modèle au sens où un artisan dérive de ses maîtres ; tu es mieux que cela : tu es un souffle que j'aspire. Je n'aime pas tous tes livres, on l'a compris, je ne suis pas un dévot. Tu demeures cependant étroitement lié à ma vie, si bien qu'à l'instant d'écrire je dois chaque fois me situer par rapport à toi, établir la bonne distance.

*

Quand tu rentres en Russie, grâce à l'argent que t'envoie le baron de Wrangel, c'est pour apprendre que Marie agonise.

Tu la transportes à Moscou, tu t'installes à son chevet, tu t'abandonnes au remords. Tes trahisons et tes mensonges n'ont-ils pas hâté la fin de la malade ? Tu as le pressentiment que la mort ne te lâchera plus.

L'as-tu aimée, cette femme impossible et fantasque ? Il n'existe aucune réponse à des mots dont la signification reste imprécise. Tu l'as désirée, voulue. Elle t'a accompagné le long de la route, depuis l'exil sibérien : ce n'est pas rien.

*

Assis à son chevet et tremblant qu'elle ne trépasse avant que tu aies eu le temps de finir — ah, Fédor, cet égotisme forcené des créateurs ! —, tu rédiges pour *L'Époque* une longue nouvelle, clé de voûte de toute ton œuvre. Pressé par les créanciers, rongé par le remords, assommé par le chagrin, tu restes penché près de la mourante, noircissant rageusement des feuillets. Tu jettes les mots comme autant de crachats, sans même savoir ce qu'au juste tu es en train d'inventer et que, faute de mieux, tu appelles *chronique*.

Ce texte vengeur t'aliénera les dernières sympathies des réformistes, indignés par tes paradoxes, excédés par tes provocations.

Ont-elles jamais été plus claires, pourtant, tes idées, plus décisives et plus brutales que dans ces *Carnets du sous-sol* où s'entendent, avec quelle force ! la voix et les ricanements des profondeurs ?

Bizarre : on t'attaque quand tu affirmes la liberté ontologique de l'homme, on t'embrassera et on se jettera dans tes bras lorsque tu déclameras des âneries sur l'harmonie universelle autour du Christ russe. C'est que le discours pour le jubilé de Pouchkine relève de cette sentimentalité qui exaspère Kundera, alors que le monologue fiévreux du souterrain, âpre, tendu, d'une violence proprement vertigineuse, cette imprécation a tout pour déplaire au grand nombre, qui d'ailleurs la dédaigne. L'a-t-on, aujourd'hui encore, tout à fait digérée ?

17

On pourrait penser que ton talent pour te brouiller avec tous les partis, mécontenter et fâcher tout le monde, résulte d'un trait de caractère névrotique. C'est d'ailleurs l'explication la plus répandue, parce que la plus facile à entendre. À y bien regarder, on s'aperçoit toutefois de la constance de ton attitude, de sa logique interne. Polémiquer avec tous, réfuter chaque argument, jusqu'au plus évident, couper les cheveux en quatre, puis en seize, ce n'est pas participer au débat public, c'est soliloquer. Tu t'adresses au public, certes, tu le sollicites, le provoques, l'émeus. À travers lui, c'est pourtant un autre interlocuteur que tu vises, sans jamais le nommer. Il t'habite, si bien que tu te parles pour lui parler. Il n'a ni nom ni visage. Sa présence se fait à peine sentir, sauf par le vertige de son absence. Mais ce vide en toi te taraude.

« *Toute ma vie*, confiera Kirilov dans *"Les Démons"*, *la question de l'existence de Dieu n'a pas cessé de me tourmenter.* »

Ce détournement du politique et du social vers la métaphysique, on le constate en lisant *Les Carnets du sous-sol*, *Crime et Châtiment,* jusqu'aux *Frères Kara-mazov*. Or, l'étrange n'est pas ce dévoiement ; le bizarre, Fédor, est ton aveuglement. Car tu ne doutes pas une seconde de parler politique, de songer à la meilleure organisation possible de la société, de te prononcer pour ou contre telles réformes.

Cette cécité ne provient pas de l'ignorance, elle n'est pas de la mauvaise foi : elle constitue le nœud de ton mystère intime, obscur à toi-même. Il s'agit de la langue dont tu es pétri et qui, dès avant ta naissance, alors que le fils d'un pope suait pour t'engendrer, oscillait entre deux récits, les lamentations de Job (la révoltante et insupportable injustice du monde) et la résurrection de Lazare (cet appel à l'espérance.)

Pamphlétiste ? Tu n'as jamais polémiqué qu'avec Dieu, même quand tu te disputais avec tes semblables.

*

Les deuils se succèdent : c'est le tour de ton frère bien-aimé, Micha, le confident, le compagnon de travail. Le sol se dérobe sous tes pas. Tu es près de couler, les crises d'épilepsie se rapprochent, te plongent dans une confusion voisine de l'hébétude.

En mourant, ton frère laisse des montagnes de dettes et une famille plongée dans la misère. C'est la banqueroute, le harcèlement des créanciers, la procession des huissiers. Bien entendu, tu ne rates pas l'occasion de commettre la plus noble mais la plus folle sottise : tu acceptes d'avaliser les dettes de ton frère, tu prends sa famille à ta charge. Avec ton vaurien de beau-fils, ce Paul qui ne te lâche pas, ta belle-sœur, tes nièces, tes neveux vivront désormais à tes dépens, accrochés à toi telles des sangsues. Tout ce petit monde se détestera cordialement, se chamaillera, te fera les poches : cela s'appelle, m'assure-t-on, une famille russe.

*

C'est à cette heure, Fédor, que tu m'inspires la plus profonde admiration. D'autres que toi flancheraient, s'écrouleraient. Tu as gagé tout ce que tu pouvais gager, y compris les droits de trois de tes romans, tu as même signé un contrat inique qui cède la propriété littéraire de *toute ton œuvre* si tu ne livres pas un roman inédit à une date rapprochée. Cette fois, tu joues le tout pour le tout.

Tu fais front cependant ; tu sollicites un prêt du Fonds littéraire, tu quittes la Russie. Tu resteras quatre ans absent.

Tu auras trouvé la force de dicter à une jeune sténo le roman promis, *Le Joueur*, qui sera prêt en moins d'un mois.

Pari gagné ? Tu perds un magnifique sujet, tu gagnes une épouse d'origine suédoise, sage et pratique, Anna. Tes biographes se partagent autour d'elle, une majorité lui sachant gré d'avoir su adoucir tes dernières années et d'avoir, après ta mort, veillé sur tes manuscrits. Faut-il lui reprocher d'avoir aplati tes idées ?

Ses études ne l'avaient pas préparée à une géométrie non euclidienne.

18

Le *maestro* — ai-je jamais su son nom? — m'approvisionne de la manière même dont il vit, en zigzags. Du moins ai-je longtemps cru qu'il me donnait ce qui lui tombait sous la main. Je serais aujourd'hui moins affirmatif, car il ne piochait que dans une certaine famille d'auteurs, les Russes en tête : Dostoïevski, bien sûr, Tolstoï, mais aussi Gogol et Tchékov; puis, bizarrement — ou logiquement? —, Stefan Zweig, Victor Hugo, Blasco Ibañez. Est-ce un choix si farfelu que ça?

*

Au fil des mois, des ans, une relation étrange s'est installée entre nous. Je ne sais ni la définir ni la qualifier.

Une sorte d'attachement paternel, mêlé d'orgueil et de honte. J'éprouve physiquement son admiration, les folles espérances qu'il met en moi. Souvent, il ouvre la bouche, lève vers moi ses yeux rouges, finit par aboyer :

« Qu'est-ce que t'attends ? Fous le camp ! »

En se cachant des autres, il me donne des bouts de pain, du saucisson, une tranche de jambon, un fruit. Il enveloppe ces victuailles dans un mouchoir dont il noue les bouts. Je le remercie, je dévore ces restes parce que je crève de faim, réduit à ingurgiter des pelures d'orange, des peaux de banane. Ému, certes, de ces témoignages d'affection mais aussi, pourquoi le taire ? saisi d'une vague nausée. L'aspect de ces restes défraîchis m'inspire un dégoût triste. J'ai honte pour lui. Honte qu'un homme en soit réduit à manger cette nourriture informe.

Toute sa personne me produit le même effet de déchéance et de ruine. J'évite de poser mes yeux sur lui, je détourne mon regard. Je lui en veux presque des marques de son élection. Qui voudrait d'un pareil déchet pour modèle ? Il flaire ma réaction. Sans doute en souffre-t-il, s'il souffre encore de quelque chose. Un temps, il a fait l'effort de se raser, de changer de linge, de laver son béret. C'est encore pis. Je prends peur en découvrant sa vérité, qu'il s'est dépêché de masquer aussitôt derrière sa barbe grisâtre.

Une fois ou deux, nous discutâmes longtemps, sans que je me souvienne de nos propos, la littérature sûrement.

Je comprends aujourd'hui qu'il avait honte de m'offrir cette image paternelle déchue. Il sentait mon recul chaque fois qu'il m'envoyait son haleine dans la figure. Il tournait, je m'en souviens, la tête. De la même manière, il pressait le pas si nous nous croisions dans la cour, cachait maladroitement sous sa blouse les bouteilles qu'il transportait.

*

La haine qu'il vouait aux frères dépassait, je crois, la mienne, ce qui n'est pas peu dire. Dès qu'il apercevait l'un d'entre eux, il marmonnait dans sa barbe des chapelets d'injures telles que seul l'espagnol sait les fignoler.

Le remords que ma dureté adolescente pourrait m'inspirer le cède devant le souvenir de ma propre déchéance. J'en voulais à cet adulte, moi, l'enfant sans père, de me présenter cette image dévaluée de la virilité. Je devinais sa solitude, certes. J'imaginais quels chemins et quelles traverses l'avaient mené dans cette impasse. Ce que je ne voyais pas, c'était son courage de jeunesse. Comment aurais-je pu connaître ce qu'avait été Teruel, sa neige, son froid, les pieds gelés, les membres amputés, l'affreux carnage, l'enfer d'une artillerie crachant, jour et nuit, sa pluie d'obus sur des paysans ensevelis… ?

*

Peut-être fut-il vraiment *maestro*, le maître, celui qui dispose d'une autorité morale ? Livre après livre, il m'instruisait sur moi-même, sur le monde, sur la vie. Il m'affermissait dans la langue. Sans rien dire, il me montrait l'envers du décor, les décombres et les vaincus. Il me faisait des leçons cruelles et salutaires.

Il savait se montrer compréhensif également : jusqu'au bout, il me laissa Salgari, ses jungles et ses tigres.

*

S'il mettait de côté les reliefs de ses repas, c'est qu'il me voyait couler. Je t'épargne les détails, Fédia. Je touchais le fond, je me noyais. De la tête aux pieds, je n'étais que plaies, abcès purulents, ganglions durs et gonflés. J'avais perdu toute apparence humaine, j'étais devenu un de ces chiens efflanqués, galeux, dévorés de puces, sauf que c'étaient des poux.

Le *maestro* s'affolait. Pour un oui et pour un non, il m'envoyait à l'infirmerie où il me rendait visite, s'asseyait sur mon lit, me regardait sans desserrer les lèvres. Avait-il su parler ? Depuis quand avait-il lui aussi renoncé à la parole ? Il puait l'alcool, allumait cigarette sur cigarette, toussait et crachait à s'en arracher les poumons. Parfois, il aboyait deux ou trois phrases :

« Faut pas te laisser aller. Tu dois tenir, tu comprends ? »

J'acquiesçais, tentais de sourire. Il me laissait un livre, hésitait, grattait son béret, se retournait au moment de quitter la salle. Une ou deux fois, je le sentis près de pleurer. J'avais peur du hurlement que je voyais se former sur ses lèvres jaunies de nicotine ; peur de sa douleur et de sa rage. Je refusais sa compassion. Par orgueil ?

De honte, toujours.

*

Un clair matin, au début du printemps 1949.

Je revois la lueur, d'un vert ténu, acide au goût, agitée d'un vent frisquet.

Sorte de phoque enrobé de graisse, l'infirmier dormait dans son cagibi ; deux autres détenus ronflaient, un troisième se branlait avec une morne application. J'ouvris distraitement le livre, je lus :

« *Je suis un homme malade… Je suis un homme méchant. Je suis un homme déplaisant. Je crois que j'ai mal au foie*[1]. »

*

Depuis trois ans, Fédor, tu me tenais sous ton charme. Ta prose me plongeait dans un état hypnotique. Elle me paralysait, me ligotait, me roulait dans la poussière. Je sortais chaque fois sonné de nos rencontres, sans comprendre comment tu t'y prenais ni à quel instant, mon regard attiré vers un point, tu procédais à ton tour de magie. J'avais beau écarquiller les yeux, tu finissais toujours par m'avoir.

Ton murmure n'évoquait en rien la petite musique de Salgari, ce rythme languissant auquel je m'abandonnais. Tu sollicitais au contraire mon attention, tu me contraignais à une concentration

---

1. Pour *Notes du souterrain*, j'ai choisi la traduction de Bernard Kreise, aux Éditions L'Âge d'homme.

douloureuse. Tu m'aspirais dans un tourbillon de questions, tu m'incitais à la défiance. À la fin, tu me laissais berné, incrédule, hébété.

Jusqu'ici, tu m'avais accordé ton aide en me tendant un narrateur qui dévidait une histoire, trompeuse, mais cependant liée. Je pouvais m'accrocher à cette fable pour résister au vertige.

Soudain, plus rien : ni corde ni piolet ; la paroi abrupte à deux milles mètres d'altitude, le vide en dessous.

De narrateur, point ; d'anecdote, pas la moindre trace ; pas même une logique du discours, mais des contradictions, des paradoxes, des provocations, ce rire sarcastique. Normalement, j'aurais dû écarter le volume, à tout le moins le refermer et le reposer. Au lieu de quoi : un choc d'une brutalité inouïe.

Je suffoquais, je haletais, je frissonnais. N'avais-je pas, depuis l'enfance et ses mystères, attendu ce texte-là ? Il montait des souterrains putrides, de ces égouts de l'esprit où tout reste mêlé, confondu. Les harmoniques du mot *podpolyé* contiennent d'autres résonances qu'une topologie souterraine. Elles lèvent dans l'esprit l'idée de la clandestinité, de la résistance, du complot. L'homme du sous-sol vit caché, interdit de séjour. C'est une taupe, un agent double. Sa voix ricanante produit un soulèvement des profondeurs. Et c'est bien ce que ton texte renvoie, Fédia : une vomissure, une nausée. Tripes et boyaux en une bouillie de révolte.

Elles étaient bien finies, les tirades à la Schiller, les déclarations humanitaires sur le progrès et le triomphe de la raison. Pessimisme, optimisme ? Des mots, toujours : des attitudes. Non, la revendication nue, brutale : la liberté d'être soi, rien que soi, face à tous les autres. Soi, autant dire tout et son contraire. Un désir sans objet, une volonté gratuite, merveilleusement inutile.

Ainsi qu'il m'arrivait avec les contes de mon enfance, ce texte au sens propre inouï, inécoutable et incompréhensible (personne d'ailleurs ne l'entendit lors de sa parution), réfléchissait ma rage. Elle la montrait, inversée, en me révélant sa signification, qui m'échappait. La haine dont je débordais, haine d'abord de moi-même, m'eût, à cette heure de mon adolescence, mené au suicide par résignation. J'avais déjà un pied dans la tombe.

Ta voix terrible m'appelait une fois encore :

« *Debout !* »

Pour quoi faire ? aurais-je pu te demander avec Tchernychevski, l'auteur oublié d'un roman, *Que faire ?* dont la lecture suscita ce chef-d'œuvre absolu qui se voulait la réfutation véhémente d'une thèse insignifiante. N'importe quoi, me répondrais-tu avec un ricanement féroce. Vraiment n'importe quoi. Voler, tuer, incendier, devenir saint ou héros. Se sentir vivant. Refuser violemment, avec fureur, l'embrigadement, la fourmilière et, avant tout, la tyrannie de la Raison, son implacable logique. Comment cependant refuser l'évidence du deux fois deux quatre ? Mais, s'il ne me plaît pas, ce deux fois deux quatre ? Il s'agit d'une vérité irrécusable ? On ne discute pas plus une démonstration arithmétique qu'on n'abat un mur avec son front? Soit, le mur restera debout, mais rien ne me contraindra à l'accepter, à me soumettre à sa présence. Ma tête éclatera? Parfait! Mon refus n'aura pas été ébranlé, fût-ce dans la mort.

« *Bien entendu, je ne vais pas casser ce mur avec ma tête si, en fait, je n'ai pas la force de le casser; mais je ne vais pas m'y résigner simplement parce que le mur en pierre est là, et que je n'ai pas suffisamment de force*[1]. »

Stupidité? Pourquoi ne me montrerais-je pas stupide? Parce qu'un homme agit toujours et en toutes circonstances selon son intérêt? La bonne blague!

« *Oh! dites-moi : qui a déclaré le premier, qui a le premier proclamé que l'individu ne fait des saletés que parce qu'il ne connaît pas ses véritables intérêts et que si on l'éclairait, si on lui ouvrait les yeux sur ses intérêts véritables, normaux, l'individu cesserait aussitôt de faire des saletés, il deviendrait aussitôt bon et noble... ? Mais, premièrement, quand donc est-il arrivé, au cours de ces millénaires, qu'un individu n'agisse qu'au nom de son propre intérêt ?* »

Cette voix d'une cruelle lucidité, je cherche à qui elle appartient. Celui qui m'apostrophe, me défie, se moque de mes raisonnements, ridiculise mes pensées, déclare être un assesseur de collège. Il a la quarantaine et assez de maladies pour mourir dans une heure, ce qui ne l'empêche pas de

---

1. L'affirmation quasi désespérée de la liberté ontologique est en soi progressiste, révolutionnaire, n'en déplaise aux commentateurs. Il suffit de lui opposer le pessimisme chagrin, le désespoir nauséeux d'un Cioran.

jurer qu'il a l'intention de vivre trente, quarante ans encore. Ni visage, ni apparence humaine, pas même un domicile, sauf ce sous-sol où il affirme croupir depuis quarante ans, c'est-à-dire depuis sa naissance. S'agirait-il d'une cave, d'un égout ? La voix résonne au-dedans de moi, tel un écho surgi des profondeurs, au point qu'il pourrait s'agir de ma propre voix assourdie, étouffée. Je reconnais les sarcasmes de ma haine, l'obscure violence de mes ressentiments. Je les reconnais moins dans leur expression que dans leur impuissance. C'est ma voix d'avant le langage, quand je restais blotti sous le piano, parmi l'aboiement des canons et les cris stridents de Mamatón ; ma voix d'en deçà l'articulation, alors que je me sentais être tout et rien.

« Oh ! si seulement je n'avais rien fait par paresse… Mon Dieu ! comme je me serais respecté ne serait-ce que parce que j'aurais été en état d'avoir en moi de la paresse justement ; il me semble qu'il y aurait eu en moi au moins une caractéristique positive… Question : qui est-ce ? Réponse : un paresseux… Ainsi donc, je suis positivement défini, il y a donc quelque chose à dire à mon sujet. »

Archaïque, d'une sauvagerie primitive, c'est la voix de mes contes, avant que les mères-grand et les nourrices n'aient tamisé les lumières, poncé les aspérités, adouci les dénouements. Prince, ogre, dragon, sorcière et loup, toutes les figures se mélangent. Elles n'en font qu'une, illisible et indéchiffrable. Pas de type, nul caractère, un homme informe et indéterminé, accroché à une liberté illimitée, vertigineuse, d'où n'importe quoi peut

267

surgir, le monstre et le saint, l'assassin et la victime. Une seule affirmation, dix, trente fois martelée : le refus de la nécessité, la haine du *es muss sein*.

« *On peut vouloir aussi contre son propre intérêt et parfois c'est* **positivement nécessaire** *(c'est ce que je pense).* »

Le vertige de la transgression, la volupté du crime et de la trahison : je les reconnaissais chez Mamita-Milady, je les trouvais chaque jour autour de moi. Ils faisaient ma vie depuis ma petite enfance. Ils constituaient l'enthousiasme du carnage guerrier que j'appelais guerre.

« *L'homme n'a besoin que d'un vouloir* **autonome**, *quel que soit le prix de cette indépendance et où qu'elle mène.* »

Ce prix, n'étais-je pas le mieux placé pour l'estimer ? Ne savais-je pas où menait ce désir forcené d'indépendance ?

« *Voyez-vous, la raison, messieurs, est une bonne chose, c'est indiscutable ; mais la raison n'est que la raison et ne satisfait que la capacité raisonnante de l'individu, alors que le vouloir est une manifestation de toute la vie de l'homme, y compris la raison…* »

Chaque mot, Fédor, s'enfonce dans ma poitrine.

Je les reçois comme autant de coups de poignard. Ils m'écorchent, ils arrachent mes nerfs.

Dans ce texte haletant, morbide et jubilatoire, tu es en train, sans que je puisse le comprendre, de baliser mon territoire.

19

Vingt ans plus tard, en 1970, l'illumination se produisit, brutale et décisive. Je venais d'échapper à la mort après deux longues opérations, je gisais sur un lit d'hôpital. (Bizarre, Fédia, une infirmerie en 1949, un hôpital en 1970, de l'une à l'autre l'écoulement d'un texte ravageur.) Une chaleur paisible engourdissait le paysage que la fenêtre encadrait : un enchevêtrement de toits coiffés de vieilles tuiles romaines, ces mêmes toits que je regardais, en 1942, depuis les chambres d'hôtel où j'attendais le retour de Mamita. Le passé contaminait le présent. Je m'abandonnais à un sentiment de gratitude. Je sentais monter dans mes veines et mes artères la sève de mon sang régénéré qui frappait à mes tempes.

Je regardais intensément les vieilles tuiles, un pan de ciel bleu par-dessus ; j'écoutais les voix du passé ; je me rappelais ce voyage irréel vers Paris, la blancheur de la nappe, dans le wagon-restaurant, le babillage de Mamita, le chapeau à voilette, posé de côté. Je me penchais au-dessus du Puits du Temps, quand les contes se forment dans les remous.

Soudain, le halètement de tes phrases retentit dans ma mémoire, l'hôpital devint l'infirmerie, les deux soleils de midi se rejoignirent.

« … je veux vivre tout à fait naturellement afin de satisfaire toute ma capacité de vivre et non pour satisfaire uniquement mon aptitude à raisonner, c'est-à-dire je ne sais quelle vingtième partie de mon aptitude à vivre. »

J'éprouvai un vertige. Je me rappelai tes propos :

« Maintenant j'écris un récit, mais c'est un malheur. Mon ami, la plus grande partie du mois, j'ai été malade, puis je me suis rétabli et jusqu'à présent je n'ai pas encore véritablement et convenablement retrouvé la santé. Mes nerfs sont délabrés, et je ne retrouve pas mes forces jusqu'à présent. **Toutes sortes de tourments** sont maintenant si pénibles que je ne veux pas les mentionner. Ma femme se meurt **littéralement**. Chaque jour il y a un moment où nous attendons sa mort. Ses souffrances sont terribles et trouvent en moi un écho, parce que… Écrire, ce n'est pas un travail mécanique et cependant j'écris, j'écris, le matin, mais je ne fais que commencer. Le récit a des longueurs. Parfois il me semble que ce sera une saleté, mais cependant j'écris fébrilement… »

Une saleté ? Certainement, Fédor, notre saleté commune, la saleté de tout homme. J'écoute ta voix, tout en poursuivant ce voyage ignoble et magnifique, qui m'excitait et m'éblouissait. Je regardais le train filer vers Paris et j'entendais la voix qui berçait mes peurs, endormait ma défiance. Je ne me posais aucune question, je renonçais à comprendre. « Ses souffrances… trouvent en moi un écho parce que… » Je sentais les phrases de Mamita s'enrouler doucement autour de mon cou. Soudain je suffoquai. J'eus juste le temps de penser qu'elle était en train de m'assassiner. Je vis son sourire.

J'avais déjà publié une dizaine de romans, je cédais encore à la facilité de l'histoire, aux conventions du personnage.

Je compris ce que ces masques de carnaval, les types, les caractères, tentaient de cacher et que ton homme du sous-sol révélait : notre saleté, la honte, les eaux putrides. J'entrevis dans un éclair la totalité du projet qui découlait de ton texte : concentrer l'attention sur le point d'impact, ainsi que le médecin légiste examine l'orifice d'entrée et de sortie de la balle ; ne point quitter ce trou des yeux. Rendre le son d'une seule voix qui, parce que vivante jusqu'au crime, les renfermerait toutes. Débarrasser le roman des anecdotes qui le polluent, l'adoucissent.

« *De par son ton, il est trop étrange ; et le ton est brusque et sauvage ; peut-être ne te plaira-t-il pas ; en conséquence, il faut que la poésie adoucisse l'ensemble et l'emporte.* »

De quelle poésie s'agit-il ? De la nouvelle qui illustre le texte d'introduction, d'abord baptisé chronique ? La fiction servirait ainsi d'adoucisseur, elle ferait passer la sauvagerie du réquisitoire. Elle agirait à l'instar d'un narcotique. Or de ces mensonges et de ces ruses, j'étais mort ; seule la brutalité de ton m'avait tiré de mon caveau. Pour continuer à vivre, j'avais besoin, non de fictions poétiques, qui adoucissent, mais de hurlements de panique transposés en une langue exacte et mesurée.

Pour trouver la force de les écrire, je devais te rejoindre dans le sous-sol, dans la pestilence du cadavre et dans la fièvre de tourments indicibles. Seulement là, dans ces profondeurs, la volonté de vivre engendrerait les existences multiples qui en constituent la manifestation visible. Je lirais les trahisons et les crimes à l'aune d'une vie encore indéterminée, grosse d'existences possibles. En déchiffrant un sourire monstrueux, je les lirais tous ; j'exprimerais toutes les vies pour peu que l'unique fût affirmée, portée de bout en bout par une énergie indomptable.

« *Bien entendu, c'est moi-même qui viens d'écrire ces paroles qui sont les vôtres. Cela vient aussi du sous-sol. Voilà quarante ans d'affilée que j'y guette par une fente vos paroles.* »

Aurais-je entendu tes propos, Fédor, si, dans cette explosion de l'espace romanesque, une profondeur insondable ne se dissimulait ?

« *Je mens, parce que je sais moi-même, comme deux fois deux, que ce n'est pas du tout le souterrain qui est meilleur, mais quelque chose de différent, de tout à fait différent, dont j'ai soif, mais que je n'arrive pas à trouver.* »

Souhaites-tu vraiment trouver, Fédia ? N'est-ce pas cette quête ardente qui constitue ta foi ?

« *Ce qui est terrible en mer, c'est de mourir de soif. Salez donc votre vérité afin qu'elle-même ne vous suffise pas.* »

Cette maxime de Nietzsche, tu ne cesses de la mettre en pratique, t'empressant de nier ce que tu viens d'affirmer.

« *Mais l'homme est libre, sacrebleu, libre, vous entendez ! Tout le long de l'Histoire il n'a cessé de mêler à*

272

toute chose, à tout événement, ce fantastique élément de
sa propre perdition… »

De cet élément fantastique de perdition, je suis,
Fédia, le produit. Engendré par la rencontre fortuite de la veulerie et du crime, je vis penché au-
dessus de mon abîme.

Je ne cesse depuis l'enfance de tomber de plus
en plus bas, jusqu'au fond du sous-sol.

*

Expliquer ce texte, ainsi qu'on le fait souvent,
par une passion polémique ou par la psychologie ;
un cas de maniaco-dépressif exemplaire, écrit
sans rire je ne sais plus quel préfacier, qui ne
manque évidemment pas de citer Freud, oubliant
que la littérature n'est pas un traité de psychiatrie
et que, autant que je m'en souvienne, elle existait
avant la naissance du docteur viennois ; qu'elle
s'était même montrée capable de créer un certain
Œdipe avant que les hystériques victoriennes ne
le réduisent en bouillie ; expliquer ce texte par
autre chose que par lui-même, c'est avouer qu'on
a oublié jusqu'au sens du mot littérature tel que
l'Occident l'a forgé par touches et corrections
successives au fil des siècles.

Non, le sous-sol ne relève ni de la psychanalyse
ni de la psychologie des profondeurs : il provient
du mouvement d'un style, ici souverain.

Ce que ce style révèle, c'est la largeur vertigineuse de l'homme. Il tire la leçon du bagne, des
années d'exil, de la frénésie du jeu, de l'ardente

volupté du désespoir. Il installe le Mal au cœur de l'homme, non comme une fatalité mais comme une manifestation de sa liberté. Il nie l'égoïsme rationnel.

Il va plus loin : il annonce que plus on parlera de fraternité, de liberté illimitée, plus on invoquera l'amour de l'humanité, et plus aussi le meurtre s'étendra, jusqu'au paroxysme[1].

Fonder l'homme sur la seule raison, c'est instituer la police universelle, car l'homme n'obéit pas qu'à la raison ; on devra donc le contraindre, le remodeler, le recréer — ce que ces enfants de noir vêtus, surgis de la forêt cambodgienne, entreprirent avec l'innocente cruauté de l'enfance.

Couché dans ce lit d'hôpital, à Marseille — là même où tout s'est, pour moi, noué et dénoué —, j'achève, Fédor, mes apprentissages littéraires. Je repasse dans ma tête tes leçons enfiévrées. Je relis mon destin énigmatique à la lumière impitoyable de tes textes ; je coule mes expériences et mes sentiments dans tes romans.

Le soleil décline, le ciel rougeoie ; dans le couloir, le silence se creuse. Une fois de plus, je me trouve au carrefour des chemins, entre le sommeil définitif et la rude aventure de la vie. Je saisis la main que tu me tends. Je l'avais saisie un matin de 1949, dans l'infirmerie du bagne, à Barcelone.

1. La littérature édifiante, en apparence généreuse, renferme en réalité la pire violence. Le style sulpicien, c'est la férocité de M. Thiers.

Je pleurais alors de bonheur, Fédia. J'étais une loque pourrissante et nauséabonde, et les larmes coulaient sur mes joues.

Aujourd'hui, tes phrases relient les années, elles fondent mon identité.

20

Qui mieux que toi, Fédor, a su décrire ces instants de crise où des pulsions, des désirs, des sentiments longtemps comprimés éclatent brusquement
en propos ou en actes *a priori* dépourvus de sens ?
Tes romans sont remplis de ces situations où les
nuages, qui se sont amassés depuis des jours et des
nuits, crèvent dans une lumière de crépuscule
zébrée d'éclairs. En ce sens, *Le Sous-Sol* constitue
le réservoir de ces énergies qui produiront les
meurtres, les viols, les incendies de tes romans
ultérieurs, depuis *Crime et Châtiment* jusqu'aux
Démons et aux *Frères Karamazov*.

« *Je sentais qu'ils pullulaient en moi, ces éléments
contraires. Je savais que toute ma vie ils avaient grouillé
en moi et cherchaient à se manifester au-dehors, mais
je les retenais, les retenais ferme, je faisais exprès de ne
pas les lâcher à l'extérieur. Ils me tourmentaient jusqu'à la honte, ils me conduisaient jusqu'aux convulsions.* »

Cette condensation d'un passé de solitude peuplée de rêves impuissants, de désirs trop vastes qui
se fixent sur leur objet avec une passion fréné-

tique, cette compression prépare l'éruption. De la même façon que la présentatrice du bulletin de la météorologie montre, sur l'écran, les dépressions qui, depuis le Pôle ou le Groenland, dévalent vers l'Europe, ainsi le moment de l'écriture aspire-t-il, chez toi, les creux du passé le plus lointain. Chaque page renvoie au cimetière des pauvres, accolé à l'hôpital où tu vis le jour, aux doléances de ton père, à ses déambulations d'histrion enivré de sa grandeur, à la voix de Job qui se lamente, à la solitude hébétée devant le spectacle de la décrépitude et de la vieillesse, aux lectures d'urgence et de survie, aux divagations dans le songe, à la mort de ta mère et aux beuveries de plus en plus violentes de ton père, au sublime schillérien de ta jeunesse lyrique, à une sentimentalité populiste qui travestit la mélancolie en compassion pour la misère, aux amitiés équivoques, littéralement fatales de Pétersbourg, à l'arrestation, au procès, aux minutes où tu demeuras au-delà de la mort, ni cadavre ni vivant, aux années de bagne et de déportation, à Marie... À ta maladie, enfin, qui te jette non seulement dans la prostration et l'hébétude, mais qui lève des orages de violence meurtrière, des houles de rage et de folie.

Tous les fantômes du passé t'entourent. Tu n'as rien oublié, ni un propos, ni un visage. Ce peuple innombrable des vivants et des morts, le roman le convoque et l'un des plus fins parmi tes exégètes a fait cette remarque que le mouvement en spirale de ton écriture ne cesse de brasser les mêmes figures, les mêmes situations[1], citant en exemple « *l'enfant précocement mûri, maladif et plein d'amour-propre* ».

Jacques Catteau se demande, lui, si tu n'aurais pas, derrière la diversité des anecdotes, si confuses parfois (je pense à *L'Idiot*, à *L'Adolescent*), derrière les masques de tes personnages, poursuivi la rédaction d'un unique roman.

Ce sentiment d'une totalité, tous les grands créateurs l'éprouvent, tantôt *avant*, alors qu'ils composent l'œuvre, ainsi de Proust ajustant avec une précision d'orfèvre chaque détail, tantôt *après*, dans le désordre apparent des livres déjà achevés, tel Balzac devant ses tableaux de la vie de province et de la ville qu'il pressent n'être que les panneaux d'une unique fresque, sans cependant saisir le nœud qui les attache. Si bien que la question de Catteau atteint au cœur même de ton travail, suggérant l'existence, derrière l'échafaudage des projets rêvés ou accomplis, d'un unique récit chaque fois recommencé.

Puisque l'unité secrète ne réside ni dans les figures ni dans les situations, elle ne saurait se dégager que du style qui est le contraire de ce que, avec force trémoussements et glapissements, affirment nos petits maîtres. Tout, sauf une broderie de la phrase.

*

1. « *Dostoïevski aime à revenir aux mêmes figures, à plusieurs reprises et à essayer sous différents angles les mêmes caractères ou situations* » (Dobroljubov).

Dire que ton style, dans ses bégaiements et ses répétitions, exprime ta personnalité, c'est rappeler que tout caractère se compose d'une mémoire qui le constitue. Plus de mémoire, plus de sujet. L'amnésie abolit l'identité. Se rappeler, c'est se maintenir.

L'échafaud, Fédor, t'a précipité dans le Puits du Temps. Tu écris sur l'ici depuis l'ailleurs, tu te raccroches avec d'autant plus d'obstination à l'actualité que tu l'observes de l'au-delà. Chaque événement devient allégorie, ce qui lui retire toute importance autre qu'eschatologique. Au sens propre, ton regard est méta-physique. Tout se joue pour toi en cet instant fugitif où, rouge/noir, pair/impair, le destin bascule. Roulette russe : on ne cesse de mourir et de renaître.

Les nuages qui obscurcissent ton horizon imitent les figures des forçats, ces natures trop larges qui ont choisi leur malheur, joui de la souffrance qu'ils dispensaient ; ces ciels d'encre traversés de nuées aux allures fantastiques contiennent les nuits de fièvre devant la roulette, les paris fous, les humiliations, la misère et les dettes. Ces tempêtes suspendues au-dessus de ta tête courent à la rencontre d'autres orages qui s'amoncellent à l'horizon, chargés de théories meurtrières, d'appels au crime, d'obscurs désirs de carnages et d'incendies. La folie d'un monde en désagrégation accourt des quatre coins de l'horizon à la rencontre de tes rêves déments. Du choc de ces masses énormes, chargées d'électricité, jaillit l'écriture tragique.

*

Depuis l'enfance, ces éléments contraires grouillaient pareillement en moi, non pas *jusqu'à* la honte, Fédor, mais *dans* la honte. Longtemps je n'avais pas eu à faire de grands efforts pour les retenir car, si je ressentais en moi leur fermentation, j'ignorais tout de cette cuisine mijotée dans les chaudrons des idéologies, cuite aux feux de l'Histoire. Je n'imaginais pas que « *la laideur des pères* » pût se saisir de l'Histoire pour assouvir ses ignobles passions.

Avec l'adolescence, ce bouillon des sorcières menaçait à tout instant de déborder, attisé par le feu des désirs également voués à la honte. La tension devenait intolérable, elle risquait de me désintégrer. Pour échapper à ce délire, il manquait le déclic, la chiquenaude qui précipite le destin.

*

Ton livre fut pour moi ce choc. J'avais atteint la limite. Il m'aurait suffi de fermer les yeux. La torpeur où je m'enlisais était douce, presque consolante. Je me coulais dans cette léthargie.

Ton texte provoqua un véritable électrochoc. Je compris que je ne voulais pas crever dans la soumission. Le mur de pierre se dressait devant moi, je ne réussirais pas à l'ébranler.

J'étais cependant libre de refuser de m'incliner.

21

J'avais lu tout le jour, la nuit descendait dans un brasier grandiose, je restais couché sur le dos, apparemment calme : j'avais mon air le plus sage et je n'étais pourtant plus le même. Entre l'aube et le crépuscule, j'avais basculé, franchi la frontière entre les pleurnicheries sentimentales d'*Humiliés et Offensés* et la violence déchaînée de tes *Démons*.

Assis sur le rebord du matelas, la tête inclinée, le *maestro* tirait sur son mégot, le buste secoué de spasmes, la poitrine déchirée par une toux de cacochyme. Je gardais les paupières baissées afin d'étouffer l'étincelle de mon regard.

Le *maestro* flairait pourtant quelque chose, m'observait à la dérobée, raclait sa gorge.

« Ça va ? » murmura-t-il de sa voix rauque.

Je fis oui de la tête.

Nouveau silence, bref coup d'œil, davantage inquiet.

« T'es sûr que tout va bien ? »

Battement imperceptible des paupières : « *Casse-toi donc, avorton de merde ! Fous-moi le camp, alcoolo de mes fesses… Minable, je suis un minable. Le seul type qui m'ait aidé, qui m'ait… »*

Il a fini par se lever, a hésité un moment, a posé sa main sur mon front, timidement.

« Faut reprendre des forces, mon gars. »

« J'vais pas chialer à cause de ce gros trou-du-cul! Tire-toi donc, va téter ta vinasse. »

*

La suite ne fut plus qu'anecdote, autant dire illustration de ma rage.

Un de nos camarades mourut dans des circonstances suspectes (en langage délicat : hémorragie massive consécutive à des pénétrations anales répétées). Il avait onze ans, on exposa son corps dans un cercueil ouvert, au centre de la cour. Des prêtres prononcèrent des homélies funèbres, les détenus défilèrent devant le catafalque, déposèrent chacun un baiser sur le front du mort. Dans ses voiles de deuil, la mère parut à une fenêtre, hurla avec une emphase pathétique :

« Vous l'avez tué! Vous avez tué mon petit! »

Tout à coup, la fureur me jeta hors des rangs, je me mis à proférer des insultes, à porter des accusations détaillées, je montrai du doigt le responsable, l'un des frères. Les kapos se ruèrent sur moi, me plaquèrent au sol, s'acharnèrent à coups de poing, de pied.

*

282

Une minute avant, j'ignorais ce que j'allais faire. Le couvercle venait de sauter sous la pression de tes phrases, qui brûlaient encore mon front.

Deux heures après, je recommençai dans la chapelle, cette fois de sang-froid. Je me dressai lentement au milieu de l'office, me retournai vers l'estrade, et, rempli d'une joie mauvaise, crachai ma haine en détachant chaque mot. Ils parlaient de charité, d'amour, ils osaient avancer vers l'autel mains jointes sur la poitrine, mais ils s'engraissaient du sang des plus misérables, ils humiliaient et frappaient des enfants, ils les affamaient, les exploitaient. Ils les tuaient salement. Hypocrites ! Tartufes !

Le mur ne s'écroulerait pas. Mais je flairai qu'une vague peur se répandait chez les frères, qui n'avaient pas non plus suffisamment de courage pour me tuer *publiquement*. Une panique obscure se mit à souffler sur le Centre.

Je me sentais vivant, Fédia, pleinement vivant. Je risquais à chaque minute de me faire rouer de coups, piétiner, écraser. Jamais pourtant je n'avais à ce degré éprouvé la volupté désespérée de l'existence, sa frénésie dionysiaque. Ayant accepté le risque de la mort, je me sentais invulnérable. Mon humanité écrasée, avilie, s'exaltait, aspirée dans une jubilation glorieuse. Je ne risquais plus rien, puisque j'avais tout perdu : « *l'ardente volupté du désespoir* ».

*

La nuit, à genoux près du box où le kapo dormait, je pensai encore à toi, frère, aux menaces du terrible major de la maison des morts, à ta crainte de passer, malgré ta condition de noble, sous les verges, angoisse à laquelle des neurologues attribuent tes premières crises d'épilepsie[1].

L'attente est en effet plus dure à supporter que le châtiment parce que la douleur, pour atroce qu'elle soit, abolit la pensée. Aussi frère Rouge, expert en tartuferies sadiques, s'arrangeait-il pour prolonger ce délai où le condamné, à genoux, les bras en croix, attendait, livré aux terreurs de son imagination. Lentement, le religieux inspectait le dortoir, passait entre les centaines de corps couchés tête-bêche sur des matelas étendus au sol; lentement, il éteignait les lumières; sans hâte, il examinait les verges, les courbait, les essayait; sans plus se presser, il faisait apporter le chevalet, appelait les kapos…

J'ôtai ma chemise, me couchai sur le ventre, serrai les dents; un kapo lia mes poignets, un second mes chevilles; je sentis sur mon dos l'ignoble caresse de la verge mouillée que frère Rouge faisait glisser sur ma peau avec toujours cette lenteur raffinée…

*

1. S'il fallait examiner chacun des événements qui, aux dires des uns et des autres, ont été cause de ta maladie, j'en ferais, Fédor, un roman.

Ainsi qu'au retour d'Orlov[1] dans l'infirmerie, mes camarades se relayèrent toute la nuit autour de moi, enduisaient d'huile mes plaies, me donnaient à boire, me tournaient et retournaient. Peu de mots. Une compassion rude. Quand les frissons de la fièvre m'agitaient, ils me retenaient pour arrêter mes convulsions.

Frère Rouge avait, en apparence, gagné la partie. En réalité, je le sentais ébranlé, et il feignait désormais de m'ignorer. Ce fut du reste l'attitude générale : le vide et le silence.

Je n'existais plus.

Seul le *maestro*, quand je pus enfin regagner la classe, se leva, me tendit la main. Il paraissait si ému qu'il n'arrivait pas à dissimuler ses tremblements, ni empêcher sa tête de dodeliner. Il voulait parler, il ne réussissait qu'à répéter :

« Miguel, Miguel... »

Je regagnai ma place, tout au fond. Je connaissais assez la cautèle et l'hypocrisie cléricales pour deviner que les choses n'en resteraient pas là. J'imaginais les conciliabules : comment faire mourir sans tuer ?

Ils trouvèrent, bien entendu, le moyen, d'ailleurs facile à découvrir. On vint me chercher un matin, on m'annonça que j'étais transféré dans la division C, celle des seize-dix-neuf ans, ce qui voulait dire que je travaillerais aux ateliers dix heures par jour : plus de classe, plus de livres, donc plus de vie.

---

1. Forçat dont Dostoïevski brosse le portrait dans *Récits de la maison des morts*. Orlov est une sorte de prince du crime, un aristocrate de la pègre, un monstre affranchi du remords.

*

À son tour, le *maestro* éclata. Il y avait trop long-temps qu'il baissait la tête, courbait la nuque, gardait le silence. Il avait désappris de parler, noyait ses échecs et ses ruminations dans l'alcool.

Pris d'un accès de folie, il marcha à grands pas vers le frère, se mit à l'agonir d'insultes.

« Taisez-vous donc, sale ivrogne ! Vous êtes saqué. Vous irez dormir sous les ponts ou moisir en prison, parmi vos pareils ! » fulmina le religieux.

Impossible de rien entendre aux hurlements du *maestro* qui se jeta sur le frère, l'attrapa par le col ; il le secouait, lui envoyait d'énormes crachats glaireux à la figure. Ce n'étaient pas des paroles qu'il proférait, ni même des insultes, c'était toute la révolte amassée au fil des ans.

Avec la même brusquerie qu'il s'était rué sur le frère, il s'arrêta soudain, tourna son regard autour de lui, l'air hagard. Ses yeux rougis tombèrent sur moi, ses traits se décomposèrent ; il fondit piteusement en sanglots ; il eut, enfin, ce geste d'une absurde et magnifique solennité : il retira son béret.

« Miguel… Ne lâche pas…. Ne lâche pas… Un homme… »

« … *ce n'est pas du tout le souterrain qui est meilleur, mais quelque chose de différent, de tout à fait différent, dont j'ai soif, mais que je n'arrive pas à trouver.* »

Je me jetai dans ses bras :

« Pardon, murmurai-je entre deux sanglots. Je vous demande pardon.

286

— Pardon ? balbutia le *maestro*. Pardon à moi… ? Je t'ai vu lire… Ça me rappelait ma jeunesse, quand je croyais encore. Tu m'as rendu la vie, tu comprends ? »

Et, soudain, dans un hurlement de panique extatique :

« Tu m'as rendu ma jeunesse, Miguel ! »

22

Je sors de tes romans. Je coule dans l'abrutisse-
ment, dans l'épuisement, dans le vide de la pensée. Je découvre l'existence animale, dépouillée
des mots qui font la vie.

Dans la division C, l'atmosphère était tout à fait
différente de celle régnant dans la B. En un sens,
tout me parut plus supportable, tant l'ordre y
était strict, la discipline impitoyable. Aucune bri-
made inutile, aucune de ces menues vexations
qui rendaient la vie si exaspérante à la B. Quelque
chose de froid, d'impassible.

Les détenus, entre seize et dix-neuf ans, ne se
faisaient plus aucune illusion. Ils savaient ce qui
les attendait. Ils n'avaient plus rien à perdre. Dans
leur attitude, dans leurs regards, dans leurs propos, il y avait une sorte de détermination résignée : « *C'est comme ça*, semblaient-ils dire. *Chacun
pour soi et que le meilleur crève.* »

Dès l'instant de mon arrivée, je fus frappé par
une lenteur terrible. Tout semblait se dérouler au
ralenti. On respirait, on touchait presque la violence, tapie dans chaque recoin, sans cesse à l'affût.

Par comparaison avec la B, ce qui frappait aussi, c'était le silence. Personne n'usait sa salive. Un mutisme hautain, dédaigneux.

En quelques secondes, on m'avait jaugé : j'étais un petit monsieur, ainsi qu'ils disaient. Ou bien encore : le Lord, mot qu'ils lâchaient avec l'accent catalan et un ricanement de mépris. Aucun ne prit même la peine de me poser une question : on savait déjà tout sur moi. Par gestes, on me montra ma place dans les rangs, mon matelas au dortoir. Puis on se désintéressa de moi.

À leurs yeux, j'étais cuit, fichu : je ne tiendrais pas longtemps aux polissoirs où l'on m'avait envoyé, des caves (si la vie de la majorité se passait réellement dans le sous-sol, Fédor ? si les églises et les palais n'étaient qu'illusion, mirage ?) remplies d'une poussière suffocante.

*

Après le couvre-feu, dans les camps, une vie secrète s'organise dans la baraque, une sorte d'intimité animale s'établit. Ici, pas même cette trêve. Le frère éteignait la lumière, le kapo de nuit s'installait, sa baguette entre les jambes. Interdit de parler, de se lever, d'aller aux toilettes sans autorisation du kapo.

«Ils nous tiennent à l'œil, même dans nos rêves», disaient mes compagnons, et c'était vrai : il arrivait que le kapo de nuit réveille à coups de trique l'un de nous, qui, dans le sommeil, se souvenait qu'il avait quelque chose entre les cuisses.

*

Le 29 juin 1949, entre seize et dix-sept heures, par une chaleur moite et caniculaire, je m'échappe de ton texte, m'enfuis plus loin encore, courant jusqu'à Sitgès à travers la montagne, ne m'arrêtant que pour reprendre haleine. Je me hâte de rejoindre le roman picaresque, autant dire mes origines. Mais la force de cette fuite, le courage de cette évasion, ils me viennent de toi, Fédor.

« Je n'aime pas l'Espagne, je déteste les Espagnols[1]. »

Tu reconnais cette musique, n'est-ce pas ? Tu subodores la provocation. Tu éprouves le ricanement d'une désillusion. Comment aimer ce qui vous a rejeté ?

Cette nuit-là, dans une grotte creusée dans la falaise qui surplombe la mer, entre Vallcarca et Sitgès, j'aimais l'Espagne, Fédia. J'en respirais l'odeur jusqu'au vertige. Je pleurais de gratitude.

Je venais de passer quatre ans, six mois et dix-huit jours dans ce bagne. Mille six cent cinquante jours et autant de nuits, près de quarante mille heures.

Je pressais la main de mon compagnon, nous contemplions les reflets de la lune sur la mer, nous écoutions son souffle tranquille. Je découvrais la liberté, je découvrais l'amour.

*

1. Première phrase du *Crime des pères*, aux Éditions du Seuil.

Aujourd'hui, lorsque je roule sur l'autoroute le long de cette côte, je me demande comment, dans l'état d'épuisement physique où j'étais, j'ai pu parcourir à pied une telle distance. Je pense alors à toi, frère, à ces lettres où tu dis en plaisantant que tu as sept vies, comme les chats. Je ne sais si je dois m'enorgueillir de ma résistance. J'ai tenu, jusqu'au bout j'ai tenu.

23

Deux, trois mois, j'habitai chez *Lazarillo de Tormes*[1], dormant sous un pont, au milieu des vignobles, vivant de mendicité. Pour que rien ne manquât au modèle littéraire, j'étais sous la coupe d'un homme haut et fort, d'une quarantaine d'années, l'air terrible, qui me surveillait alors que je sonnais aux portes des cuisines, à l'arrière des villas cossues. Bien que rude et sauvage, mon protecteur éprouvait pour moi une affection teintée d'indulgent mépris. Je ne valais pas grand-chose, j'étais trop timide, trop fier pour oser tendre la gamelle en larmoyant. La nuit, je n'étais pas une meilleure affaire, geignant dès que les caresses se précisaient. À quoi aurais-je pu lui servir? Il m'écoutait parler, nullement étonné. Nous sortions tous deux de la même débâcle, sauf que lui avait eu l'âge de se défendre, sans trop d'états d'âme, si j'en juge par ses rares confidences. Plu-

---

1. Premier des romans picaresques, modèle de tous ceux qui suivront, jusqu'au *Buscón* de Quevedo, jusqu'à *Gil Blas de Santillane*.

sieurs condamnations à mort pour assassinats
— lui disait, avec un rire féroce, *exécutions* —, il
vivait depuis dix ans dans son sous-sol, échappant
aux polices — tu n'as jamais été bien loin de moi,
Fédia. Il observait avec un rire mauvais les œillades
craintives des jeunes bourgeois, repérait leur
manège autour des toilettes pour hommes, sur les
quais des gares. Il fondait sur eux avec une rage
d'autant plus furieuse qu'il partageait leur faiblesse, et ne se le pardonnait pas. Il les traquait et
les débusquait dans leur sous-sol, les maintenait
sous une terreur voluptueuse, remportait sur leur
peur des victoires illusoires. Puis, assis devant le
feu que nous allumions à l'arrivée de la nuit, les
mains tendues au-dessus des flammes, il retrouvait
mystérieusement ta langue :

« Je sais que ce que je fais est ignoble, mais je ne
peux m'empêcher d'agir de la sorte… Tu comprends ça, toi ? »

*

En octobre, la campagne sentait les feux de sar-
ments, les fumées montaient droites dans une
atmosphère d'une sérénité douloureuse. La douceur de ces jours emplissait mes yeux de larmes.
Aujourd'hui encore, filant à travers la campagne,
autour du pic Saint-Loup, je respire, en octobre,
ce parfum, j'arrête aussitôt ma voiture, je m'écarte
pour pleurer.

*

Une boîte de conserve vide dans les mains, j'allais sur la plage de Villanova i Geltrú, alors un village de pêcheurs oublié, pour aider à tirer les barques sur le sable. Le jour pointait, la mer devenait d'un vert translucide.

Les pêcheurs avaient pitié de ma jeunesse ravagée, ils emplissaient ma boîte de sardines encore vivantes que nous faisions griller, mon compagnon et moi, puis mangions, dans notre tanière, sous le pont, saupoudrées de gros sel.

Ce n'était pas la terreur, Fédia, ni le fascisme contre lequel défilaient à Paris les nantis de l'esprit. C'était l'antique pays de misère et de famine, de violence et de douceur, avec ses paysages déchirants, ses hautes lumières. Un pays dur aux pauvres mais plein aussi d'une compassion millénaire. Peu d'idées, guère d'enthousiasme, ni cathédrales de lumières ni processions de torches dans la nuit ; les membres des jeunesses phalangistes bombaient des bustes étiques, exhibaient des genoux cagneux.

Des curés à ne savoir qu'en faire, des prêches et des processions, une rhétorique ampoulée, des uniformes. Tout ce que le pays, depuis des siècles, charriait de bigotisme et d'épopée illusoire. Une trivialité que Vazquez Montalbán a condensée en une image olfactive : le franquisme, a-t-il écrit, lui évoque la puanteur des chaussettes sales.

*

On s'habitue à tout, on redoute le changement, et je répugnais à m'éloigner de ce pont caché parmi des vignes et des figuiers. Je savais pourtant qu'à vivre terré de la sorte, la garde civile finirait par m'alpaguer. Mon personnage attirait l'attention ; je n'avais pas la tête de l'emploi. Je m'exprimais d'une voix trop douce, j'usais d'un vocabulaire trop choisi, j'affichais une politesse suspecte. Mon compagnon, qui connaissait toutes les galeries du sous-sol, me hissa de force dans un train de marchandises en partance pour Madrid. J'y étais né, m'expliqua-t-il, ma famille y était connue. Il serait facile à la police de vérifier mon récit. On m'enverrait peut-être dans un collège. Avec un peu de chance, on m'accorderait une bourse, qui sait ? Les bourgeois se tiennent entre eux. J'appartenais à leur monde, je parlais leur langue. Il me suffirait de ne mentir en rien, de tout avouer.

Non, ricana-t-il, ils ne me renverraient pas à Barcelone, sauf si je tombais sur un Catalan. Madrid aime et protège ses *gatos*.

*

Un bref séjour en prison, un centre pour indigents, Yeserías, où je faillis pour de bon laisser ma peau, peut-être par fatigue.

J'étais las de courir, Fédor. Je n'arrivais plus à me traîner.

Mon compagnon avait vu juste pourtant, j'appartenais à cette ville : des policiers, des juges, des prêtres s'agitaient dans les coulisses. La bizarrerie de mon destin les intriguait. Mes errances leur semblaient à la limite de la vraisemblance. L'un d'eux me confia que j'avais, à ses yeux, payé le prix fort. En 1949, la honte de l'impitoyable répression commençait à se faire sentir partout[1]. Même les vainqueurs aspiraient à une forme de réconciliation.

J'obtins la bourse, je partis pour l'Andalousie, vers Almería d'abord, Úbeda ensuite.

J'y arrivai au crépuscule, un soir de novembre de 1949, étourdi par la beauté du paysage et l'éclat de la lumière.

---

1. Gonzalo Figueroa, duc de Las Torres, murmurait avec épouvante : « *Ils ont été immondes. Jamais je n'avais imaginé qu'ils se montreraient d'une telle cruauté.* »

24

Je te retrouvai dans son regard, Fédor, dans sa voix sourde et voilée, dans son attitude voûtée, dans l'attention fiévreuse avec laquelle il écoutait mes propos. Il appartenait au versant lumineux de ton univers, celui de Tikhone, de Zossime, d'Aliocha, de ton Idiot.

Hormis Aliocha, d'où vient pourtant que tes figures de lumière paraissent moins convaincantes que tes monstres? Serait-ce, ainsi que Gide l'affirme, que la bonne littérature ne se fait pas avec de bons sentiments? Mais *Les Faux-Monnayeurs* constituent la preuve que les sentiments troubles ne suffisent pas davantage. La langue, une fois encore, renferme l'explication, tes personnages les plus purs sont des figures idéales, des chimères, quand tes criminels appartiennent à notre réalité souterraine. Nous voudrions *devenir* meilleurs, nous *sommes* immondes. Dans l'abjection, nous sommes forts de notre réalité cachée; dans le sublime, nous frôlons le ridicule de l'apesanteur.

Cet écart, à l'intérieur même de l'homme, justifie ton admiration pour Don Quichotte, seule figure vraiment noble que la littérature ait produite, mais en jouant sur son inexistence.

Le Chevalier à la Triste Figure est moins une personne qu'un livre vivant.

*

Le prêtre qui se penchait vers moi ce soir d'automne tranquille et lumineux était, lui aussi, habité par un texte. Dans mon premier roman, je l'ai appelé Pardo, alors que son véritable nom était Prados, Mariano Prados, natif de Séville.

Osseux, les pommettes hautes et saillantes, son visage avait cette pâleur translucide des phtisiques ; sous la peau tendue, on voyait le dessin du crâne ; derrière les verres des lunettes, le regard paraissait à la fois intense et flou. Tout son aspect conservait les stigmates de la maladie qui l'avait confiné cinq ans dans un sanatorium.

Son humeur fantasque, d'une brusquerie parfois violente, manifestait une nervosité inquiète et fébrile. Souvent enroué, des quintes de toux sèches et brèves, en rafales, l'immobilisaient brusquement. Des fines gouttelettes de sueur perlaient alors à son front haut et vaste. Il portait, bien entendu, la soutane, usée, rapiécée, il était toujours coiffé de la barrette à trois cornes.

Zossime, certes, sauf que la spiritualité du père Prados était marquée au sceau de l'esprit de la Compagnie de Jésus, qui ne sépare jamais l'action de la contemplation. Ses questions portaient rarement sur des états d'âme, des scrupules, des doutes et des objections qu'il balayait d'un geste

bref, ainsi qu'on écarte une mouche. Il s'inquié-
tait d'abord de ce qu'on pouvait et voulait *faire*.

Dès notre premier entretien, il devina que le
chaos où je vivais finirait par tout emporter si je n'y
mettais bon ordre. Il prit sur lui de m'accorder
une heure par jour pour tenter de m'aider à
reconstituer un récit. Il lui semblait d'abord essentiel de me rendre une histoire où je pusse me
poser. Il s'interdisait de combler les lacunes ou de
rectifier les erreurs : il accordait leur place aux
incertitudes, aux doutes, aux inventions mêmes,
dont il pressentait la nécessité.

C'était un jésuite d'avant le concile Vatican II,
d'une foi intègre et dure. Rien du prêtre ouvert
au mouvement. Fermé, au contraire, vertical, avec
des opinions politiques définitives : « Dieu et
le Caudillo, sauveur de l'Espagne ! » Il haïssait le
communisme, méprisait les socialistes, vouait aux
francs-maçons une défiance rancunière. Quant
au mot Juif, il allumait en lui des bûchers sécu-
laires.

Mais il recueillait les orphelins des vaincus, les
éduquait, les aimait. En cette attitude, il n'eût pas
perçu la moindre contradiction. Sa foi s'appuyait
sur la charité, qui lui faisait un commandement
d'aimer ses ennemis. Il était de ceux, Fédia, qui
ressentent une idée.

Encore cet amour et cette charité active
n'avaient-ils rien de gratuit, car il lui semblait aller
de soi que sa mission consistait à dispenser un
enseignement chrétien, teinté d'un nationalisme
issu de l'esprit de la Reconquête. L'idée de respec-
ter une hypothétique liberté de conscience, une

telle suggestion lui eût paru pis qu'incongrue, hérétique. Une de ces concessions néfastes à l'esprit de la Révolution française, source de tous les maux. Il était de son devoir de nous former dans le national-syndicalisme, qui se résorbait dans le catholicisme.

Ainsi qu'il arrive souvent, les opinions politiques du père Prados s'accommodaient, dans la vie pratique, d'une générosité ouverte, d'une libéralité qui en effaçaient les aspérités. Je me suis souvent demandé si cette doctrine tranchée à laquelle il s'accrochait ne dissimulait pas une crainte obscure de se déliter. Il bandait sa pensée pour maintenir sa cohésion, menacée par la faiblesse d'un cœur trop vulnérable. Ce raidissement, je l'ai souvent observé chez des hommes de droite, crispés sur leur identité ; tout comme j'ai remarqué, chez bien des hommes de gauche, un sentimentalisme humanitaire qui cache en réalité une aridité du sentiment, une lésinerie du cœur.

*

Je n'ai, Fédor, accordé à personne l'abandon et la confiance que je donnai d'instinct à cet homme qui, de son côté, se coulait pour ainsi dire dans ma personnalité, s'y fondait. Des heures, nous restions ainsi, nos fronts se touchant presque, soudés dans un murmure unique, qui mêlait nos voix.

*

Ces longs tête-à-tête n'empêchaient pas le bilan pédagogique, établi avec une rigueur exemplaire. J'étais rempli de connaissances disparates — géographie, histoire, littérature, français, italien… —, troué d'ignorances vertigineuses — latin, grec, mathématiques. Aussi le programme fut-il vite établi : dispense pour les matières où je dépassais la moyenne, répétitions forcenées pour les autres. Cinq heures de latin par jour, trois de grec, à marches forcées. Je bus Horace et Cicéron, Homère et Thucydide, jusqu'à la nausée. Je dus apprendre par cœur les *Catilinaires* où le père Prados voyait le sommet de l'éloquence, je récitais les *Tristes* d'Ovide, ces chants de l'exil. Étaient-ce des lectures ?

Je goûtais une ivresse nouvelle, plus aride mais aussi plus subtile : je succombais à la passion d'apprendre.

*

Ma santé se ressentait de l'épuisant voyage que j'avais fait de 1936 à 1949. Les médecins craignaient une tuberculose pulmonaire, ce qui restait la hantise du père Prados. Je dus faire des séjours fréquents à l'infirmerie où, chaque soir, il venait me rejoindre. Assis à mon chevet, il restait plusieurs heures à bavarder, d'abord de sa passion : l'histoire de la Russie, jusqu'à la révolution de 1917.

Sa voix levait des images d'une puissance terrifiante : les caves et les galeries du Kremlin, les complots et les assassinats, les intrigues et les cabales, les révoltes des boyards, les répressions impitoyables, les cauchemars du crime et du soupçon, la folie d'Ivan et l'épouvante des innocents, étranglés dans leur sommeil.

J'admire, sans le savoir, les tableaux de Karamzine, tels que tu les contemplais dans ton enfance. J'écoute le chant des *Chroniques initiales*, rédigées dans ces monastères où, enfant, tu te rendais en pèlerinage avec ta mère.

*

N'est-il pas étrange, Fédor, que cet homme à qui je dois tant, peut-être même d'avoir survécu, ne trouves-tu pas fantastique que son érudition fût remplie des événements dont ton enfance rêvait? que sa voix sourde, courbée au-dessus de mon lit, peignît les fresques, aux couleurs éblouissantes, qui s'offraient à tes yeux d'enfant émerveillé? que la phrase eût l'ampleur de celle de Karamzine pour évoquer les intrigues et les poisons, les strangulations et les complots, mais aussi l'éclat des victoires sur les Tartares et les Turcs, les chants d'exultation, la musique des cloches au-dessus des plaines ponctuées de bouleaux frissonnants? N'est-il pas troublant que la passion du père fût celle de cette terre que tu m'avais appris à aimer?

Je m'abandonne au souvenir, Fédia. Je coule dans le Temps. Je te rejoins dans tes pèlerinages aux sanctuaires de Kiev, je lève avec toi mon regard vers l'iconostase.

« *Chacun de nous est coupable de tout devant tous.* »

Cette mystérieuse communion, dans le crime et dans la sainteté, dans le viol et la chasteté de l'amour, tu l'éprouvais dans ces faits ordinaires que tu puisais dans la presse. Or, à cause justement de leur caractère extraordinaire et cependant réel, tu les collectionnais, déchiffrant, à travers eux, un texte caché derrière la banalité. La réalité des apparences en dissimulait une autre, véridique, lumineuse.

À cette réalité vraie, donc surnaturelle, le père Prados appartenait. Il me semble aujourd'hui évident que sa passion historique devait le conduire vers cette Russie où, avec toi, avec Tchékov et Gogol, avec Lermontov et Tolstoï, avec Pouchkine, jusqu'aux contemporains, je pénétrais le mystère de mon destin[1]. Cette affinité secrète explique notre complicité foudroyante.

Je reconnus le père au premier regard, ainsi que je t'avais reconnu en ouvrant *Récits de la maison des morts*.

Hasard est un mot de paresse.

*

1. Pour mieux vous entendre, pour percevoir votre souffle, je demandai à mon oncle Stéphane qui, pour mon deuxième bac, me laissait le choix d'un cadeau, des leçons particulières de russe. Durant quatre ans, une Russe blanche hautaine m'enseigna, avec dégoût, les rudiments de ta langue : son écœurement résultait du fait que le manuel, soviétique, était truffé de mots dont, avec assurance, elle jurait qu'ils n'appartenaient pas à sa langue...

Le père Prados lisait l'histoire de l'Espagne à la lumière dorée de celle de la Russie, établissant ce parallèle, si facile à concevoir, d'un identique destin pour des nations situées aux deux extrémités du continent, l'une, à l'Est, dressant contre l'Asie le rempart de sa foi, la seconde, au Sud, contenant et repoussant l'Islam. Dans les deux cas, la Croix arrêtait l'assaut de l'infidèle, maintenait l'Europe dans son intégrité chrétienne.

Cette métaphore spirituelle, Soljénitsyne la reprendra lors d'une visite en Espagne — c'était après la mort de Franco —, provoquant le scandale qu'on imagine. Car il s'agit d'une lecture exclusivement chrétienne de l'Europe, qui écarte la Grèce, Rome, les Celtes, les Goths et les Wisigoths, l'Islam. Elle confond le politique avec le religieux.

25

J'ai tant aimé le père Prados, j'avais tant besoin d'un modèle d'homme auquel m'identifier, qu'il m'en coûte de le critiquer. Je t'ai plus encore aimé, Fédor, et il se peut que je meure avec, dans l'esprit, l'écho assourdi de ta voix qui accompagne ma pensée, le rythme de sa scansion haletante. Pourtant, je dois dire, avant que la vieillesse me submerge et noie mon intelligence, que le glissement que tant le père que toi-même faisiez du spirituel vers le politique, ce dérapage me révulse.

J'ignore comment le père (il avait commencé par étudier la médecine) en était venu à se délecter de cette décoction répugnante, mélange d'herbes vénéneuses cueillies dans le versant obscur du conservatisme et de fleurs mystiques ramassées autour d'Avila et de Salamanque. Je ne sais comment un esprit si large et si pénétrant en arriva à bouillir cette tisane infâme.

Ce qui m'échappe chez lui, je le connais chez toi, Fédia, t'ayant suivi, mot à mot, depuis ta petite enfance jusqu'à l'instant de ta mort. Je puis donc dater ta glissade.

Elle débute en ces jours où, assistant, à Genève, aux séances du congrès de la Paix, tu sortis horrifié par les inepties criminelles que tu venais d'entendre.

« Nous croyons que notre programme est la vérité et que tous ceux qui l'auront adopté seront heureux. Voilà pourquoi nous nous décidons pour le sang, car c'est au prix du sang que s'achète le bonheur. »

La sottise n'a jamais été une exclusivité des conservateurs.

Repassant dans ton esprit les déclamations et les menaces que tu viens d'entendre proférer à la tribune, saluées chaque fois par des ovations et des applaudissements hystériques, tu te persuades que les révolutionnaires veulent la mort de la Russie, la mort de l'Art, la fin de la Beauté idéale (c'est tout un pour toi). N'affirment-ils pas, ces radicaux de l'Idée, qu'une charrette de blé est plus utile que tous les chefs-d'œuvre de la chapelle Sixtine, et qu'il convient donc de brûler ces peintures ?

*

Peut-être est-ce dans ce roman touffu, *Les Démons*, trop lent à démarrer, gorgé de personnages reliés les uns aux autres par des attaches trop lâches, peut-être est-ce dans ce livre étouffant, aux lumières contrastées, qu'on mesure le mieux l'écart entre le poète et le croyant.

Tu te montres visionnaire et prophétique, tu déroules devant nous le film de ce que sera notre siècle, avec ses carnages rationnels et organisés de façon méthodique. Tu nous révèles la religiosité contenue dans l'athéisme militant, la tyrannie d'une raison qui prétend contraindre la liberté, le despotisme des déterminismes. Dépassant le pamphlet, tu plonges dans le cratère où le totalitarisme bouillonne, tu contemples son éruption violente, tu assistes à l'écoulement de la lave qui recouvre villes et campagnes ; tu peins le nuage de cendres, le ciel obscurci, la panique des hommes courant dans les ténèbres.

As-tu jamais été plus grand, Fédia, qu'en ces mois de fièvre visionnaire, quand l'Apocalypse foudroie ton esprit ? As-tu créé un personnage plus séduisant et plus monstrueux que Stavroguine, reflet du beau Spechnev ?

L'ami adoré autant que redouté revient habiter ta mémoire. Tu te souviens de sa passion pour les sociétés secrètes dont il avait étudié à Dresde la genèse et le rôle ; tu te rappelles son goût des complots et des intrigues ; tu n'oublies pas que tu fus membre de la secte qu'il créa à Pétersbourg et tu sais trop bien que tu ne fus pas envoyé au bagne pour avoir *seulement* lu la lettre de Biélinski à Gogol, mais pour avoir trempé dans les cabales que Spechnev tissait autour de Dourov, de son imprimerie clandestine où devaient être fabriqués des tracts appelant à l'insurrection et au régicide. Quand donc tu écriras dans *Journal d'un écrivain* que tu aurais pu devenir netchéviste, autant dire un terroriste actif, tu avoues la vérité : tu aurais accompli tout ce que Spechnev t'aurait ordonné de faire. L'esprit tapi dans ton sous-sol l'implorait de t'écraser et de te piétiner. Dans sa beauté indifférente et lasse, tu vénérais ta chute.

Or que racontent *Les Démons* sinon la chronique, en apparence confuse, d'une petite ville de province qu'un groupe de fanatiques va mettre à feu et à sang, avec la complicité aimable et souriante d'une élite ennuyée, libérale par épuisement ? C'est ce ressort qui, des limbes où il se cachait dans le projet initial, va propulser Stavroguine au premier plan. Car tous les membres du petit groupe des terroristes sont bel et bien *possédés* par le beau Stavroguine, Lucifer de qui tous les démons descendent.

N'était-il pas inévitable qu'il vînt au-devant de la scène, celui qui, dans ton cœur, tirait les ficelles des Dourov et consorts ? Tu n'oses d'ailleurs l'éclairer de face, ce Spechnev-Stavroguine, mais toujours de biais, par ce qu'on raconte de lui, par ses actions excentriques ou incongrues, par sa confession terrible, enfin. Si effroyable que la censure refusa son visa et que le roman parut amputé de cette partie qui pourtant éclaire l'ensemble.

Impassible et taciturne, Spechnev se complaisait dans le mystère. Ses yeux gris voilés d'une douce tristesse réfléchissaient ton propre vertige. Il savait de quelle nature était l'ascendant qu'il exerçait sur toi.

*

Le diagnostic de l'artiste est d'une justesse saisissante, la vision se révèle prophétique. Tu as dépeint, Fédia, non pas l'avenir de la Russie, mais notre passé (déjà) à tous, notre présent pour des générations à naître. Existe-t-il beaucoup de livres qui contiennent et résument plusieurs siècles ?

Kundera a raison de faire sortir son tankiste larmoyant des pages de ton roman. Il s'échappe des *Démons* en effet, avec ces commandants SS amateurs de valses viennoises, d'opérettes sentimentales.

Ce génie visuel et prophétique ne te suffit pourtant pas, Fédor. Tu souhaites devenir davantage et mieux qu'un artiste, tu te fais thaumaturge. Tu succombes à la tentation des artistes, notamment des écrivains : le pouvoir, ses séductions pernicieuses.

*

C'est à ce moment (tu viens de rentrer en Russie après une absence de plusieurs années, tu ressens les premières fatigues de l'âge, tu éprouves les essoufflements de l'emphysème qui t'emportera), c'est à ce moment que la glissade se précipite.

Anna te pousse plus qu'elle ne te freine. Pieuse, bornée, sage et prévoyante, elle traduit ton mysticisme dans le seul langage qu'elle connaisse, celui de la dévotion. Elle t'entoure de popes, d'historiens de la religion, de bigots savants ou ignares.

Se trompe-t-elle ? Oui et non. Non, parce que ta réaction d'indignation et d'épouvante te rejette à ton insu vers le pire conservatisme ; oui, parce que, malgré les apparences, Biélinski et son rationalisme strict continuent de vivre en toi.

*

Des raisons littéraires achèvent de t'engluer. Tu entres en pourparlers au sujet du nouveau roman que tu projettes d'écrire ; le directeur de la première revue du pays tergiverse avant de te verser les deux cent cinquante roubles par page d'imprimerie que tu demandes. Tu sembles désemparé, sonné par ce refus. Tu viens d'aligner des chefs-d'œuvre, tu pourrais te montrer assuré de ton talent : te voici incertain, rejeté dans ton humilité première. Tu t'aperçois avec amertume de ta situation excentrique dans les lettres russes. Le coup décisif t'arrive lorsque tu apprends le véritable motif des atermoiements de l'éditeur : quand il a entamé ses négociations avec toi, il possédait déjà les droits d'un roman du comte Tolstoï, *Anna Karénine*, qu'il a payé cinq cents roubles par page, exactement le double.

En ton for intérieur, tu sais, Fédia, que, n'en déplaise à tous les Nabokov et autres petits maîtres du détail vrai, tu es le véritable réaliste, le peintre de la société nouvelle. Tu éprouves la certitude de montrer le monde en gestation. Il n'empêche : la majorité des lecteurs préfère ce que tu appelles le mirage, la nostalgie d'une société achevée, ordonnée, aux contours nets. Le rêve d'une harmonie évanouie.

Le comte Tolstoï est riche, il négocie en position de force. En ce moment, tu as, toi, besoin d'argent ; à ton âge, après tant d'années de travail, tu répugnes à tendre la main. Ton humilité ne te protège pas contre l'humiliation.

Bizarrement — tu affectionnes l'adjectif et l'adverbe, qui suggèrent le mystère —, le secours te vient, en ces heures de découragement, du premier lecteur, enthousiaste, des *Pauvres Gens*, du compagnon de ta jeunesse, de celui qui te conduisit chez Biélinski, de Nékrassov.

Fidèle à ses opinions libérales et réformistes, il dirige une revue progressiste où il propose de t'éditer. Il ne discute pas ton prix.

Quel signe ironique, n'est-il pas vrai ? Des signes, ironiques ou tragiques, le destin ne va pas arrêter de t'en faire.

Tu sens le comique de la situation. À ton retour d'Europe, tu as accepté, mieux : *tu t'es proposé* pour assumer la rédaction en chef d'une revue ouvertement réactionnaire, dirigée par un prince qui se pique d'écrire. Tu as polémiqué avec Nékrassov et ses collaborateurs, qui te font, certes, bon accueil, mais ne te regardent pas moins d'un sale œil. Tu es un renégat. Tes amitiés nouvelles excèdent les amis de Nékrassov, qui ne te pardonnent ni *Les Démons* (ça se comprend), ni *Le Sous-Sol* (ce qui est idiot).

Au fond, tu demeures ce que tu as toujours été depuis ta jeunesse, un déclassé, un marginal. Tu n'appartiens à personne et aucun parti ne se reconnaît en toi. Après ta mort, l'un des collaborateurs de Nékrassov écrira à Tolstoï une lettre sur toi, sur ton caractère, sur tes vices, sur tes perversions, lettre qu'on n'ose même pas toucher avec des pincettes. Elle témoigne de la haine que tu inspires à beaucoup. On ne s'en prend pas à tes idées, on ne critique pas tes livres : on vise ta personne, on t'accuse des pires infamies.

*

Ce rôle de gourou, de directeur de conscience de la jeunesse, tu ne parviens pas à t'en défaire. Tu vaticines, tu énonces stupidité sur ânerie, tu gesticules, juché sur un trépied. De cette intuition si forte et si puissante sur le plan artistique, la communion universelle dans le crime comme dans l'héroïsme, tu en arrives à la communion universelle dans le Christ russe. Tout finira dans l'apothéose du discours à Pouchkine, qui suscite les applaudissements frénétiques de la jeunesse[1]. Même ton vieil adversaire, Tourguéniev, t'embrasse avec effusion. On pose sur ta tête une couronne de laurier.

Cette hystérie mystico-patriotique justifie l'éloignement de Kundera. On éprouve une vague nausée devant ces pleurnicheries russes, remplies de menaces à peine voilées contre les Turcs, les Polonais et autres infidèles.

Vas-tu finir, ainsi que Gogol et Tolstoï, par tuer l'artiste en toi ? par tourner au prédicateur inspiré ? La vieillesse qui approche te mettra-t-elle à genoux ? Serais-tu devenu ce bigot larmoyant, cet impérialiste du Christ russe, ce nationaliste enragé ?

1. Les enthousiasmes de la jeunesse devraient toujours susciter la défiance. C'est à elle, de Hitler à Mao, de Franco à Staline, que les totalitarismes en appellent; elle encore qui, fanatisée, massacre dans la joie. Toute démagogie commence par une célébration de la jeunesse.

Dans ce *Journal d'un écrivain* que tu édites toi-même — avec un prodigieux succès — et où tu parles de tout et de rien, le plus souvent du pire, hélas, un diamant soudain scintille.

Le romancier s'empare d'un fait divers minuscule, à la fois fantastique et réel : le suicide d'une jeune fille qui s'est jetée dans le vide en serrant une icône contre sa poitrine. L'image te frappe, t'émeut. Tu trouves, écris-tu, une *« étrange douceur »* dans ce geste ultime, étreindre une icône dans la mort.

Ce sera donc *La Douce*. Comme souvent chez toi, le suicide devient un crime, raconté par bribes, en une longue déambulation autour du cadavre posé sur la table, par celui qui l'a *provoqué*, le mari, un homme du sous-sol. Son ton haletant ; ses propos confus ; sa démarche lente et lourde : une fois de plus, tu réussis, partant d'une image apparemment banale, à lever des profondeurs les ambiguïtés et les moiteurs du vertige. Éclairée par la confession décousue du mari qui feignait de haïr pour dominer, qui se faisait dur et cassant pour éprouver sa puissance, qui tyrannisait pour se donner l'illusion d'exister, qui, enfin, n'a pu dire son amour qu'une fois son meurtre accompli — le rejet et l'éloignement de la victime, offensée dans sa dignité, humiliée et révoltée —, éclairée par ce monologue fiévreux, la Douce prend un relief saisissant. Elle devient une figure d'une puissance inoubliable. Antigone de l'abjection conjugale, elle a choisi la mort pour échapper à l'abaissement.

Rarement ton style expressionniste aura atteint un tel degré d'incandescence. On ressent la confusion des pensées, on éprouve l'incohérence des souvenirs, on voit l'incertitude de la mémoire éclatée, on entend les suffocations de la douleur stupéfaite. On gémit sous le poids de ce gros corps qui ne cesse d'aller et venir, martelant le plancher d'un pas obsédant. On va, on vient avec lui, au bord de la folie. On tente de rassembler son attention, de bander la pensée, qui s'échappe. On frôle l'abîme, on étouffe le hurlement de panique.

*

Bien entendu, on se pose la question : comment, au milieu de tes agitations de pythie, ce chef-d'œuvre absolu a-t-il jailli ? Il y a le fait divers, certes, mais il ne renferme ni ne suggère rien de ce que ton texte évoque, sauf… cette idée de *« douceur dans la mort »*, étrange, saugrenue.

Qui donc as-tu vu, senti mourir avec cette résignation douce et pieuse pour que cet incident relevé dans la presse devienne un nouveau signe du destin ?

Tu retournes, Fédia, à cet hôpital Marie où tu naquis, tu écoutes, par l'entrebâillement de la porte, le doux murmure de ta mère, qui, entre deux quintes de toux, marmonne ses prières ; avec haine et terreur, tu regardes ton père aller et venir à travers la salle, martelant le plancher de sa démarche pesante, tu l'écoutes énumérer ses griefs, ressasser ses soupçons, gémir sur sa pauvreté, se lamenter de votre ingratitude. La laideur morale de ce tableau t'emplit de dégoût. Tu comprends qu'acculée à la mort par ce délire hideux, ta mère s'accroche de son regard brûlé de fièvre aux icônes qui tapissent le mur de sa chambre. Tu assistes, impuissant, à cet assassinat sournois et larmoyant. Tu sens le fiel de la haine remonter dans ta bouche. Tu voudrais te jeter sur ce fou, arrêter son réquisitoire ignoble, l'étrangler… Tu vas tomber, tu vas t'évanouir, tu vas te précipiter dans la nuit de la conscience.

Je frémis de gratitude, Fédor, parce que ta rhétorique dévote et impérialiste ne t'empêche pas d'entendre tes voix du sous-sol. Dans ton égarement, tu restes l'artiste incomparable.

Jacques Catteau voit juste quand il suggère que tu n'as écrit qu'un unique roman, toujours recommencé ; Pierre Pascal ne se trompe pas en définissant toute ton œuvre comme une autobiographie déguisée ; Motchoulski, malgré son mysticisme, a raison d'écrire que ton œuvre compose une biographie spirituelle ; Bakhtine n'a que trop bien distingué les jeux de rôle, les dédoublements dialectiques de tes personnages, la structure dialoguée de tes livres. Le mot carnavalesque rend compte de la même théâtralisation.

Anna se trompe lorsqu'elle te croit rangé, converti. Tu fréquentes les salons bien-pensants, tu prodigues tes conseils au futur tsar, tu es devenu l'ami de l'un des membres du saint-synode. Tu apparais comme l'un des piliers du pire conservatisme.

La sagesse et la prudence d'Ania (ainsi l'appelles-tu dans ta correspondance, d'une violence amoureuse intacte après tant d'années), sa prévoyance t'assurent une petite aisance. À Ems, où tu soignes l'emphysème dont tu sais et répètes qu'il te tuera, tu as l'air d'un bourgeois tranquille, d'un curiste paisible. Mais il ne faut pas se fier aux apparences, tu nous l'as appris toi-même. Voici que, de retour dans ta petite maison de campagne, tu arrêtes ton *Journal d'un écrivain*, tu prends, avec une ironie douce, congé de tes lecteurs. Tu replonges dans tes notes, sentant que l'*impression-force* gravée dans ton cœur de poète atteint sa maturité et que l'heure de l'artiste a sonné. C'est ton ultime rendez-vous avec cette scène intérieure où tu projettes tes angoisses, tes souvenirs, tes enthousiasmes. Tu veux retrouver, dis-tu, des enfants. Tu interroges des pédagogues, des maîtres ; tu visites des orphelinats, des centres de redressement. Tu parles avec de jeunes délinquants.

Toute la nuit, tu remplis de notes tes cahiers de brouillon, tu rédiges des bouts de dialogues, tu griffonnes des idées. Tu imagines un enfant de onze ans, Ilioucha, complice d'un crime. L'innocence elle-même aurait donc son sous-sol ?

Le matin, tu te couches, tu dors. Tu respectes la routine que tu as toujours observée. Alors que tes livres sont remplis d'une confusion terrible, ton existence a toujours été réglée. Rien de plus éloigné de toi que le genre artiste, le débraillé. Même aux époques de misère et de famine, tu prenais soin de ton apparence, tu brossais ta redingote.

Tes promenades quotidiennes empruntent elles aussi le même itinéraire invariable.

Tu as bu ton thé, lu tes journaux, dicté à Anna tes gribouillages nocturnes. Tu as besoin de déclamer ton texte en arpentant la pièce et tu modifies une scène ou un passage selon la réaction de ta femme. Parfois, vous discutez de l'intrigue, ou d'un personnage. Ainsi lui racontes-tu l'histoire de ces enfants, celle de l'idiot, c'est comme ça que tu l'appelles d'abord. Tu voudrais éclairer la figure de ton starets, Zossime, et, pour cela, visiter des monastères.

De la Douce, morte en serrant contre sa poitrine une icône, aux pèlerinages de ton enfance, tu remontes le temps. Tu as éclairé le crime de la tyrannie familiale. Tu as compté les pas de l'assassin qui tourne autour du cadavre avec la lenteur et la lourdeur de ton père quand il déambulait en s'attendrissant sur lui-même. Comment ne retrouverais-tu pas, naturellement, le visage d'un enfant précocement mûri, ayant réfléchi à sa vie, qui souffre de la laideur morale de ce père et qui, dans ses rêves… ? Tu tiens les fils de la tapisserie. Tu reprends le mouvement de l'unique récit, sans cesse recommencé. Tu t'installes dans le texte qui t'a écrit, tu le dévides.

Parfois, ton regard s'attarde sur Alexis, ton plus jeune fils, âgé de trois ans. Tu l'appelles Aliocha, Lioucha, tu le prends sur tes genoux, tu lui souris… Quel lien entre ce petit Aliocha dont le crâne a une forme si bizarre et les mots qui te portent ? Où s'arrête la réalité, où commence la littérature ? On voudrait les séparer, biographie

d'une part, roman de l'autre. Mais si le second
précédait la première, s'il la créait et la révélait à
elle-même? Si, chez l'homme, l'existence ne se
faisait vie que par la langue?

Et le Verbe s'est fait chair.

26

Immobile, la nuit s'alourdit du parfum nauséeux des raffineries d'huile d'olive disséminées dans tout le pays. Je suis au fond de mon lit, à Baeza, et le roulement incessant des tambours m'arrive, assourdi par la distance, tam-tam lancinant qui rythme la marche des pénitents et des flagellants.

Il y a plus de quarante ans, depuis mon étroite cellule du collège, ouverte sur la campagne, avec ses oliveraies qui moutonnent jusqu'à Jaén, ses montagnes aux arêtes dures, j'entendais ces mêmes roulements obsédants. Leur écho retentit dans *Gérardo Laïn*, livre que j'écrivis en même temps que *Tanguy*. Ils n'en formaient du reste qu'un, sous un titre emphatique, *Nous voulions pourtant vivre*, qui suggère cette lutte acharnée que je m'étonne toujours d'avoir eu la force de soutenir.

J'ai accepté d'accompagner Renée, une amie tendre et lucide, à Rieucros d'abord, à Barcelone ensuite, ici, à Úbeda pour finir. Je la suivrai à Huesca, remontant avec elle le temps. Avec son équipe de FR3 Midi-Pyrénées, nous avons tourné dans la chambre même que j'occupais en 1949-1950, devant la petite table surmontée d'une double étagère, la fenêtre encadrant la sierra. Assis sur cette chaise inconfortable, je passais une partie de mes nuits à rédiger mes thèmes latins, à traduire Homère. Sans doute effrayée par ce qu'elle a vu, entendu, deviné du bagne de Barcelone, Renée s'est éprise de ces lieux, de ces paysages, de ces oliviers qui ont vu défiler les légions de César. Elle aime les monuments, l'atmosphère studieuse, les pères qui évoquent mon passage. Elle aime les églises et les palais, les ruelles gorgées d'une ombre austère, les places festonnées.

La nuit, nous flânons aux lueurs des processions, et Renée ne cache pas son aversion pour cette religion de deuil et de mort.

Je n'éprouve aucun mal à saisir la transposition métaphorique que Renée fait, d'une enfance et d'une adolescence broyées, au spectacle de la Passion, avec ses figures symboliques, la Mère primitive, déesse toute-puissante du monde méditerranéen, le cadavre du Fils sur ses genoux.

Sur la pertinence d'une telle transposition je m'interroge toutefois, car elle suppose, chez cette *Mater dolorosa*, une compassion où s'exprime l'amour premier.

Qui donc Mamita aima-t-elle ? Sur lequel de ses enfants sacrifiés a-t-elle versé des larmes ?

La mise en images n'appartient pas à mon univers. Le glissement d'événements, d'impressions et de sentiments chaotiques dans un modèle constitué rejoint pourtant mon travail. Qu'ai-je fait, depuis l'âge de vingt ans, sinon mettre dans un cadre le désordre et la confusion d'une vie informe ? À ce moule — que mon éditeur appelle drôlement le « cahier des charges » — j'ai donné le nom de roman, par référence aux origines du genre qui renvoie, non à la nature des histoires, mais au choix de la langue, vulgaire, accessible à tous.

Cet usage dévié et métaphorique de la langue, je ne l'aurais pas trouvé seul, Fédor. Je te le dois. Je te suis également redevable de l'intuition que la langue est mieux informée sur nous-mêmes que nous ne le sommes. Elle fonde et soutient la mémoire, qui est notre identité. Nous devenons ce que nous pensons que nous sommes, ce que nous parlons de nous, en un flux ininterrompu de phrases et d'images. Dès avant notre naissance, les mots tissent notre personnalité, constituée de récits, venus les uns de l'extérieur — famille, société, culture au sens large —, de l'intérieur les autres : sensations, impressions, sentiments. De la fusion et de la cohérence de ces récits souvent contradictoires résultent notre moi, sa force ou sa faiblesse.

Le Je que nous affirmons, de l'enfance à la vieillesse, ne se maintient que par et dans la fiction qui le supporte. Des traits de mon visage aux neurones de mon cerveau, tout n'a cessé, au fil des ans, de subir des transformations incessantes ; mes tissus, mes organes, qu'ont-ils de commun avec ceux de l'adolescent de quinze ans dont une photo retrouvée me renvoie l'image éclairée, sous l'épiderme, d'une lumière qui décline et s'étouffe ?

« *Yo ya no soy yo* » — « Déjà je ne suis plus moi ».

Est-ce dire que le monde et moi participons d'une illusion universelle et que, ainsi que Calderón le demande et que l'Orient le postule, tout n'est que songe ?

Je ne suis plus moi, peut-être, mais je conserve en moi l'enfant, l'adolescent, le jeune homme et l'homme mûr que je fus. Un parfum, une odeur les ressuscitent, si bien que l'illusion résulte moins de ce que Montaigne appelait une branloire, cette incertitude mouvante de l'être et des choses, ce balancement, pour reprendre ton mot, Fédia, que de la langue, qui nous fixe dans la chimère de la permanence, alors que, du premier cri au souffle ultime, nous n'arrêtons pas d'advenir.

Il en va du roman comme d'un procès qui obéit à des règles, une procédure, une liturgie ; chaque partie, de l'accusé au procureur, de l'avocat aux jurés, y tient son rôle. Indices et preuves, expertises et témoignages apportent leur lot de faits fantastiques et réels, tels ceux que tu glanais dans les journaux. Ce qui, de ces affrontements contradictoires, sort sous forme de verdict, ne saurait être la vérité ! *Intime conviction* : l'expression, Fédor, évoque ce sentiment que le roman produit. Et si notre vérité ne parvient pas à demeurer fixe, stable, définitive d'un bout à l'autre de notre existence, c'est que notre liberté, trop large pour nous, ne cesse de nous emporter, au gré des circonstances.

*

322

Avec l'écho obsédant des processions et les parfums écœurants, ce qui m'arrive dans cette chambre étouffante, c'est, non un passé figé, mais les éclats d'un élan, les bribes d'une histoire. Le Je que j'affirmais en 1950 et que j'interroge aujourd'hui fut toujours un projet. Il courait après son ombre. Mais, dans sa fuite, il affirmait son énergie vitale.

Rien n'existe de ce que nous tenons pour essentiel, ni l'amour, ni la justice. Cela advient, cela se négocie, cela se gagne ou se perd. Et c'est cette indétermination, avec une liberté sans limites, que tu m'as enseignée, Fédor. Tu m'as montré que l'important réside dans le choix de l'histoire. Je ne me pose donc pas la question : quel genre d'adolescent étais-je il y a quarante ans ? Mais : qu'ai-je fait de cet élan ? De quelle identité me suis-je doté ? Quel genre de fidélité ai-je su maintenir, si j'en ai conservé une ?

Tes dures leçons m'ont donné l'horreur des déterminismes, qui sont l'œuvre de la mort. J'ai refusé les évidences de la raison sans cependant réfuter ses lumières. Avec Nietzsche, avec toi, j'ai compris qu'elles éclairent le regard de notre esprit, non l'inverse : les faits, eux, confirment ou infirment. La question vient toujours d'un esprit, le plus souvent marginal.

Cet enseignement, tu me l'as transmis par et dans la littérature. Ainsi mon être réel est-il fait d'une réflexion sur les mots, sur leur puissance et leur nocivité. Tu m'as, Fédor, instruit, non par des discours théoriques, mais dans une totalité qui s'appelle le roman.

*

Partant du personnage ou du caractère, tels que ton époque les conçoit, tu procèdes, Fédor, par dédoublements. Tu poses un masque de carnaval sur chacune des virtualités qui en toi s'affrontent ; tu dotes chacun d'une voix identifiable ; tu les opposes sur une scène symbolique, du reste réduite à quelques notations sommaires, ta mise en scène négligeant le décor et les accessoires au profit de l'éclairage.

Je t'ai lu, Fédor, dans un contexte différent où la fiction du personnage qui se révèle à lui-même à travers une action suscite le doute. Non pas tant à cause des découvertes que le docteur Freud aurait faites et que la littérature connaissait depuis Sophocle et Euripide qu'à cause de la dilution du bourgeois dans le magma d'une classe moyenne à l'américaine, anonyme et sans visage. Abstraite, dirais-tu, fantasmatique, purement statistique.

Tes romans, mais aussi les poèmes philosophiques de Nietzsche montrent cette désagrégation du caractère bourgeois, la liquéfaction du citoyen.

Là réside ta puissance visionnaire, Fédor. Tu as compris que non seulement la société cultivée, hiérarchisée, ordonnée du comte Tolstoï constituait un mirage, mais que le monde bourgeois lui-même agoniserait dans une terreur de masse.

Après Auschwitz, Treblinka, le Goulag, Mao et Pol Pot, que reste-t-il, Fédia, de l'ancien monde ?

Avec le bourgeois, sa culture se trouve elle aussi

menacée, c'est-à-dire le roman, ce récit en langue vulgaire, si vaste qu'il a pu contenir tous les genres, de l'épopée à la confession lyrique, de la tragédie à la comédie, du conte à la farce. Elle réfléchissait, cette culture, l'esprit conquérant d'une classe sûre d'elle-même, de ses valeurs et de ses mérites. Or, cette classe, tu la contemples, à Paris, à Londres, à Berlin, à Florence ou à Dresde, à son apogée, et tu cries ton dégoût devant son matérialisme ; tu assistes, à Genève, à son procès et à sa condamnation à mort, et tu trembles devant ce qui s'annonce.

Ton angoisse s'insinue dans cette faille, entre deux mondes évanouis. Tu montres les convulsions, le chaos et les décombres. Tu t'interroges sur le devenir possible de l'homme.

*

Je suis né parmi les ruines de tes livres, dans leur lumière d'apocalypse. Ainsi que ton Adolescent, je souffrais de la laideur des pères, j'éprouvais la honte d'une vie dépourvue de fondements, mon existence me paraissait fortuite et désordonnée. Je portais le fardeau d'une abjection.

« *La tragédie consiste dans la conscience qu'on a d'être difforme.* »

*

Ne disposant plus d'un sujet bourgeois aux contours définis, l'obscurité de mon histoire a rencontré le flou d'un personnage énigmatique. De quoi m'eût servi, Fédor, de disperser ce caractère derrière des masques? La question, tu l'as résolue en subvertissant le cadre du roman, en employant sa forme la plus répandue, la plus populaire, la plus vulgaire aussi, le feuilleton, pour y glisser tes visions et tes allégories. Tu t'es rendu coupable de détournement de formes. Encore as-tu fini par sentir l'inutilité de ces contrebandes.

Avec *Le Sous-Sol*, avec *L'Éternel Mari*, avec *La Douce*, tu crées un genre que tu qualifies de *sauvage*. Tu brises le moule, tu inventes une forme inédite que tu ne sais pas même nommer.

Mille réactions se produiront après cette déflagration qui pulvérise le genre. De Proust à Kafka, de Musil à Faulkner et à Joyce, la littérature montrera l'évanouissement du personnage.

Plutôt que de feindre d'inventer, j'ai dès lors adopté ta ruse, qui consiste à tailler des habits neufs dans du vieux drap. Le personnage ne pouvant plus se définir par l'unité du caractère, je n'avais le choix qu'entre l'éliminer ou le décomposer. Tu m'avais enseigné cette implosion *atomistique*. J'ai glissé chaque fragment dans un cadre, puis emboîté les portraits les uns dans les autres; avec un personnage unique, j'ai éclairé des destins différents, reliés par le souffle d'une énergie impitoyable. Tu racontais des histoires pour en reconstituer une, celle de ton enfance humiliée; j'en raconte une pour explorer les diverses facettes d'un personnage qui ne cessa de renaître et de mourir, toujours identique et chaque fois différent.

Cette cuisine, les artistes d'habitude la cachent ou, s'ils en parlent, ils le font en termes nobles, dans le jargon de l'Université. Tu l'as, toi, montrée, et tu as nommé celui de qui tu tenais tes recettes. Cette dette que tu n'as pas arrêté de payer à la mémoire de Pouchkine — non pas Gogol, j'insiste, mais bien Pouchkine, à cause de sa largeur, de son universalité —, je la règle à mon tour avec ce livre. Je te rends le capital avec ses intérêts.

Sans toi, je n'aurais pas su quelle vie endosser, ni quelle mémoire jeter sur mes os tremblants. Tu m'as cousu une seconde peau, faite de mots justes et redoutables.

*

Je tourne et retourne ces phrases dans mon lit, à Baeza, étouffant dans les remugles de l'olive pressée. Dans la chambre voisine, j'entends tousser Renée.

Ce livre-ci, je sais aujourd'hui que c'est dans ce pays que j'ai commencé de l'écrire, vers 1950.

J'arrêtais de réciter Ovide, de déclamer Cicéron : « *Usque tandem, Catilina, abutere patienciae nostrae* », j'allais à la fenêtre contempler les lumières de Jaén, le frisson argenté des oliveraies… Je pensais à toi.

27

Ma santé se fortifiait, mes études allaient bien, mon esprit se détendait : pourquoi le père Prados n'a-t-il pas insisté pour me retenir ? Il a compris que je ne parviendrais pas à survivre avec une mémoire disloquée. Il me fallait rassembler les fragments, les recoller. Il m'apporta son secours en m'aidant à retrouver le premier mari de Mamita[1], revenu de Saint-Domingue où il s'était remarié, et, par lui, mon demi-frère, Francisco, auquel il écrivit sans me le dire. Encore n'avait-il pu déceler sa trace qu'à partir des indications que je lui avais fournies, ce qui me stupéfie. Comment ma mémoire avait-elle pu enregistrer tous ces noms, ces faits… ?

Aux vacances d'été, je partis pour l'Estrémadure d'abord, où le premier mari de Mamita vivait avec sa deuxième femme dans une semi-clandestinité[2]. Sans doute Francisco avait-il demandé à son père

1. Mariée à seize ans, sans doute pour échapper à sa famille, elle l'avait plaqué à dix-sept.
2. Par un décret-loi signé à Burgos par le général Franco, en 1937, tous les divorces, tous les mariages civils étaient pure-

de me recevoir pour se faire une opinion de mon caractère.

Je partis, enfin, pour Séville où je m'embarquai à bord d'une corvette transformée en cargo, *Capitaine Segarra*. Je débarquai à Santa Cruz de Tenerife où mon demi-frère, de dix ans mon aîné, occupait un poste au Gouvernement civil. Marié, père d'un enfant de quatre ans, il me considéra avec ébahissement. De mon côté, je me faisais l'effet d'être un Martien. J'avais honte d'avoir survécu. Je me sentais soudain indigne de ma vie, dérobée à d'autres, qui la méritaient davantage. Comment expliquer ce sentiment de tristesse affreuse? Surtout, je découvris que je ne parviendrais jamais à raconter mon histoire. On ne souhaitait pas, on ne pouvait pas m'écouter.

Francisco m'interrogeait avec une attention suspicieuse. Dans son regard, je lisais la question que je m'étais si longtemps posée : pourquoi t'ont-*ils* donc épargné?

*

Aujourd'hui, je puis démêler ses sentiments à l'endroit de ce revenant : dès sa naissance, Mamita s'était désintéressée de lui, le confiant à son père. Partie vivre à Paris, il ne la voyait que de loin en loin, lors de ses retours en Espagne. Il apprit alors l'exis-

---

ment et simplement annulés. Le docteur C. se trouvait donc remarié avec Mamita, son épouse devenait une concubine, leur fils, A., un enfant illégitime.

tence d'un mouflet à la santé fragile qu'il regardait avec un mélange de haine et d'envie. Près de Mamita, folle alors de mon père, j'occupais toute la place, que restait-il à ce garçon de treize ans ?

Plus tard, la guerre civile le surprit à Bilbao, chez son père, et il n'eut d'autres nouvelles de sa mère que les messages radiophoniques qu'elle lui adressait par la Croix-Rouge. L'exil ne fit que consommer l'abandon.

Francisco se retrouvait devant un adolescent confus, désorienté, qui lui rappelait sa solitude. Il se montra compréhensif. Mais il venait d'obtenir son premier poste officiel, il attendait un second enfant…

Il m'habilla, me renvoya au collège et proposa de m'accueillir chez lui pour les vacances.

Il écrivit à mon père surtout, lui décrivant mon état et le sommant d'assumer ses responsabilités. L'intention était louable, la démarche judicieuse : c'était cependant mal connaître mon père. Depuis sa jeunesse, ce dernier vivait installé dans la plus triviale des fictions, celle des grandeurs bourgeoises. Il se croyait doté d'une élégance native, ce qui le dispensait d'avoir à la montrer. La conviction d'avoir été, donc d'être à jamais, le préservait de devenir. Réactionnaire avec hargne, il entretenait les braises de son impuissance.

Si son fils unique avait séjourné dans des camps et dans des centres de redressement, ce ne pouvait être qu'un voyou[1]. Comment dès lors le pré-

---

1. C'est très exactement ce qu'il écrivit à l'un de mes amis prêtres, en 1950 : « *J'avais la conviction, heureusement erronée,*

senter à sa deuxième femme et l'exhiber aux yeux de la famille ? Il ne répondit ni à cette lettre (qu'il a conservée) ni aux suivantes.

Ce que j'ignorais lors de mon séjour aux Canaries, c'est que Francisco avait rencontré Mamita en janvier 1943, à Madrid, alors qu'elle se trouvait en route pour l'Afrique du Nord. Il se garda de m'en rien dire, m'écouta évoquer sa mort probable. Il me prit sûrement pour un fou, à moins qu'il n'ait eu pitié : lorsque Mamita, un an plus tard, renouera avec lui, il taira ma présence en Espagne. Ce fut sans doute le plus grand service qu'il pouvait me rendre.

*

Je fus certainement déçu par mon bref séjour aux Canaries, mais je n'arrêtais pas d'accumuler les déceptions. Je me racontais des histoires d'orphelin, touchantes et ridicules. Je me persuadais que la famille dont je rêvais remuait ciel et terre pour retrouver ma trace.

Le retour au sol dut être pénible. Il fut néanmoins salutaire. Avec mes chimères, j'abandonnais chaque fois un récit médiocre.

Une chose est sûre : ce séjour chez mon demi-frère raviva mes blessures.

D'autant que j'avais perçu, derrière la rivalité entre frères, une gêne moins avouable, teintée de peur.

—————
qu'il ne pouvait être qu'un voyou. » Il ne fit pas le voyage pour s'en assurer de lui-même.

*

Ainsi que tous les garçons de son âge, Francisco, élevé sous le franquisme, avait adhéré à la Phalange et partagé ou feint de partager les idées qui imprégnaient l'air du temps. Or mon existence créait une situation délicate, tant pour son père que pour lui. Des esprits trop curieux risquaient de s'interroger sur ce demi-frère tombé du ciel, et sur son destin d'exilé ; ils pouvaient découvrir l'imposture où son père et sa belle-mère vivaient. Qui sait si quelqu'un de malintentionné ne se rappellerait pas l'existence de cette Mamita qui n'avait que trop fait parler d'elle ?

J'étais un fantôme, Fédor, et ma seule présence réveillait des souvenirs que nul ne souhaitait voir renaître. Je risquais de compromettre la carrière de Francisco, de bouleverser l'existence d'une innocente[1], qui tremblait que sa véritable situation fût découverte. J'étais d'autant plus à redouter que je paraissais idiot. Je ne comprenais rien à la réalité politique et sociale du pays, j'évoquais tranquillement la guerre, l'exil.

Ces peurs familiales n'expliquent pourtant pas, Fédor, ma décision.

L'Espagne m'inspirait une crainte mêlée d'aversion. Je rêvais de retrouver mon pays, de me poser dans ma langue, de renouer avec les mots de l'amour. C'est cette solitude faite de terreur

1. Le lecteur français n'imagine pas ce que pouvait être, en 1950, sous le franquisme, la situation d'une concubine.

qu'exprime *Gérardo Laïn*. Ce récit contient les vrais motifs de ma fuite. J'étais hanté par le sentiment de Dieu, par la crainte du châtiment. Mes désirs et mes passions creusaient un abîme devant mes pas. J'ai quitté Úbeda pour échapper à la ruine.

Ce qu'un prêtre de l'intelligence et de l'intuition du père Prados parvint à saisir d'une âme, on ne l'imagine plus guère. Il avait tout deviné des orages qui me dévastaient. Il sentit, lui aussi, que mon pays était la France, et il écrivit une lettre au consulat de France à Madrid, qui transmit au Quai d'Orsay, où mon père fut convoqué.

Il renouvela son refus de me rappeler.

*

Je ne suis plus, Fédor, « *l'enfant précocement mûri, maladif* et *plein d'amour-propre* » qui parcourt ton œuvre.

Frère de Raskolnikov, d'Aliocha, je deviens l'Adolescent maigre et fiévreux, hanté par la misère mais soucieux de son apparence, jusqu'à la maniaquerie.

Cependant que tu cours de ville en ville, de Dresde à Baden-Baden, de Bâle à Paris et à Florence, de Londres à Paris, fuyant tes créanciers dans un exil qui te fait enrager ; toujours misant à la roulette les roubles que tu n'as pas, inondant tes amis de suppliques, écrivant fiévreusement à la lueur des chandelles, un manteau sur tes épaules pour échapper aux morsures du froid ; t'agenouillant devant Anna, lui jurant pour la centième fois de renoncer définitivement à la passion du jeu pour, aussitôt, la supplier de te prêter sa bague que tu courras mettre en gage pour te refaire ; alors que tu erres, Fédia, d'un pays à l'autre, partout méprisé, traité en paria, je me traîne chaque jour jusqu'au consulat de France, à Madrid, où l'employée me regarde avec une expression de tristesse apitoyée avant de me renvoyer avec la même réponse vague.

C'est ma roulette à moi, Fédia, cette obstination à parier sur l'amour paternel, du moins sur sa dignité, quand je sais que tout est déjà perdu.

Un jour, sans doute émue de me revoir là, assis sur le banc, devant son comptoir, cette employée lâchera avec une colère froide :

« Allez, ce n'est pas un monsieur bien intéressant, votre père. »

Comme je lui demande alors si je ne pourrais pas m'engager à la Légion, elle m'observe, baisse les yeux :

« Vous ne paraissez pas assez solide, voyez-vous. »

Je tire mes dernières cartouches, puis, de guerre lasse, m'en vais pour Barcelone où il me sera peut-être possible de trouver du travail.

(1993 : avec une amie, nous dialoguons devant les micros de RTL. Après l'émission, un spectateur vient vers moi, accompagné de son jeune fils. Il me salue avec émotion. Il est lui-même le fils de cette employée du consulat qui lui a souvent décrit la scène, si bien que… Voilà, il souhaitait seulement me serrer la main, m'exprimer sa sympathie.)

*

Tu les connais, Fédor, ces fuites de la pauvreté, ces déménagements à la cloche de bois, ces voyages sans but, parmi des paysages indifférents. Dans tes lettres, je t'entends fulminer contre les Allemands, les Français, les Anglais, les Italiens même ; je t'écoute cracher ta détestation de l'Europe. Du moins la sage et pratique Anna t'accompagne-t-elle, te tient-elle la main. Elle croit à ton talent, elle est persuadée d'avoir épousé un véritable artiste, elle se sent responsable de ton travail.

Quelle main saisirais-je ? Je m'enfonce de plus en plus bas. J'échoue dans cette cimenterie à Vallcarca, si près de cette grotte où...

Je m'use à travailler dix heures par jour, je tousse, je crache. Et cependant que ta pensée répète : la Russie ! la Russie ! mon cerveau martèle : la France ! Tu te précipites sur les journaux et les revues russes pour, à tout le moins, humer l'air de ta patrie ; j'attends, dans mon lit, la fin des programmes de Radio-France pour écouter *La Marseillaise*.

Me sentant près de lâcher prise, je m'en vais vers une ville inconnue, proche de la frontière, au pied des Pyrénées : Huesca[1]. Peut-être réussirai-je... ?

*

1. *Le Crime des pères.*

Ici aussi, Renée Darbon filme les décors sombres et rébarbatifs, les lumières grises, scrute les visages hostiles. Sans elle, aurais-je trouvé le courage de revenir sur ces lieux ?

Au retour, alors que nous venons de traverser la frontière, roulons vers Toulouse, elle me fait cet aveu :

« Je ne t'ai jamais vu aussi malheureux, Michel. Même à Barcelone. Nulle part je n'avais senti à ce point le poids de la haine. »

*

Après qu'Antón (il ne pouvait faire autrement), chargé d'enfants, enfoncé dans une pauvreté d'orgueil, m'eut chassé de son foyer, je n'arrêtai plus, Fédor, de dégringoler de pension minable en garni sordide. Non seulement je ressemblais physiquement à Raskolnikov — toutes les filles, m'assure cet ancien professeur de lycée, rêvaient de moi[1] ! —, mais je lui ressemblais plus encore au moral, l'air égaré, perdu dans des songes bizarres, torturé d'idées qui m'écorchaient vif.

J'habitai un temps chez la veuve d'un employé de banque, *mort d'un emphysème du poumon* — cela s'invente-t-il, Fédia ? —, qui me sous-louait une chambre sur le Coso Bajo, le boulevard circulaire, taillé à l'emplacement des anciens remparts.

Le jour, j'enseignais le français à des demoi-

---

1. Je l'écris avec ironie, qu'on se rassure. Je me suis toujours senti laid, au physique comme au moral. Narcisse, je me serais noyé en découvrant mon reflet.

selles, filles des commerçants de la ville, je donnais quelques cours au lycée en tant qu'assesseur ; la nuit, je plongeais dans mes livres pour rejoindre ma vie véritable.

*

Tu m'avais conduit vers Nietzsche, vers Kierkegaard et je me débattais avec la question que, depuis *Le Sous-Sol*, tu avais enfoncée dans ma chair : y a-t-il un Dieu ? Comment, s'Il n'existe pas, fonder la liberté ?

Par ce biais, j'abordai tes *Démons*, qui sont aussi des *Possédés*, les deux titres renvoyant au même passage de l'Évangile de Luc.

Je m'étais acheté à tempérament une radio de bakélite noire, objet aussi luxueux qu'un téléviseur couleur aujourd'hui ; je l'avais posée sur une étagère, au-dessus de mon lit. J'écoutais la chanson du français, ses syllabes de brume et de pluie, et je tournais lentement les pages de ton roman, découvrant le sens de mon destin.

Les batailles, les carnages, les massacres et les incendies se suivent, mais ne produisent pas une rhétorique de haine et de fureur. On parle mort avant de distribuer la mort. Or cette langue de mort, je l'avais entendue dans ma petite enfance. Elle souillait la bouche de Mamatón, elle roucoulait dans la voix de Mamita. Elle était faite de ce vide effrayant qui aspire l'homme, l'engloutit dans la théorie. Elle surgissait là où la raison affiche la prétention d'abolir la liberté. « *Si Dieu n'existe pas, tout est permis.* » Mais là où Dieu existe — et il n'était question que de Lui autour de moi — les bûchers et les massacres engendrent une identique horreur. S'agit-il d'un sophisme ? Ricanerai-je avec Nietzsche vers qui tes paradoxes me rejetaient ? Résoudrai-je la question en criant : « *Dieu est mort* » ?

Je te suivais, Fédia, je voyais ce que l'Idée seule fait des humains, j'en pénétrais la folie meurtrière.

« *Partant de la liberté illimitée, j'en arrive au despotisme illimité.* » Je n'éprouvais nulle difficulté à t'accompagner jusque-là, puisque de cette ivresse de liberté j'étais le rescapé. Ta démonologie me semblait irrécusable et j'achoppais là où toi-même achoppais : quelle autre humanité, Fédor ? Le Christ ?

J'aurais pu te conduire au cimetière de la ville où les murs étaient criblés de balles, traces des massacres commis en Son Nom. Toute l'Espagne restait imbibée du sang de la théologie dévoyée. Ta dénonciation prophétique était avérée : le siècle démontrait l'exactitude de tes visions apocalyptiques. Armés de la Raison, tes Démons avaient jeté des dizaines de millions d'Européens dans le brasier.

Il n'était pas difficile (je te lisais en 1951-1952) de deviner où la raison marxiste conduisait l'autre moitié du continent ; on savait où la biologie scientiste avait mené l'Allemagne.

Sauf à glisser avec Nietzsche dans la folie, quelle réponse ?

*

Je m'accrochais à ton livre comme, dans ma petite enfance, je m'accrochais à mes contes des *Mille et Une Nuits.*

La canonnade s'était tue, les sirènes avaient cessé de hurler, et les bombes de siffler. Mamita ne risquait plus de s'évanouir dans le silence. Ma solitude avait-elle jamais été aussi absolue, nue et désespérée ?

Elle me rendait fou comme elle égarait la raison de ton étudiant pétersbourgeois. J'en arrivais à commettre des bizarreries qui auraient pu aussi bien me conduire au crime qu'au suicide. J'y pensais d'ailleurs de plus en plus souvent, avec une sorte de mélancolie douce. Il me semblait qu'il ne devait pas être difficile d'en finir avec la vie.

À un observateur impartial la bizarrerie de mes actions eût paru aussi inquiétante que l'étrangeté des gestes et des propos de ton Raskolnikov. Comme lui, je perdais pied, je délirais, des accès de fièvre me clouaient au lit.

Dans la ville, les jeunes gens de mon âge se moquaient de moi. Je n'osais plus sortir de peur d'entendre leurs ricanements et leurs plaisanteries.

*

Chaque dimanche, vers seize heures, après le bulletin d'information, la radio locale diffusait un programme de chansons commandées par les auditeurs, chacune précédée d'une brève annonce : « Pour Untel, en ce jour de son anniversaire, de la

339

part de sa cousine, sa tante, sa fiancée, son ami X, Y, Z… »

Le 2 août 1953, jour de mon vingtième anniversaire, je choisis une vingtaine d'airs d'opéra que je me dédiai à moi-même, sous les pseudonymes les plus extravagants, m'inventant des frères, des sœurs, des cousines et des tantes disséminés dans toutes les régions du pays; je me rendis chez le meilleur pâtissier de la ville et me fis envoyer à mon nom un plateau de gâteaux, qui se croisèrent avec ceux que ma maîtresse avait d'avance commandés.

Stupéfaites, ma logeuse et sa fille contemplaient ces centaines de pâtisseries étalées sur la table de la salle à manger; elles écoutaient, l'air ébahi, ces grandes musiques qui m'arrivaient des quatre coins de l'Espagne, dans un bouquet grandiose de baisers et d'embrassades.

Il n'y avait que nous trois autour de la table, assis sous le lustre, et le spectacle avait quelque chose de sinistre.

J'étais devenu l'un de tes personnages; je vivais plongé dans l'écœurante solitude de la misère et de l'abandon.

« N'avoir nulle part où aller… savez-vous, jeune homme, ce que ça signifie ? »

Jour après jour, je descendais les marches de ton sous-sol, jusqu'aux égouts grouillant de rats.

28

Je tiens désormais tous les fils du récit qui constitue ma mémoire, c'est-à-dire mon identité ; je les noue au moment où tu tisses la trame du désir caché dans le sous-sol de ton enfance. Une même détestation lie les frères Karamazov, unis dans leur haine.

Rivalité amoureuse, cupidité, calcul froid, lâcheté compatissante : chacun participe à sa façon au parricide. Mais d'abord, chez tous, cet amour *indécent et frénétique* de la vie, qu'ils partagent avec leur géniteur abhorré.

Ne le détestent-ils pas dans la mesure où ils lui ressemblent ? Cet histrion répugnant leur renvoie leur image. Mitia ressent cette proximité honteuse dans l'épaisseur de sa chair, dans la pesanteur de ses désirs ; Ivan la contemple avec une moue de cynisme et de dégoût, jouant avec l'idée de sa mort ; Aliocha, lui, la fuit en vain au monastère.

Mais le ressentiment distille en chacun son poison. « *Ça pue le meurtre chez vous !* » s'écrie un témoin, incommodé par cette odeur doucereuse, tenace.

À Madrid, en 1936, ça puait pareillement.

J'ai moi aussi grandi dans l'odeur de la mort.

*

Alors que, de tous côtés, des éclats de mémoire m'arrivent, je lis, dans la correspondance d'un prêtre de campagne qui fut mon confident, mon ami, mon frère presque, Ramón, la description de mes ultimes dérives. Ma santé, raconte-t-il à son correspondant, décline. Ma logeuse, la veuve de l'employé de banque, ayant quitté la ville, je ne cesse de changer de logement, d'une pension sordide à une autre, plus misérable encore. J'use mes dernières forces à donner des cours, à courir du lycée au domicile de l'un ou l'autre de mes élèves. À bout de forces, je dois garder le lit, je rate des cours; du coup, mes dettes augmentent; lassés de mon irrégularité, les élèves se découragent. En vain tente-t-il de maintenir ma tête hors de l'eau, il me sent près de lâcher prise. Il a écrit à l'ambassade, à mon père : aucune réponse.

La solitude, ajoute-t-il avec un accent de frayeur, creuse l'abîme où je me débats. Les jeunes gens de mon âge non seulement ne me comprennent pas, mais encore m'évitent, trouvent bizarre mon indifférence envers les filles. Je ne pense qu'à lire et ces lectures voraces contribuent à mon déséquilibre, car je me jette à corps perdu dans les auteurs périlleux, notamment ce Nietzsche, ennemi déclaré de Dieu. Toi-même lui sembles suspect, Fédia, il te juge morbide, sans du reste t'avoir lu.

À première vue, les lettres de Ramón, d'une

générosité fantastique, brossent le portrait psycho-
logique d'un jeune rêveur aux prises avec la pire
misère, qui risque, par l'abondance et le désordre
de ses lectures, de perdre la foi, c'est-à-dire son âme.

On y trouve ensuite le tableau d'une petite ville
de province sous Franco, entre 1951 et 1953, avec
ses rites, ses médisances, ses soupçons et son
anémie économique. On y entend une langue
oubliée, qui fut pourtant la mienne : un bizarre
jargon de sacristie.

Plus profondément, on découvre le commentaire d'un texte qui se cherche. Intrigué par ce
personnage qui ne ressemble à rien qu'il connaisse,
qui, dans son mélange d'élégance affectée et de
misère poignante, suscite la curiosité, Ramón s'interroge : son jeune ami va-t-il sombrer dans la
folie ? Risque-t-il de se donner la mort ? Trouvera-
t-il la force de se ressaisir ?

*

Parle-t-il, ce prêtre rustique, de moi ou de ton
Raskolnikov ?

Comme lui, j'évite ma logeuse à qui je dois plusieurs mois de pension ; je ne sors guère de mon
antre ; je ne vois personne. Je ne me nourris guère
et je finis par oublier la faim, chronique depuis
mon enfance. Je passe mes nuits à dévorer des
livres ou à noircir des feuillets, jusqu'à ce que
l'aube blanchisse les carreaux de la fenêtre ; je
sombre alors dans un sommeil comateux et je
laisse passer l'heure de mes cours. Jour après jour,
je coule dans une hallucination de mots. Je

deviens mes lectures, qui me font l'identité que je n'ai jamais eue, qui me permettent de descendre au sous-sol. Une phrase après l'autre, je m'enfonce dans le Puits du Temps où je découvre, non plus des cités fabuleuses, ni des djinns facétieux, mais des monstres sublimes, de tous les monstres les plus monstrueux.

J'erre sans but. Je suis perdu, à bout de forces et de ressources. Le voyage touche à sa fin, Fédia.

Vais-je rendre mon ticket ?

*

C'est la fin de l'été, je m'en souviens. Une brume légère voile l'atmosphère. Dans l'air, on respire un parfum de décomposition. Depuis des jours, j'avance dans ton roman dont le ton m'en impose par sa sérénité. Évident, c'est le mot qui vient sous mes doigts pour définir le style apaisé de ton ultime chef-d'œuvre. Pas un mot ne dépasse, la phrase coule, tranquille, sûre d'elle-même, chargée d'une horreur douce. Je reconnais le texte, j'en reconstitue aisément la trame cachée. J'entends la question qui traverse le livre, comme elle a traversé ta vie.

Tu es devenu bigot, Anna t'entraîne dans ses dévotions, tu pérores sur le Christ russe, sur la mission universelle de la Russie, destinée à sauver le monde. Avec, dans la cervelle, un tel fatras de stupidités, tu devrais logiquement produire un roman ésotérique, d'un mysticisme gélatineux. N'est-ce pas ainsi qu'ont fini Gogol et Tolstoï ?

C'était du reste bien ton intention, si l'on examine tes brouillons. Celui que tu appelles encore l'Idiot devait être le véritable héros du roman, auquel tu donnes ce titre inquiétant : *Hagiographie*. Mais où, chez toi, rencontrer la logique ? Te voici, une fois encore, dédoublé, écartelé, divisé contre toi-même.

Tu es face à ta propre mort et l'image du beau Spechnev se dégage des brumes de ta mémoire ; derrière ce masque d'une beauté fatale, la voix aigrelette de Biélinski résonne, ses sarcasmes retentissent. Tu souhaites éprouver ta foi de la manière la plus implacable. Avant d'affirmer que tu crois, tu dois résumer tous les motifs que tu as de *ne pas* croire. Tu retournes dans la *katorga*, tu palpes le livre relié sur lequel tu appuyais ta nuque, tu repasses dans ta tête ta lettre à Mme Fonvizine.

*

Cette mise à nu, le dédoublement romanesque contribue à la dramatiser. Ivan et Aliocha s'affrontent, divisés et partagés, comme ta conscience est elle-même divisée. Leur dialogue éclaire la lettre que tu écrivis il y a…

Le même texte te poursuit, te rattrape. Les figures du bagne se pressent autour du halo de ta lampe, hautaines et ricanantes. Gazine, Orlov, tous te toisent avec un sourire dédaigneux. « … *mais le monstre, de toute évidence, se croit supérieur à son entourage… Son visage est rempli de cruauté, mais aussi d'une sorte de hautaine, d'arrogante raillerie.* »

Les arguments de l'incroyance, Ivan les résume avec une acuité impitoyable. Comment serait-on surpris d'y retrouver l'obsession de l'enfance, la source empoisonnée d'où tous les démons ont surgi ?

D'abord, Ivan ne réfute rien, il ne procède à aucune démonstration *a contrario*. Mieux, il admet d'emblée l'existence de Dieu : « *... j'accepte Dieu purement et simplement.* » Il avoue sans ambages son besoin de croire : « *... je crois à l'ordre, au sens de la vie, je crois à l'éternelle harmonie dans laquelle il paraît que nous devons nous fondre tous, je crois au Verbe où tend l'univers, et qui Lui-même est Dieu, enfin, à tout le reste, et ainsi de suite.* » Il récuse les grossièretés de l'athéisme, tous les déterminismes, ce qu'il appelle la *farce euclidienne*. Son ironie prolonge l'alacrité du narrateur du *Sous-Sol*, ricanant dans son trou : « *Et pourquoi donc affirmez-vous avec tant d'assurance, tant de solennité que seul le normal et le positif — en un mot le bien-être — sont profitables à l'homme ?* » Il concède que l'absence de sens conduit au suicide et que la soumission à une rationalité purement mécaniste produit le désespoir : « *Que m'importe que toute chose découle d'une autre directement et simplement, et que je le sache ?* » Le besoin religieux de lier et relier tous les phénomènes de la vie, loin de le nier, Ivan le proclame.

Il se présente en homme de foi qui achoppe sur un unique obstacle : la souffrance des innocents. Encore ne s'agit-il pas d'une révolte intellectuelle, d'une idée telle que les Français la conçoivent. Son corps vivant, sa chair **ressentent** cette douleur. Au sens le plus exact, Ivan a mal au cœur. « *Je voudrais pardonner, je voudrais embrasser, je ne veux pas que l'on souffre encore.* »

Chassé par la porte, voici le tankiste de Kundera revenu par la fenêtre. Ce pardon auquel le frère aîné aspire n'a rien de vague, Ivan ne l'attend pas de l'au-delà. C'est sa personne vivante qui veut la réconciliation. « *Si j'ai souffert, ce n'est sûrement pas pour que mes crimes et mes souffrances servent à fumer l'harmonie future dont quelqu'un d'autre profitera.* »

Aucune absolution dans l'au-delà, nul pardon futur ne peuvent guérir Ivan de cette lèpre : participer au malheur des innocents tout en se reprochant d'y contribuer. Vouloir le bien et faire le mal, agir contre soi dans un accès de rage désespérée : de cet écartèlement l'aîné des Karamazov voudrait se dégager. C'est lui, Ivan, tout entier, qui réclame le pardon universel, manifeste, immédiat : « *Je veux voir de mes propres yeux la biche s'étendre auprès du lion et la victime égorgée se relever pour embrasser son assassin.* »

Cette soif de paix et d'harmonie rencontre toutefois un obstacle : « *Et pourtant, les enfants, qu'en ferai-je alors ?* »

En clair, le martyre de l'innocence interdit le pardon car l'innocence se trouve, par définition, hors du cercle des crimes. « *Je comprends la solidarité des hommes dans le péché, je comprends aussi la solidarité dans la rétribution, mais non la solidarité des enfants dans le péché des hommes.* »

Aux petits, aucune alternative n'est offerte. Ils ne comprennent pas ce qui leur arrive. Ils subissent dans le silence de la stupéfaction. Aussi leur souffrance constitue-t-elle moins une insulte à Dieu qu'une souillure de Son œuvre. Rien ne justifie le malheur de l'enfant, rien ne permet même de le penser. Nul pardon ne l'abolit. Devant le petit être affamé, supplicié, agonisant dans l'étonnement, les *explications* religieuses paraissent ce qu'elles sont : une rhétorique ignoble.

Quant à l'idée de l'Enfer, d'une damnation éternelle pour les bourreaux, cette pensée ne fait qu'ajouter des tourments aux supplices, elle fabrique des réprouvés avec des malheureux.

Devant le regard de l'enfant qui ne sait pas même se poser la question : pourquoi veut-on ma mort ? devant ce regard, une fracture ontologique s'ouvre. Un trou noir où s'évanouissent les promesses et se dissolvent les consolations. À ce prix-là, le martyre d'un innocent, le dogme de la rédemption, du salut universel, de la béatitude éternelle devient une farce sinistre. Voilà pourquoi Ivan résume la question de Dieu à ce regard d'enfant.

Au moment où Aliocha s'apprête à évoquer le Christ, son aîné ricane : « *Ah, c'est "l'Unique sans péché" et son sang ! Non, je ne L'ai pas oublié et je m'étonnais, au contraire, de voir que tu restais si longtemps sans Le sortir…* »

*

La puissance de l'argumentation d'Ivan provient de ce qu'il ne se situe pas dans la sphère de la raison, qu'il écarte les arguments et les arguties. Assis au chevet de l'enfant brutalisé[1], humi-

---

1. Lecteur fervent de Dostoïevski, Albert Camus mettra en scène, dans *La Peste*, l'argumentation d'Ivan Karamazov. Tout l'athéisme contemporain est du reste issu de ces pages.

lié, il demande à son cadet : « ... *imagine-toi que tu construis toi-même l'édifice du destin humain, pour rendre les hommes plus heureux en fin de compte, pour leur donner, enfin, la paix et la quiétude, mais qu'il te faille, pour y arriver, torturer à mort un seul petit être minuscule... et fonder tout l'édifice sur ces larmes non vengées. Accepterais-tu d'être l'architecte à cette condition ?* »

Le non d'Aliocha, murmuré, condamne sans appel l'Architecte de ce Grand Œuvre bâti sur les cris des innocents. Il n'importe guère, après ce non, qu'Aliocha continue ou non d'avoir la foi, puisque le *fondement même* de la foi s'en trouve anéanti. Que vaut en effet un Dieu qui se montre moins compatissant que l'une de ses créatures ?

A-t-on jamais poussé plus loin la négation de l'idée d'un Dieu juste et bon ? Même les aphorismes de Nietzsche contre le christianisme pâlissent auprès de ce rejet viscéral, venu de tes entrailles. Tu restes bien l'enfant de l'incroyance et du doute.

Pourquoi dès lors t'obstiner à crier que tu choisis le Christ contre la vérité ? Ce paradoxe extravagant, il s'en faut de beaucoup que ce soit un simple défi. Tu n'es pas l'homme, Fédia, des pensées désincarnées ni des jeux de l'esprit. Une pensée qui ne devient pas un sentiment est pour toi chose morte, objet inerte. Or, tu interroges ta foi avec tes yeux d'enfant. Tu regardes toujours les malades de l'hôpital, tu écoutes la voix sifflante de ta mère, tu entends la marche obsédante de ton père, sa rhétorique geignarde, et tu demandes : pourquoi ?

29

Du suicide de la Douce au délire de son noble et magnanime assassin, tu remontes maintenant le temps, tu récapitules le récit de la mémoire, tu en viens à dédoubler ton moi en autant de frères que de moments dans ton évolution spirituelle — Dimitri ou ta jeunesse sensuelle et lyrique, Ivan pour ton communisme athée, Aliocha et ton amour du Christ —, tu dresses enfin, devant ta foi, non des arguments ni des réfutations, mais le visage et le regard de l'éternel enfant, qui organise ton œuvre.

Tu es à ce point absorbé dans ton livre que tu ne reconnais pas, dans la voix d'Ivan, celle de ta jeunesse, ni le refus indigné de Biélinski. Tu crois sincèrement que tu n'exprimes cette révolte que pour la mieux réfuter dans la suite. Avec toute ta foi, tu écris, tu hurles contre ta foi.

« *Dans ce même texte que je viens de vous envoyer...* (il s'agit du livre V, la confrontation entre Aliocha et Ivan Karamazov) *l'un des principaux personnages de mon roman exprime ses convictions fondamentales. Ces convictions sont justement ce que je considère comme* *la synthèse de l'actuel anarchisme russe. La réfutation, non point de Dieu, mais du sens de sa création... Le blasphème de mon héros **sera solennellement** réfuté...* »

J'admire, Fédia, la puissance de l'artiste qui, suivant l'ordre de la langue, affirme le contraire de ce qu'il voudrait dire. Cette probité s'appelle le style. Elle distingue le romancier de l'idéologue, qui dévide sa démonstration. Tu penses, par la bouche d'Ivan, exprimer tes refus, quand sa langue répète ce que ta jeunesse a cru, défendu jusqu'à l'échafaud. Ton art, contre le bigot que tu souhaites demeurer, te contraint à l'aveu.

Afin que le déchirement (mais il n'a pas changé depuis ta lettre à Mme Fonvizine) s'incarne, que la souffrance de l'innocent et la communion dans le crime ne restent pas choses abstraites, mais pénètrent chaque fibre de ton corps, voici que le fantôme de cet Idiot qui hante tes brouillons va brutalement et d'une manière atroce acquérir un prénom, Aliocha.

*

Pris de convulsions, ton petit garçon meurt en quelques heures, fauché par l'épilepsie. Agenouillé à son chevet, tu baises en sanglotant le front de l'innocent. Tu lui as transmis ton infirmité[1], tu as engendré sa mort en même temps que sa vie. Tu titubes, tu vacilles, assommé par ce coup.

---

1. Les médecins doutent aujourd'hui que la mort de ton petit fût causée par l'épilepsie. Ce qui importe cependant, c'est ce que tu croyais.

Dans le roman, Ivan dresse contre la création un enfant supplicié ; de manière terrible, le destin lève devant ta foi le cadavre de ton préféré. L'aîné des Karamazov soumet Dieu à la plus implacable des questions, Dieu te fait la plus rigoureuse réponse. Une dernière fois, la vie se réfléchit dans le miroir du texte fondateur, les gémissements et les plaintes de Job.

Effrayée de ton état, Anna te conseille, pour compléter ta documentation, de visiter des monastères. Ainsi que tu le fis à dix ans, quand tu accompagnais ta mère dans ses dévotions aux lieux saints, tu vas te mêler au flot des pèlerins.

Tes sanglots, qui retentissent dans ta correspondance, n'altèrent en rien la limpidité du chef-d'œuvre. Tes yeux pleurent sans que ta main tremble. Mot après mot, le récit avance vers son dénouement du même pas impassible. Mais les hurlements d'une mère qui a perdu son petit et qui, agenouillée devant Zossime, évoque son enfant mort, l'appelle et lui parle, ce délire de souffrance est le tien, Fédia.

*

Humide et brumeux, le climat de Huesca connaît des automnes secoués de rafales glacées qui dévalent des Pyrénées. Des brouillards stagnent en longues écharpes où les passants s'évanouissent. Toute la ville devient fantomatique.

Les pieds sur les bords du brasero, je me tiens penché au-dessus de ton livre, tournant les pages.

*

Ce que fut le rejet d'Antón, le vertige de solitude où je sombrai, qui, sinon toi, le comprendrait, Fédia? Quelque chose, dans ma personne, maintient à distance. J'inspire des passions, je n'incite guère à la familiarité. Je supporte mal les effusions, je coule sans crier à l'aide.

Un témoin du passé nous raconte, à Renée et à moi, que, faute d'une chambre, je faisais mes cours sur un banc, dans le parc. Le tableau me paraît mélodramatique, à moins que ce ne fût en été. Il évoque cependant une mémoire de détresse. Je devais avoir l'air de ce que j'étais : un jeune homme en perdition.

La nuit, je quittais ton livre et poursuivais mon récit, première ébauche du texte qui deviendra celui que je suis. Grâce à toi, j'ai compris que la mémoire ne se situe pas dans la vérité des faits, mais dans l'exactitude du style. Je cherche ma voie, qui est ma voix. Je me heurte à ta présence, comme tu te heurtais à celle de Gogol. Mon esprit est éclairé des incendies que tu y as allumés, éclaboussé du sang que tu y as répandu. J'ai traversé tes visions, je suis un rescapé de ton apocalypse.

Mon regard inquiète, épouvante. Il m'arrive de me voir dans l'expression d'ahurissement de ceux qui me dévisagent.

Je fus, Fédia, l'un de ces petits qui t'empêchent de croire. Mes yeux te maintiennent dans le cercle de Biélinski, dans la radicale négation de ta jeunesse. Anna a beau te traîner dans les églises, t'entourer de soutanes, t'expédier dans les salons bien-pensants : ton livre exprime ta vérité intime.

Tu rejettes la création, tu te raccroches au Christ, dont la réalité par ailleurs t'indiffère. De la manière la plus saugrenue, tu Le glisses entre Quichotte et Pickwick. Qu'est-Il donc pour toi et sommes-nous encore capables d'entendre ce que tu en dis ?

Ivan poursuit sa conversation mélancolique avec Aliocha. Il évite toujours le raisonnement, étranger à l'univers de la foi. Il s'exprime en poète.

*

Jésus a choisi de revenir sur terre dans la Séville du XVIe siècle, au milieu des fumées de l'Inquisition. Il opère des miracles, rend la vue à un aveugle, ressuscite une fillette morte. La foule L'a immédiatement reconnu à la douceur de son regard, à son sourire de lassitude, elle L'écoute, elle Le suit. Mais dès que le Cardinal-Inquisiteur ordonne de se saisir de Lui, de Le jeter au cachot, elle L'abandonne une nouvelle fois.

Dans la cellule où le prisonnier attend son jugement, le Vieil Inquisiteur le rejoint, lui parle. Si tous L'abandonnent, confie-t-il au détenu, c'est que les hommes refusent le fardeau dont Il prétend les charger, c'est-à-dire la liberté. Une poignée se sent peut-être la force de la porter. Mais la majorité refuse ce poids. Elle réclame le pain et la sécurité, autant dire la chaleur du troupeau. Or ce n'est point par goût de la domination que l'Église a substitué l'obéissance au vertige de la liberté, les rigueurs de la loi aux désordres de l'anarchie. Rome a eu pitié de ces foules désemparées qui demandaient des signes. Dans sa sagesse, l'Église a compris que rien n'est plus intolérable à l'homme que l'incertitude et le choix. Et c'est cet ordre-là, qui calme la faim et apaise l'angoisse, qu'Il prétend troubler par son retour ?

La diatribe vise bien évidemment le catholicisme romain, la discipline militaire des jésuites, le césarisme pontifical. Mais les arguments dont tu te sers sont les mêmes que ceux par lesquels tu condamnes l'utopie socialiste. Tu reproches moins à l'Église catholique de trahir le Christ que de se substituer à Lui, de Le confisquer à son profit. Tu vas plus loin : tu affirmes que ce n'est pas la papauté qui renie le Christ, mais la chrétienté dans son ensemble, incapable d'accepter et de supporter la liberté.

L'Inquisiteur n'a rien d'un tortionnaire. S'il a consenti à servir l'ordre, c'est par lucidité. Dans sa jeunesse, il fut un chrétien fervent, un mystique. Mais il est revenu de ce qu'il nomme *folie* en s'apercevant que l'héroïsme de la sainteté, l'ascétisme ne sont que les raffinements de l'orgueil. Se terrer au désert, se nourrir d'herbes et de sauterelles, faire pénitence, ce n'est qu'une manière de s'arracher à la réalité du monde. Il a, lui, prince de l'Église, cédé jadis à cette tentation raffinée de l'élitisme spirituel. Il est retourné à la sagesse commune, ainsi que Quichotte revient à la raison des barbiers. Parce qu'il a cru, vraiment cru en son enseignement, il se sent en droit, non seulement de Le juger, mais de Le brûler pour hérésie. À quoi bon, sauf à semer le désordre et à fomenter l'anarchie, à quoi bon faire don aux hommes d'une liberté dont ils ne veulent pas ? Ils demandent du pain, des images devant lesquelles se prosterner, des miracles, des ordres à exécuter. Ils réclament une *organisation*, et c'est ce que l'Église leur offre.

*

Comme pour le dialogue entre Ivan et Aliocha, la force et la beauté de la légende de l'Inquisiteur viennent de la conviction du Cardinal nonagénaire dont les propos jamais ne versent dans la caricature. Tout le style du récit est paisible, d'une simplicité familière. Il s'agit d'un vieux conte, dit sans emphase. Les interruptions d'Aliocha, qui ne saisit pas toujours le sens de la fable, renforcent son ambiguïté. Où donc Ivan veut-il en venir ? En un premier temps, Aliocha se rassure : un tel personnage ne se rencontre que dans l'Église romaine, il exprime le pragmatisme cynique des jésuites, il parle comme un franc-maçon. Ces contingences, l'aîné les balaie. Pourquoi pas ? Mais n'y aurait-il pas des catholiques sincères ? des francs-maçons dévoués au bien commun ? Ce que l'Inquisiteur exprime, c'est tout simplement le réalisme politique.

Ce cynisme qui justifie l'abaissement de la foi, son avilissement en obéissance aveugle renferme pourtant un blasphème plus radical que celui qui consiste à lever l'enfant supplicié contre la création. La tranquillité même du ton renforce l'horreur du propos. Ce que l'Inquisiteur justifie au nom de l'humanité, de son besoin d'ordre et de sécurité, c'est, dans le fond, la même idée que celle des socialistes révolutionnaires. Ceux-ci parlent au nom de l'Histoire, ils accaparent à leur profit la longue marche de l'humanité, depuis ses origines ; le vieux Cardinal, lui, occupe la place de Dieu et décrète ce que les hommes désirent, ce à quoi ils aspirent. Comme les premiers, il s'arroge le droit de juger et de mettre à mort Dieu Lui-même pour venir à bout, une fois pour toutes, d'une inquiétude inutile. Il possède la vérité de Dieu ainsi que les socialistes révolutionnaires possèdent la vérité de l'Histoire. Théorie et théologie démontrent leur racine commune.

Dieu ne sert à rien, hurlent les révolutionnaires en pointant leur doigt sur l'enfant affamé ; Dieu n'est qu'un agitateur dangereux, rétorque l'Inquisiteur, non sans mélancolie.

*

Une fois encore, je repasse dans ma tête ta lettre de Sibérie et j'entre plus profond dans ton déchirement, qui est ma douleur secrète. Aux socialistes tu reproches d'imaginer une organisation fondée sur les seuls intérêts matériels de l'homme. Or tu as regardé, au bagne, des *malfaiteurs grandioses*, qui ne saisissaient même pas le sens du mot remords ; tu as écouté des monstres qui déclaraient avoir torturé et étranglé des enfants *par plaisir*.

Ces fauves à visage humain t'ont révélé qu'il

existe, au fond de tout homme, dans son sous-sol, des puissances de haine susceptibles de se déchaîner contre les intérêts les plus évidents de l'individu. Cette force noire rend illusoire tout projet d'organisation fondé sur la seule raison. Parce que contraire à la nature trop large de l'individu, un tel projet conduirait à une terreur systématique. Il suppose une transformation radicale de la nature de l'homme. Enrageant de ne pouvoir éliminer cette part d'ombre, les nouveaux maîtres voudront contrôler jusqu'aux pensées les plus secrètes : leur police habitera les cœurs.

*

Ce que tu as perdu au bagne, Fédia, c'est le robuste optimisme de Sand. Tu sais désormais que l'égoïsme ne suffit pas à définir l'homme, capable de sacrifier ses avantages à des passions funestes. Tu sais qu'il arrive à d'aucuns de choisir la ruine, de se complaire dans leur déchéance, de jouir de la souffrance qu'ils infligent, de s'acharner sur des innocents. Tu as découvert que ces monstres peuvent avoir l'apparence la plus respectable, qu'ils se cachent derrière les motifs les plus nobles.

« *Et note bien que parfois des gens cruels, aux passions violentes, des carnassiers, des Karamazov, aiment beaucoup les enfants.* »

Les fleurs, la musique, les chats et les chiens, aurait pu ajouter Ivan. Dieu surtout.

Tu es un anti-Rousseau ; mais tu restes fidèle à Voltaire, c'est-à-dire à Biélinski, à son pessimisme fécond. Tu ne crois pas à cette sottise : la bonté native de l'homme. Pas davantage à sa malignité foncière. Tu le vois divisé contre lui-même, traversé d'aspirations contradictoires. Tu as découvert la volupté de la transgression, la sensualité du forfait, la beauté d'une trahison accomplie. En Sibérie, tu t'es penché sur le monstre et, au fond du sous-sol, dans une mare putride, tu as contemplé ton reflet.

*

Bizarrement, c'est l'éclat du mal, son empire rayonnant qui te rattachent au Christ.

Ni le mensonge ni le crime, ni l'infidélité ni le parjure ne nous étonnent, Fédia : nous sommes là-dessus tous deux sans illusions. Ce qui nous stupéfie, c'est l'*aspiration* au mieux, la nostalgie de la beauté. C'est par là que nous aimons le Christ, que nous L'admirons : sa figure nous réconcilie avec l'humanité. Elle fonde notre liberté.

Je te rejoins, Fédor, dans le paradoxe de ta lettre à Fonvizine : croire, c'est demeurer dans le doute, c'est entretenir l'inquiétude, c'est à chaque instant nier ce qu'on vient d'avancer.

« *Je vous jure bien, messieurs, que je ne crois pas un traître mot de ce que j'ai gribouillé là ! Je veux dire, j'y crois peut-être mais en même temps, je ne sais pourquoi, je sens et je soupçonne que je mens comme un arracheur de dents !* »

Simple pirouette de l'homme du sous-sol ? Non, crainte obscure de bâtir, fût-ce par dénégations et paradoxes, un système qui figerait à son tour la vie, arrêterait la liberté ainsi que la digue contient la marée.

Si le Christ est bien cette liberté qui nous établit en tant qu'hommes, il s'agit de l'entretenir, de l'attiser, de souffler sur ses braises.

Nous choisissons l'inconfort, Fédor, nous consentons à l'angoisse. Nous acceptons la parfaite inutilité sociale de la foi, qui est un don. Nous voulons, non le repos, mais l'inquiétude. On ne possède pas la foi : c'est elle qui nous possède.

*

Ta réfutation solennelle de l'anarchisme d'Ivan semble pâle, dénuée de force et de conviction. La mort de Zossime et l'éblouissement d'Aliocha, qui se couche sur la terre : ces scènes manquent également de puissance. On les dirait convenues.

Ce qui me bouleverse, en revanche, c'est, durant son agonie, le souvenir que Zossime relate en un moment de lucidité. Quelle vision, à l'instant décisif, hante l'esprit du starets ?

« Avant même de bien savoir lire, je me souviens que je fus visité par une sorte d'émoi — je n'avais que huit ans. Ma mère m'avait mené… dans un temple de Dieu; c'était la Semaine sainte, le lundi vers le soir… Pour la première fois depuis ma naissance mon âme, ce jour-là, reçut avec compréhension ce premier germe de la parole divine. Un adolescent portant un grand livre s'avança au milieu du temple, et ce livre était si grand qu'il me parut le porter avec peine; il le posa sur le lutrin, l'ouvrit et se mit à lire; et c'est alors… Il était une fois, au pays de Hus, un homme juste et pieux; il possédait de grandes richesses, et des chameaux, des brebis, des ânes; ses enfants étaient joyeux, il les aimait beaucoup et priait Dieu… »

Le texte qui t'a écrit, Fédor, ce récit fondateur, comment ne reviendrait-il pas à l'instant de la mort ? Tu essaies cependant d'écarter son épouvante en en faisant une tentation. Il suffirait, insinues-tu, de se soumettre, de se prosterner. Cette humilité teintée de mysticisme et de patriotisme exalté, je la refuse. Je l'écarte avec tristesse. Je ne veux me rappeler que tes sanglots d'enfant quand, pour la première fois, tu entendis psalmodier ce texte dévastateur.

Oui, ce Livre est grand, si lourd que tes épaules d'enfant ne pouvaient pas le porter.

Trop lourde pour mes épaules maigrichonnes était aussi cette histoire tissée de mensonges, de crimes sournois — ce jeu de l'amour et de l'horreur.

Ce Livre, nous l'avons porté avec peine jusqu'au lutrin.

Ta vieillesse maladive voudrait se décharger du fardeau. Elle se réfugie, avec Aliocha, dans l'illumination de la crise — elle s'absente, elle s'enfouit dans la terre.

Qu'importent nos faiblesses, Fédia ? L'important est que le texte retentisse, que la majesté de ses phrases résonne devant l'assemblée, que la terreur de ses plaintes se grave dans les mémoires.

*

Quand on feuillette tes brouillons et qu'on étudie tes carnets, on trouve, Fédor, une défaillance autrement grave, qui donne le frisson. Le thème des écoliers semble, dans la symphonie des Karamazov, l'un des plus étranges. Or on suit, dans ton plan, la naissance d'Ilioucha qui, à l'âge de onze ans, se rend coupable d'un crime et meurt de son remords. Dans le roman, l'enfant ne tue *qu'*un chien, alors que, dans tes brouillons, il participait au meurtre commis par Smerdiakov.

Je ne tenterai pas, Fédia, d'expliquer les motifs que tu as eus pour reculer. Ils ne sont d'ailleurs pas difficiles à deviner. Il suffit de rapprocher le personnage d'Ilioucha des propos d'Ivan, de son rejet de la création. Son blasphème repose sur le postulat de l'innocence des enfants. Or, que resterait-il du théorème si l'enfance participait au crime ? Devant cette horreur qui pourtant anéantirait l'athéisme pragmatique des Feuerbach et des Marx, tu recules, Fédor. Là pourtant, dans cette fente du sous-sol, le Christ s'enracine. Mais à ce prix… ?

De la mort pieuse et douce de ta mère, du meurtre sournois de ton père, jusqu'au parricide rêvé et pensé : tu suis le fil d'Ariane, tu t'orientes dans le labyrinthe. Ilioucha veut t'entraîner plus loin, jusqu'à l'antre du Minotaure, et tu rebrousses chemin.

Ton soupçon, je le partage, Fédia. Jamais nous ne fûmes innocents. Dès notre conception, nous participons à l'abjection de nos pères.

« Je dois te faire un aveu, commença Ivan. Je n'ai jamais pu comprendre comment on peut aimer son prochain. C'est précisément le prochain qu'il est, à mon avis, impossible d'aimer, peut-être seulement le lointain. »

Tu as atteint la limite, Fédia. Mais ton texte,

encore une fois, parle pour toi, dans un murmure de honte et de désespoir : il n'y a pas d'innocence, il n'y a que des coupables. Et l'image me hante que je n'ai cessé, moi aussi, d'écarter : ces enfants de noir vêtus, surgis de la forêt cambodgienne pour distribuer la mort avec une atroce pureté.

*

Je tourne la dernière page de ton roman, Fédia.

Je quitterai Huesca, je traînerai à Saragosse. Je ramperai dans le sous-sol, croupirai dans la misère la plus sordide ; je tenterai même de mourir.

30

Je poursuis une convalescence humiliée. Chaque jour, ma logeuse, sorte de blatte sombre et menue, me rappelle mon indignité d'une voix douce et geignarde.

Dans le délire de la fièvre, je l'avais entendue marchander le prix de mon cercueil, puis s'en prendre au médecin qui, obstinément, luttait pour me sauver la vie. Sa maison[1], plaidait-elle, n'était pas un hôpital.

Ces marchandages autour de ma dépouille m'arrivaient de très loin, dans une sorte de brume cotonneuse. Je ne revois distinctement que le regard stupéfait, épouvanté de ce jeune médecin. Il n'arrivait pas non plus à comprendre. La guerre… Cela lui paraissait appartenir à un autre monde. Il me dévisageait ainsi qu'il l'aurait fait d'un extraterrestre.

Dans le couloir : sa voix de colère s'en prenait à la blatte, qui gémissait.

1. Tout cet épisode de ma jeunesse se trouve dans *Le Crime des pères*.

Elle ne me garde, dit-elle en me tendant un bol de bouillon chaud, qu'à cause de son bon cœur. (Le médecin lui a réglé le prix de la pension.) D'autres m'auraient jeté à la rue ou appelé la police. Mais elle est faite de la sorte : sa générosité la perd.

Je ravale mes larmes, Fédia, je remercie humblement, de ce même ton hypocrite que tu adoptais pour écrire à ton père ; l'argent te manque, lui disais-tu, pour t'acheter du thé, mais, tant pis, tu te passeras de thé ; on peut parfaitement vivre sans boire de thé ; tu sortiras de même sans manteau, au risque d'attraper une pneumonie.

*

Étroit, le lit s'appuie contre le mur. Machinalement, ma main saisit le volume posé sur la chaise, j'ouvre le livre, tourne les pages.

Il s'agit d'une parodie des romans de chevalerie, écrite d'une plume qui se rit de ses tours et de ses volutes. Je trotte avec la maigre et pauvre haridelle sur les chemins de la Manche.

Au milieu de la nuit, alors que je lis depuis des heures, une question saugrenue me traverse l'esprit : de quoi au juste est-il donc question dans ce livre singulier ? De la naissance d'un chevalier, évidemment, mais d'une naissance peu banale puisque la parturiente s'appelle Littérature. Il naît, le haut et fier chevalier, des romans qui l'ont engendré.

Astuce de scribe ? Assurément. Ruse compliquée cependant, car l'auteur n'est pas le narra-

teur, lequel assure avoir trouvé le récit de cette
très véridique histoire dans une liasse de vieux
papiers, dénichée chez un marchand de livres
juif. Rédigée en arabe par un historien tout aussi
sincère et véridique, le marchand juif consent à la
verser, cette histoire, au Castillan, ce qu'il fait en
s'esclaffant.

Tout parle de langue, ne parle que d'elle. Le
style crée le personnage, fait le destin, déploie la
rhétorique dont le chevalier tire sa substance.

Quichotte existe à travers ses exploits, qui sont
d'abord des récits. En chaque circonstance, il
commence par rappeler la situation livresque qui
lui soufflera les mots à prononcer, les attitudes à
adopter, la conduite à tenir. Il aime en déclamations et en sonnets, il combat en harangues, il
charge en tirades, il souffre en discours.

À la fin, le silence l'étouffera.

Si tant de langues ne suffisaient pas, voici l'hon-
nête Pansa, qui s'exprime dans la sienne. Loin de
lui appartenir, c'est en réalité celle du tout-venant,
proverbes et lieux communs, termes estropiés et
boiteux qui font sursauter son maître, puriste et
grammairien. Se tromper dans le bon usage des
mots, c'est risquer de mal agir. Toute mauvaise
action s'inscrit d'abord dans la langue. On tord les
définitions avant de rompre les nuques[1].

Du fond de ma fatigue, j'écoute sinuer une
question : sommes-nous la langue que nous par-

---

1. Le totalitarisme, qu'il s'inspire de la théologie ou du
scientisme ésotérique, commence toujours par se doter d'un
langage, le plus abscons possible.

lons ? Ou ne serait-ce pas elle qui d'abord nous parle, en un idiome très vieux, archaïque, tel cet arabe dont provient la véridique chronique du Chevalier à la Triste Figure ? Nous advenons par la rencontre de deux désirs qui se parlent chacun pour soi, puis l'un à l'autre. Avant que de naître, la langue nous appelle, nous veut ou nous rejette, nous dépeint et nous rêve. Nous baignons ensuite dans les mots, qui nous roulent. Nous écoutons la musique des phrases, tout autour de nous, et nous éprouvons, mystérieusement, sa justesse ou sa fausseté. Nos angoisses et nos joies accompagnent ce cantique.

Voici Quichotte qui, insensiblement, par la puissance de sa parole, s'arrache à la parodie, exprime la force de son idéal, dit son besoin d'aimer. Il plaide avec éloquence pour la justice de sa cause, il fustige les menteurs et les fripons, il libère les forçats. Chaque action se solde par une défaite ? Moulu, courbatu, notre héros entreprend une nouvelle plaidoirie, dissipe par la magie du discours les sortilèges. Il faut à chaque situation son commentaire, qui fait exister l'événement dans la conscience, le grave dans la mémoire. Gavé de mots, hanté de phrases, habité de récits, Quichotte inscrit ses aventures dans la réalité. Ce faisant, il la modifie. Tous se situent par rapport à lui, ajustent leur langage au sien.

Pour le railler ? Oui, en un premier temps. Il s'agit ensuite d'évaluer sa parole, de l'éprouver, de susciter sa riposte, escrime où le bachelier Sansón se distingue.

Dupe, Quichotte ? Plus que souvent, mais pas

toujours ni en toutes circonstances : il lui arrive de ruser, d'ironiser sans malveillance. Au fond, il veut bien disserter de chevalerie tout en sachant que peu se soucient de ses codes et de son honneur. Prétend-on aplanir sa langue, la raboter ? Il s'insurge, proteste, substitue à chaque terme impropre sa métaphore justicière.

Œuvre d'alchimie langagière qui transmue le plomb de la banale réalité en l'or des chimères fécondes.

*

Les jours, les semaines passent. Je reste avec toi, Fédia. Je communie dans ton émotion.

Des trombes d'eau noient la ville, des vents tournoient, s'étirent, hurlent dans la nuit.

Je lis avec lenteur et minutie, mordillant mon crayon, m'arrêtant pour réfléchir. Au bord des larmes, je me surprends à sourire. Ce sera, sans que je le sache, mon ultime *vraie* lecture en castillan. Ce fut déjà la première au moment de l'exil, en mars 1939.

S'agit-il du même livre ? Je ne saurais dire qui a changé, du texte ou de moi. Même les nouvelles, les romans pastoraux enchâssés dans la parodie me séduisent et m'émeuvent. Chacun en effet parle de langue, joue d'un autre registre, et tout le livre sonne ainsi qu'un jeu d'orgues, alternant ses voix.

Sans que je m'en aperçoive, le récit abandonne son alacrité, ses couleurs s'assourdissent, sa mélodie se creuse et se resserre. Un sentiment de mélancolie m'étreint. Quichotte a perdu sa joyeuse liberté, son insouciante gaieté : il devient la proie des cyniques, qui tirent les ficelles. L'amertume pointe sous la parodie. Au vagabondage littéraire succède la manipulation.

Notre Chevalier succombe à sa fatigue.

Voici le réveil : Quichotte reconnaît sa folie, se repent de ses exploits, parle la langue triviale du curé et du barbier, de la nièce et de la gouvernante.

S'il faut parler si platement, pourquoi continuer à vivre ? Il ferme les yeux, se tourne vers le mur, et Pansa sanglote, désespéré de s'en retourner à ses cochons et à sa mule.

*

Tu n'as pas non plus accompli ton projet, mais tu as fini ton roman, différent, bien sûr, du projet initial, de son titre surtout, *Hagiographie,* d'une drôlerie peut-être involontaire.

Depuis la mort du petit Aliocha, te restait-il assez d'énergie pour désirer survivre ?

Tu reposes sur ton divan, entre deux crachements de sang. Tu as ouvert le Livre, entendu le verdict.

Penses-tu au Christ de Holbein, ce cauchemar de ta foi ? à ton Lioucha ?

Allons, frère, il est temps de partir.

*

Je repose doucement le livre.

Aurais-je, Fédia, traversé l'épreuve sans la rudesse de tes exhortations ? Je saisis pourquoi tu rapproches le Christ de Don Quichotte, qui sont deux figures sublimes et inutiles. Sans elles, notre humanité se rétrécirait. Elles sont à notre liberté ce qu'un Spechnev est au crime. Réelles ou imaginaires, tu as raison de leur demeurer fidèle contre la vérité même.

Avec *Don Quichotte,* je découvre que la vie provient de la langue et que la seule question qui se pose à l'homme est de choisir la plus haute, la plus exigeante et la plus noble.

*

C'en est fait, Fédor : je suis au fond de l'impasse, le dos au mur.

Je mise tout sur une seule carte : je pars pour Saint-Sébastien où je retrouve, bien entendu, mes hallucinations de faim, mes peurs, ma solitude. Tu as connu le degré ultime de la misère, quand on en est réduit à marcher sans but, sans pouvoir s'arrêter ni s'asseoir ; quand le regard se tourne vers les devantures des épiceries et des boulangeries avec une avidité ignoble.

*

La mer, les vagues, le chapelet de lumières qui se reflètent dans l'eau.

Dans la nuit, les plus intrépides ont, en me regardant de plus près, un mouvement de recul.

Maigre, jaune, le regard trop vaste, d'une fixité terrible : mon visage fait peur.

C'est alors, Fédia, à l'instant de me coucher sur le sable, d'attendre que la police me ramasse, c'est à cet instant que je décide d'éprouver la rigueur de ton texte, comme je l'avais éprouvé à Barcelone, en insultant les frères, en leur criant ma haine.

*

Une lumière radieuse éclabousse, entre deux passages de nuages, la ville, arrondie autour de sa plage. Je bande mes nerfs, je raidis mon squelette, je fonce dans l'ancienne cité, entre dans une église.

Je m'arrête dans la pénombre, je regarde la croix, au-dessus de l'autel :

« Tu as déclaré, dis-je avec une rage froide : Frappez, et on vous ouvrira. Je n'ai plus la force de frapper. Regarde-moi. Si Tu existes, ose donc Te manifester ! »

Je me rappelle que je tremblais de fureur en quittant l'église, je marchais trop vite le long de la Concha.

« Miguel, Miguel ! »

Je le connais à peine, j'ignore quand et où nous nous sommes rencontrés. Il me sourit, me dévisage.

« Ça va ? Tu as l'air fatigué. Tu as besoin d'argent ? Tiens, prends, tu me le rendras. Je cours vite, les copains m'attendent. »

Je n'ai pas eu le temps de répondre. Abasourdi, je regarde la liasse, dans ma main.

Je fonds en sanglots. Je voudrais tomber à genoux. Je sais, Fédia, que ça ne prouve rien. Je sais aussi que ça démontre tout. On n'explique pas : on s'implique.

*

Avons-nous jamais été plus proches, Fédia ? Nous sommes des innocents, des simples d'esprit, des idiots. Nous avons cependant compris deux ou trois petites choses. Nous avons lutté, frère. Nous avons longtemps rampé dans le sous-sol. Nous sommes des étrangers, des marginaux, des déclassés. Nous n'appartenons à personne. C'est à peine si nous existons. Nous ne vivons qu'au cœur de la nuit, dans le bruissement furtif des mots. Nous croyons à ce mirage fantastique qui a ébloui nos enfances : la langue, sa musique, ses lumières et ses ombres, sa redoutable justice.

J'ai vingt ans, je viens d'arriver à Paris, je suis assis à une table, j'écris : « *Tout avait commencé par un coup de canon. C'était la guerre en Espagne*[1]. »

En réalité, tout avait commencé bien avant, et la guerre ne fut qu'une énigme sanglante.

Ton nom, Fédia, est imprimé sur la page de garde de mon premier roman.

---

1. Début de *Tanguy*.

DU MÊME AUTEUR

Aux Éditions Gallimard

RUE DES ARCHIVES, 1994, Prix Maurice Genevoix (Folio n° 2834)

TANGUY, nouvelle édition revue et corrigée, 1995 (Folio n° 2872)

Aux Éditions du Seuil

LA NUIT DU DÉCRET, 1981, Prix Renaudot 1981 (Points-roman n° 250)

GÉRARDO LAÏN (Points-roman n° 82)

LA GLOIRE DE DINA, 1984 (Points-roman n° 223)

LA GUITARE (Points-roman n° 168)

LE VENT DE LA NUIT, 1973, Prix des Librairies et Prix des Deux-Magots (Points-roman n° 184)

LE COLLEUR D'AFFICHES (Points-roman n° 200)

LE MANÈGE ESPAGNOL (Points-roman n° 303)

LE DÉMON DE L'OUBLI, 1987 (Points-roman n° 337)

TARA (Points-roman n° 405)

ANDALOUSIE (Points-Planète), 1991

LES CYPRÈS MEURENT EN ITALIE (Points-roman n° 472)

LES SILENCE DES PIERRES, Prix Chateaubriand 1975 (Points-roman n° 552)

UNE FEMME EN SOI, 1991, Prix du Levant (Points-roman n° 609)

LE CRIME DES PÈRES, 1993, Grand Prix R. T. L. - LIRE (Points-roman n° 683)

Au Mercure de France

MORT D'UN POÈTE, 1989, Prix de la R. T. L. B. (Folio n° 2265)

Aux Éditions Fayard

MON FRÈRE L'IDIOT, 1995

LE SORTILÈGE ESPAGNOL, 1996

LA TUNIQUE D'INFAMIE, 1997

COLLECTION FOLIO

Composition Interligne
et impression Bussière Camedan Imprimeries
à Saint-Amand (Cher), le 18 août 1997.
Dépôt légal : août 1997.
Numéro d'imprimeur : 1/2143.
ISBN 2-07-040087-5./Imprimé en France.